Science Fiction

Science Fiction
Lektorat: Ronald M. Hahn
Ullstein Buch Nr. 31173
im Verlag Ullstein GmbH,
Frankfurt/M – Berlin
Titel der Originalausgabe:
COUNTER-CLOCK WORLD
Aus dem Amerikanischen übersetzt
von Thomas Ziegler

Neuausgabe

Umschlaggestaltung: Hansbernd
Lindemann
Umschlagillustration: Ned Dameron

Printed in Germany 1988
Gesamtherstellung:
Ebner Ulm
ISBN 3 548 31173 3

September 1988

CIP-Titelaufnahme
der Deutschen Bibliothek

Dick, Philip K.:
Die Zeit: auf Gegenkurs: Roman / Philip
K. Dick. [Aus d. Amerikan. übers. von
Thomas Ziegler]. – Neuausg. –
Frankfurt/M; Berlin: Ullstein, 1988
(Ullstein-Buch; Nr. 31173:
Science-fiction)
Einheitssacht.: Counter-clock world
< dt. >
ISBN 3-548-31173-3
NE: GT

Vom gleichen Autor
in der Reihe der
Ullstein Bücher:

Die Clans des Alpha-Mondes (31171)

Philip K. Dick

Die Zeit: Auf Gegenkurs

Roman

Science Fiction

1. KAPITEL

Es gibt keinen Ort; wir gehen rückwärts
und vorwärts, und es gibt keinen Ort.
– Augustinus

Als er spät abends mit seinem Streifenwagen an dem außergewöhnlich kleinen, abgelegenen Friedhof vorbeischwebte, hörte der Polizeibeamte Joseph Tinbane bedauernswerte, vertraute Laute. Eine Stimme. Sofort lenkte er den Streifenwagen über die spitzen Gitterstäbe des schlecht erhaltenen Friedhofzauns, landete auf der anderen Seite, horchte.

Gedämpft und matt sagte die Stimme: »Ich heiße Mrs. Tilly M. Benton, und ich möchte heraus. Kann mich jemand hören?«

Tinbane ließ seine Lampe aufleuchten. Die Stimme drang unter dem Gras hervor. Genau wie er es erwartet hatte: Mrs. Tilly M. Benton befand sich unter der Erde. Er schaltete das Mikrofon seines Funksprechgeräts ein und sagte: »Ich bin auf dem Forest-Knolls-Friedhof – ich glaube jedenfalls, daß er so heißt – und ich habe hier einen 1206. Besser, ihr schickt einen Krankenwagen mit einem Ausgrabungstrupp her; nach dem Klang der Stimme zu urteilen, ist es dringend.«

»Okay«, drang es aus dem Funkgerät. »Unser Ausgrabungstrupp wird bis zum Morgen da sein. Können Sie einen provisorischen Notschacht anlegen, um sie mit Luft zu versorgen? Bis unser Trupp dort eintrifft – sagen wir, gegen neun oder zehn Uhr morgens?«

»Ich werde tun, was in meinen Kräften steht«, antwortete Tinbane und seufzte. Das bedeutete, daß er die ganze Nacht über Wache halten mußte. Und die matte, zittrige Stimme unter ihm würde ihn in ihrer senilen Art anflehen, sich zu beeilen. Würde flehen und flehen. Ohne Unterlaß.

Dieser Teil seiner Arbeit gefiel ihm an wenigsten. Die Rufe der Toten; er haßte diese Laute, und er hatte sie oft gehört, die Rufe, und bei so vielen Gelegenheiten. Männer und Frauen, hauptsächlich alte, aber auch jüngere, manchmal Kinder. Und die Ausgrabungstrupps brauchten immer so lange, bis sie eintrafen.

Tinbane schaltete erneut das Mikro ein und sagte: »Ich habe die Nase voll. Ich möchte versetzt werden. Ich meine es ernst; dies ist ein offizielles Gesuch.«

Fern, von unten, rief die kraftlose, alte Frauenstimme: »Bitte, wer immer da auch ist; ich möchte heraus. Können Sie mich hören? Ich weiß, daß jemand da oben ist; ich kann Sie reden hören.«

Tinbane steckte den Kopf durch das offene Fenster des Streifenwagens und brüllte: »Wir holen Sie in Kürze heraus, Lady. Nur noch ein wenig Geduld.«

»Welches Jahr haben wir?« rief die ältliche Stimme zurück. »Wieviel Zeit ist vergangen? Haben wir immer noch 1974? Ich muß es wissen; bitte, sagen Sie es mir, Sir.«

Tinbane sagte: »Wir haben 1998.«

»Ach du meine Güte.« Betroffenheit. »Nun, ich schätze, ich werde mich daran gewöhnen müssen.«

»Ich schätze«, bestätigte Tinbane, »Sie haben keine andere Wahl.« Er nahm einen Zigarettenstummel aus dem Aschenbecher des Wagens, zündete ihn an und dachte nach. Dann schaltete er wieder das Mikro ein. »Ich bitte um die Erlaubnis, mich mit einem Privatvitarium in Verbindung setzen zu dürfen.«

»Abgelehnt«, drang es aus dem Funkgerät. »Es ist schon zu spät.«

»Aber«, wandte er ein, »ich könnte es zumindest versuchen. Einige von den größeren lassen ihre Spähambulanzen die ganze Nacht durch die Gegend fahren.« Er hatte ein bestimmtes Vitarium im Sinn, ein kleines, altmodisches. Mit anständigen Verkaufsmethoden.

»So spät abends ist es unwahrscheinlich . . .«

»Der Mann kann das Geschäft brauchen.« Tinbane schaltete den auf dem Armaturenbrett seines Wagens befestigten Vidfonempfänger ein. »Ich möchte mit Mr. Sebastian Hermes sprechen«, sagte er zur Vermittlung. »Suchen Sie ihn; ich werde warten. Versuchen Sie es zuerst in seinem Unternehmen, im Vitarium Flasche des Hermes; wahrscheinlich läßt er sich in der Nacht die Gespräche in seine Wohnung legen.« Sofern es sich der arme Teufel derzeit leisten kann, dachte Tinbane. »Rufen Sie mich zurück, sobald Sie ihn gefunden haben.« Dann legte er auf und blies Rauch in seine Zigarette.

Das Vitarium Flasche des Hermes bestand hauptsächlich aus Sebastian Hermes selbst, hinzu kamen noch die bescheidenen Dienste von fünf Mitarbeitern. Das Unternehmen stellte niemanden ein und warf niemanden hinaus. Soweit es Sebastian betraf, waren die Leute seine Familie. Er hatte keine andere, alt wie er war, schwergewichtig und nicht sehr liebenswert. Sie hatten ihn im Auftrag eines anderen, früheren Vitariums vor nicht einmal zehn Jahren ausgegraben, und in der finstersten Stunde der Nacht spürte er noch immer die Kälte des Grabes. Vielleicht brachte er deshalb dem Elend der Altgeborenen soviel Mitgefühl entgegen.

Die Firma war in einem kleinen, hölzernen Mietshaus untergebracht, das den Dritten Weltkrieg und sogar die Ausläufer des Vierten überstanden hatte. Jedenfalls war er zu dieser späten Stunde natürlich zu Hause im Bett und schlief in den Armen Lottas, seiner Frau. Sie hatte solch attraktive, besitzergreifende Arme, ewig nackte, ewig junge Arme; Lotta war viel jünger als er: zweiundzwanzig nach der Zeitrechnung der Vor-Hobart-Ära, die sie beibehielt, da sie nicht gestorben und wiedergeboren worden war wie er, der viel Ältere.

Das Vidfon neben seinem Bett klingelte; er griff danach, aus einem beruflichen Reflex heraus, und nahm ab.

»Ein Anruf von Mr. Tinbane von der Polizei, Mr. Hermes«, meldete sich fröhlich seine Telefonistin.

»In Ordnung«, sagte er, lauschte in die Dunkelheit und betrachtete den matten, kleinen, grauen Bildschirm.

Das beherrschte Gesicht eines jungen Mannes erschien; er kannte ihn. »Mr. Hermes, ich habe hier eine Auferstandene auf einem gottverlassenen drittklassigen Flecken namens Forest Knolls; sie schreit, daß man sie herauslassen soll. Können Sie sofort kommen, oder soll ich einen Luftschacht bohren? Ich habe die Ausrüstung natürlich in meinem Wagen.«

»Ich trommle meine Mannschaft zusammen und mach mich gleich auf den Weg«, erklärten Sebastian. »In einer halben Stunde sind wir da. Kann sie es so lange aushalten?« Er knipste die Nachttischlampe an, griff nach Papier und Bleistift und versuchte sich zu erinnern, ob er je von Forest Knolls gehört hatte. »Der Name.«

»Mrs. Tilly M. Benton, sagt sie.«

»Okay«, nickte er und legte auf.

An seiner Seite rührte sich Lotta und fragte schlaftrunken: »Ein Auftrag?«

»Ja.« Er wählte die Nummer von Bob Lindy, seinem Ingenieur.

»Soll ich dir Sogum heiß machen?« fragte Lotta; sie war bereits aufgestanden und stolperte im Halbschlaf zur Küche.

»Wunderbar«, sagte er. »Danke.« Der Bildschirm wurde hell, und das düstere und mürrische, hagere und grobe Gesicht des einzigen Technikers der Firma tauchte auf. »Ich erwarte Sie an einem Ort namens Forest Knolls«, erklärte Sebastian. »Kommen Sie, so schnell Sie können. Müssen Sie im Lager vorbei, um die Ausrüstung zu holen, oder ...?«

»Ich habe alles bei mir«, knurrte Lindy gereizt. »In meinem Wagen. Okay.« Er nickte und unterbrach die Verbindung.

Lotta kam aus der Küche und sagte: »Die Sogumpfeife ist fertig. Kann ich mitkommen?« Sie griff nach einer Bürste und kämmte kunstvoll ihre dichte, dunkelbraune Haarmähne; sie reichte ihr fast bis zur Hüfte, und die kräftige Farbe entsprach der ihrer Augen. »Ich schaue doch gern zu, wenn sie herausgeholt werden. Was für ein Wunder! Ich glaube, es ist der wundervollste Anblick, den es gibt; er scheint mir die Bestätigung von dem zu sein, was Paulus in der Bibel schreibt: ›Grab, wo ist dein Sieg?‹« Sie wartete voller Hoffnung, und dann, nachdem sie mit ihrem Haar fertig war, suchte sie in den Schubladen der Kommode nach dem blauweißen Skipullover, den sie so gern trug.

»Mal sehen«, sagte Sebastian. »Wenn es mir nicht gelingt, die ganze Mannschaft zusammenzutrommeln, werden wir überhaupt nicht zum Zug kommen; dann müssen wir den Fall der Polizei überlassen oder bis morgen warten und hoffen, daß wir die ersten sind.« Er wählte Dr. Signs Nummer.

»Bei Sign«, sagte eine schlaftrunkene, ältliche Frauenstimme. »Oh, Mr. Hermes. Schon wieder ein Auftrag? Kann er denn nicht bis morgen warten?«

»Wir werden ihn verlieren, wenn wir warten«, erwiderte Sebastian. »Es tut mir leid, daß ich ihn aus dem Bett werfen muß, aber wir brauchen das Geschäft.« Er nannte ihr den Namen des Friedhofs und der Altgeborenen.

»Hier ist dein Sogum«, sagte Lotta, als sie mit einem Porzellanbehälter, an dem ein Trinkschlauch befestigt war, aus der Küche kam; sie trug jetzt den dicken Skipullover über dem Pyjama.

Er hatte nur noch ein Gespräch zu führen, diesmal mit dem Pfarrer der Firma, Pater Jeramy Faine. Er saß auf der Bettkante, wählte mit einer Hand und hielt mit der anderen den Sogumbehälter fest. »Du kannst mitkommen«, sagte er zu Lotta. »Es wird die alte Dame – ich nehme an, sie ist alt – beruhigen, daß eine Frau dabei ist.«

Der Bildschirm wurde hell; Pater Faine, ein älterer, zwergenhafter Mann, blinzelte eulenhaft, als wäre er bei einer nächtlichen Ausschweifung ertappt worden. »Ja, Sebastian«, sagte er und klang wie immer hellwach; von Sebastians fünf Angestellten schien allein Pater Faine stets auf einen Anruf vorbereitet zu sein. »Wissen Sie, welcher Konfession die Altgeborene angehört?«

»Der Polizist hat es nicht erwähnt«, antwortete Sebastian. Soweit es ihn betraf, spielte es keine Rolle; der Firmenpfarrer war für alle Religionen zugelassen, einschließlich der jüdischen und uditischen. Obwohl die Uditen im allgemeinen nicht dieser Ansicht waren. Jedenfalls war Pater Faine das, was sie bekamen, ob sie wollten oder nicht.

»Also abgemacht?« fragte Lotta. »Wir fahren?«

»Ja«, sagte er. »Wir haben alle, die wir brauchen.« Bob Lindy, der den Luftschacht bohren und die Ausgrabungsarbeiten erledigen würde; Dr. Sign, zuständig für sofortige – und lebenswichtige – ärztliche Versorgung; Pater Faine, um das Sakrament der Wunderbaren Wiedergeburt zu spenden . . . und dann – morgen, während der Geschäftszeit – Cheryl Vale für den komplizierten Papierkrieg, während der Verkäufer der Firma, R. C. Buckley, den Auftrag übernehmen und einen Käufer finden mußte.

Diesen Teil – das Verkaufsgeschäft – schätzte er nicht besonders; er dachte darüber nach, als er in den gefütterten Anzug schlüpfte, den er gewöhnlich trug, wenn ihn ein Auftrag hinaus in die kalte Nacht rief. R. C. dagegen schien die Sache Spaß zu machen; er hatte eine Philosophie entwickelt, die er »Standortsuche« nannte, ein beschönigender Ausdruck für den Versuch, irgend jemandem einen Altgeborenen anzudrehen. R. C. behauptete, daß er die Altgeborenen nur in »besonders geeigneten, ausgewählten, nachgewiesenermaßen seriösen Umgebungen« unterbrachte, aber in Wirklichkeit verkaufte er an jeden, der interessiert war – solange der Preis hoch genug war, um ihm seine fünf Prozent Provision zu garantieren.

Lotta folgte ihm, als er seinen Überzieher aus dem Wandschrank holte, und fragte: »Hast du das betreffende Kapitel aus dem 1. Korintherbrief in der N. E. B.-Übersetzung gelesen? Ich weiß, sie ist veraltet, aber mir hat sie immer gefallen.«

»Du solltest dich besser anziehen«, sagte er sanft.

»Okay.« Sie nickte pflichtschuldig und trippelte davon, um ihre Arbeitshose und die hohen Stiefel aus weichem Leder zu holen, an denen sie so sehr hing. »Ich bin dabei, es auswendig zu lernen, weil ich schließlich deine Frau bin und es so eng mit unserer – ich meine, deiner – Arbeit zusammenhängt. Siehe. Ich meine, so fängt es an; ich zitiere. ›Siehe. Ich enthülle euch ein Geheimnis: wir werden nicht sterben, sondern wir werden verwandelt werden, blitzartig, in einem Augenblick, beim Klang der letzten Posaune.‹«

»Und die erklang«, sagte Sebastian nachdenklich, während er geduldig darauf wartete, daß sie mit dem Anziehen fertig wurde, »an einem Junitag des Jahres 1986.« Zu jedermanns Überraschung, dachte er – natürlich abgesehen von Alex Hobart, der es vorausgesagt hat und nach dem der Retrozeit-Effekt benannt worden ist.

»Ich bin fertig«, sagte Lotta stolz; sie trug Stiefel, Arbeitshose, Pullover und, wie er wußte, darunter ihren Pyjama; er lächelte, als er daran dachte, daß sie es getan hatte, um Zeit zu sparen, damit er nicht zu spät kam.

Zusammen verließen sie ihr Konapt; sie fuhren mit dem Expreßlift zum Landedach des Gebäudes, wo sie ihren Schwebewagen abgestellt hatten.

»Ich für meinen Teil«, erklärte er, als sie die Nachtfeuchtigkeit von der Windschutzscheibe des Wagens wischte, »ziehe die alte King-James-Übersetzung vor.«

»Die habe ich nie gelesen«, sagte sie mit kindlicher Offenheit, und es klang, als meine sie: Aber ich werde sie lesen; das verspreche ich.

»Wenn ich mich richtig erinnere«, fügte Sebastian hinzu, »lautet die Passage in dieser Übersetzung folgendermaßen: ›Und siehe! Ich sage euch ein Geheimnis. Wir werden nicht entschlafen; wir werden uns verwandeln . . .‹ und so weiter. In dieser Art. Aber ich erinnere mich an das ›Und siehe‹. Mir gefällt das besser als das einfache ›Siehe‹.« Er startete den Motor des Schwebewagens, und sie hoben ab.

»Vielleicht hast du recht«, meinte Lotta, wie stets bereit, ihm zuzustimmen, zu ihm aufzublicken – schließlich war er um vieles älter als sie – in ihm eine Autorität zu sehen. Es gefiel ihm immer wieder. Und es schien auch ihr zu gefallen. Er lehnte sich zurück, tätschelte liebevoll ihr Knie; wie immer erwiderte sie die Geste der Zuneigung; die Liebe, die sie füreinander empfanden, wanderte zwischen ihnen hin und her, ohne Widerstand, ohne Mühe; es war ein ungestörter Rückkoppelungsprozeß.

Der junge und pflichtbewußte Polizist Tinbane erwartete sie hinter den spitzen Gitterstäben des verfallenen Friedhofzauns. »'n Abend, Sir«, sagte er zu Sebastian und grüßte; für Tinbane war alles, was er tat, während er seine Uniform trug, eine Amtshandlung, die er selbstredend ohne persönliche Anteilnahme vollzog. »Ihr Techniker ist vor ein paar Minuten eingetroffen und gerade dabei, einen provisorischen Luftschacht zu bohren. Es war reines Glück; ich kam zufällig vorbei.« Der Polizist bemerkte Lotta erst jetzt und begrüßte sie. »Guten Abend, Mrs. Hermes. Tut mir leid, daß es so kalt ist; wollen Sie sich in den Streifenwagen setzen? Die Heizung ist an.«

»Ist schon in Ordnung«, erwiderte Lotta; sie verdrehte den Kopf und hielt Ausschau nach Bob Lindy, der sich bereits an die Arbeit gemacht hatte. »Spricht sie immer noch?« fragte sie Tinbane.

»Sie plappert einem die Ohren voll«, nickte Tinbane; er wies ihr und Sebastian mit seiner Taschenlampe den Weg zu dem Lichtkreis, wo sich Bob Lindy schon seit längerem abmühte. »Zuerst mir; jetzt Ihrem Techniker.«

Lindy hatte sich auf Händen und Knien niedergelassen und betrachtete die Meßskalen des Bohrgeräts; er blickte weder auf noch grüßte er sie, obwohl er sich ihrer Gegenwart zweifellos bewußt war. Für Lindy kam zuerst die Arbeit; Höflichkeit rangierte ganz am Schluß.

»Sie behauptet, daß sie Verwandte hat«, sagte Tinbane zu Sebastian. »Hier; ich habe alles notiert; ihre Namen und Adressen. In Pasadena. Aber sie ist senil; sie wirkt verwirrt.« Er sah sich um. »Kommt Ihr Arzt bestimmt? Ich glaube, er wird gebraucht; Mrs. Benton sagte etwas von der Brightschen Krankheit; offenbar ist sie daran gestorben. Möglicherweise muß er eine künstliche Niere anschließen.«

Mit eingeschalteten Landescheinwerfern setzte ein Schwebewagen auf. Dr. Sign stieg aus; er trug einen wärmespeichernden, modernen, schicken Plastikanzug. »Sie glauben also, eine Auferstandene gefunden zu haben«, wandte er sich an Tinbane; er kniete an Mrs. Tilly Bentons Grab nieder, legte ein Ohr an den Boden und rief dann: »Mrs. Benton, können Sie mich hören? Können Sie atmen?«

Die leise, kaum verständliche zittrige Stimme drang zu ihnen herauf, als Lindy vorübergehend den Bohrer abschaltete. »Es ist so stickig, und es ist so dunkel, und ich habe solche Angst; ich möchte so schnell wie möglich befreit werden, damit ich nach Hause gehen kann. Werden Sie mir helfen?«

Dr. Sign legte die Hände an den Mund und rief: »Wir bohren jetzt, Mrs. Benton; bleiben Sie ruhig liegen und machen Sie sich keine Sorgen; es dauert nur noch ein paar Minuten.« Er wandte sich an Lindy. »Haben Sie denn nicht mit ihr gesprochen?«

»Ich habe meine Arbeit«, knurrte Lindy. »Das Reden überlasse ich

Ihnen und Pater Faine.« Er schaltete den Bohrer wieder ein. Sebastian stellte fest, daß er fast fertig war; er entfernte sich ein kurzes Stück, lauschte, spürte den Friedhof und die Toten unter den Grabsteinen, die Vergänglichen, wie Paulus sie genannt hatte, der eines Tages, wie Mrs. Benton, das Unvergängliche annehmen würde. Und dieser Sterbliche, dachte er, muß die Unsterblichkeit annehmen. Und dann wird geschehen, dachte er, was geschrieben steht. Der Tod wird besiegt werden. Grab, wo ist dein Sieg? Oh, Tod, wo ist dein Stachel? Und so weiter. Er setzte seinen Streifzug fort, leuchtete mit seiner Taschenlampe, um nicht über Grabsteine zu stolpern; er ging sehr langsam, und während der ganzen Zeit hörte er – aber nicht direkt, nicht direkt mit den Ohren, sondern mehr in seinem Innern – die schwachen Bewegungen unter der Erde. Andere, dachte er, die eines nicht allzu fernen Tages altgeboren werden; ihr Fleisch und ihre Zellen setzen sich schon wieder zusammen, finden zurück zu ihren angestammten Plätzen. Er spürte den ewigen Prozeß, die endlose komplexe Aktivität des Friedhofs, und es erfüllte ihn mit Begeisterung und großer Erregung. Nichts war zutiefst optimistischer, nichts mächtiger in seiner postitiven Dynamik als diese Widerherstellung von Körpern, die, wie Paulus es ausgedrückt hatte, der Vergänglichkeit anheimgefallen waren und nun, wo die Hobart-Phase ihre Wirkung entfaltete, aus der Vergangenheit zurückkehrten.

Paulus' einziger Fehler war, sagte er sich, daß er es noch zu seinen Lebzeiten erwartet hat.

Jene, die jetzt altgeboren wurden, waren als letzte gestorben: die letzten Todesfälle vor Juni 1986. Aber laut Alex Hobart würde die Zeitumkehrung weiter fortschreiten, unaufhaltsam größere Zeitspannen auslöschen; frühere und immer frühere Tote würden umgekehrt werden ... und in zweitausend Jahren würde Paulus nicht mehr »schlafen«, wie er es ausgedrückt hatte.

Aber zu diesem Zeitpunkt – lange, lange vor diesem Zeitpunkt – würden Sebastian Hermes und alle anderen Menschen, die jetzt lebten, in den Mutterschoß zurückgekehrt sein, und die Mütter ebenfalls und so weiter; natürlich vorausgesetzt, daß Hobart recht hatte. Daß die Phase keine vorübergehende, nur kurz andauernde Erscheinung war, sondern einer der gewaltigsten siderischen Prozesse, die sich nur alle paar Milliarden Jahre ereignete.

Ein letzter Schwebewagen setzte mit stotterndem Motor zur Landung an; heraus stieg der kleine, schmale Pater Faine mit einer Aktentasche, in der sich seine religiösen Bücher befanden. Er nickte Tinbane freundlich zu und sagte: »Lobenswert, daß Sie sie gehört haben; ich hoffe, Sie brauchen jetzt nicht noch länger in der Kälte herumzustehen.« Er sah Lindy bei der Arbeit, Dr. Sign mit seiner schwarzen Ärztetasche warten – und natürlich Sebastian Hermes. »Wir können jetzt übernehmen«, informierter er Tinbane. »Vielen Dank.«

»Guten Abend, Pater«, sagte Tinbane. »Guten Abend, Mr. und Mrs. Hermes, und Ihnen auch, Doktor.« Er blickte dann den verdrossenen, wortkargen Bob Lindy an und verabschiedete sich nicht von ihm; er drehte sich um und ging zu seinem Streifenwagen. Und war bald in der Nacht verschwunden, um seinen Patrouillenflug fortzusetzen.

Sebastian trat zu Pater Faine und sagte: »Wissen Sie was? Ich ... höre noch jemanden. Jemand, der kurz vor der Wiedergeburt steht. Es ist nur noch eine Frage von Tagen, möglicherweise von Stunden.« Ich empfange eine ungeheuer starke Emanation, sagte er sich. Es muß sich um eine einzigartig vitale Persönlichkeit in unmittelbarer Nähe handeln.

»Ich habe ihr Luft zugeführt«, erklärte Lindy; er stellte die Bohrung ein, schaltete das tragbare, lebensrettende Bohrgerät ab und wandte sich der Grabausrüstung zu. »Halten Sie sich bereit, Sign.« Er tippte an den Kopfhörer, den er aufgesetzt hatte, um die Person unter der Erde besser hören zu können. »Sie ist sehr krank. Chronisch und akut.« Er schaltete die automatischen Schaufeln ein, und sofort schoß Erde aus dem Auswurfstutzen.

Als Sebastian, Dr. Sign und Bob Lindy den Sarg in die Höhe hievten, las Pater laut aus seinem Gebetbuch vor, mit angemessen gebieterisch klingender und klarer Stimme: »Der Herr tut mir wohl nach meiner Gerechtigkeit; er vergilt mir nach der Reinlichkeit meiner Hände. Denn ich halte die Wege des Herrn und bin nicht gottlos wider meinem Gott wie die Bösen. Denn alle seine Rechte habe ich vor Augen, und seine Gebote werfe ich nicht von mir, sondern ich bin ohne Tadel vor ihm und hüte mich vor Sünden. Darum vergilt mir der Herr nach meiner Gerechtigkeit, nach der Reinlichkeit meiner Hände vor seinen Augen. Bei den Heiligen bist du heilig ...« Pater Faine las und las, während die Arbeit fortschritt. Sie alle kannten den Psalm auswendig, selbst Bob Lindy; es war der Lieblingspsalm ihres Priesters bei derartigen Anlässen, wurde gelegentlich durch einen anderen, beispielsweise Psalm Neun ersetzt, kehrte aber immer wieder.

Bob Lindy schraubte hastig den Sargdeckel ab; es war billige, nachgemachte Fichte, ganz leichtes Material, und der Deckel ließ sich ohne Mühe entfernen. Sofort trat Dr. Sign vor, beugte sich mit seinem Stethoskop über die alte Dame, hörte sie ab, sprach mit leiser Stimme zu ihr. Bob Lindy schaltete den Heizstrahler ein und versorgte Mrs. Tilly M. Benton mit einem Strom gleichmäßig warmer Luft. Wärme war lebenswichtig; den Altgeborenen war immer schrecklich kalt; tatsächlich litten sie an einer unvermeidlichen Kältephobie, die, wie in Sebastians Fall, oft noch Jahre nach ihrer Wiedergeburt anhielt.

Da seine Arbeit zunächst abgeschlossen war, wanderte Sebastian wieder über den Friedhof, zwischen den Gräbern, und lauschte. Lotta folgte ihm diesmal und wollte unbedingt mit ihm reden. »Ist das nicht mystisch?« sagte sie atemlos mit ihrer ehrfürchtigen Kleinmädchenstimme. »Ich möchte es malen; ich wünschte, ich könnte diesen Ausdruck festhalten, den sie haben, wenn der Sargdeckel geöffnet wird. Dieser Blick. Keine Freude, keine Erleichterung; kein bestimmtes Gefühl, sondern ein tieferes und . . .«

»Horch«, unterbrach er sie.

»Was ist?« Sie horchte gehorsam, hörte aber offensichtlich nichts. Spürte nicht, was er spürte: die ungeheure *Präsenz* in unmittelbarer Nähe.

»Wir werden diesen seltsamen kleinen Friedhof im Auge behalten müssen«, sagte Sebastian. »Und ich brauche ein lückenloses – wirklich lückenloses – Verzeichnis aller, die hier begraben sind.« Manchmal, wenn er ein Bestandsverzeichnis studierte, konnte er erahnen, um wen es sich handelte; es war praktisch ein psionisches Talent, diese Fähigkeit, eine bevorstehende Altgeburt vorauszuahnen. »Erinnere mich«, bat er seine Frau, »daß ich das zuständige Friedhofsamt anrufe und eine vollständige Liste anfordere.« Dieses unermeßlich große Lagerhaus des Lebens, dachte er. Dieser einzigartige Friedhof, der wieder Erwarten ein Reservoir an wiedererwachenden Seelen geworden ist.

Eins der Gräber – und nur ein einziges – war mit einem außergewöhnlich prunkvollen Gedenkstein ausgestattet; er richtete seine Taschenlampe auf den Gedenkstein und fand den Namen.

THOMAS PEAK
1921–1971
Sic igitur magni quoque circum

moenia mundi expugnata dabunt
labem putresque ruinas.

Er verstand nicht genug Latein, um das Epitaph zu übersetzen; er konnte nur raten. Ein Zitat über die großen Dinge der Erde, die schließlich alle vergänglich waren und zerfielen. Nein, dachte er, inzwischen trifft es nicht mehr zu, dieses Epitaph. Nicht bei den großen, beseelten Dingen, vor allem bei ihnen nicht. Ich habe eine Ahnung, sagte er sich, daß Thomas Peak – und offenbar ist er jemand gewesen, nach der Größe und der Qualität des Gedenksteins zu urteilen – die Person ist, deren bevorstehende Rückkehr ich spüre, die Person, auf die wir achten sollten.

»Peak«, sagte er laut zu Lotta.

»Ich habe von ihm gehört«, nickte sie. »In einem Kursus in orientalischer Philosophie. Du weißt, wer er ist – wer er war?«

»War er mit dem gleichnamigen Anarchen verwandt?« fragte er.

»Udi«, sagte Lotta.

»Dieser Negerkult? Der die Freie Negergemeinde übernommen hat? Geführt von diesem demagogischen Raymond Roberts? Die *Uditen*? Dieser Thomas Peak liegt hier begraben?«

Sie studierte die Daten und nickte. »Aber damals war es noch kein Schwindel, hat mein Dozent gesagt. Ich glaube, es gibt wirklichlich ein Udi-Erlebnis. Jedenfalls hat man uns das an der San José State-Universität beigebracht. Alle werden eins; es gibt kein Du und kein . . .«

»Ich weiß, was Udi ist«, unterbrach er gereizt. »Gott, jetzt, wo ich weiß, wer er ist, bin ich mir gar nicht so sicher, daß ich ihn zurückholen will.«

»Aber wenn der Anarch Peak zurückkehrt«, erklärte Lotta, »wird er wieder die führende Rolle in der Udi-Bewegung übernehmen, und es wird kein Schwindel mehr sein.«

Hinter ihnen sagte Bob Lindy: »Sie könnten wahrscheinlich ein Vermögen machen, indem Sie ihn *nicht* in eine Welt zurückholen, die ihn weder will noch erwartet. Ich habe meinen Teil der Arbeit hier erledigt«, fügte er hinzu. »Sign wird eine tragbare künstliche Niere anschließen und sie in seinem Wagen abtransportieren.« Er zündete sich einen Zigarettenstummel an, blies fröstelnd und gedankenverloren Rauch hinein. »Sie glauben, daß dieser Peak zurückkehrt, Seb?«

»Ja«, bestätigte er. »Sie kennen meine Vorahnungen.« Ihretwegen macht unsere Firma Gewinn, dachte er, ihnen haben wir es zu verdanken, daß wir den großen Unternehmen immer einen Sprung voraus sind, daß wir überhaupt in der Lage sind, Geschäfte zu machen … jedenfalls über das hinaus, was uns die Stadtpolizei zukommen läßt.

»Warten Sie nur, bis R. C. Buckley davon erfährt«, sagte Lindy düster. »Für den hier wird er sich richtig ins Zeug legen; wirklich, ich schlage vor, Sie rufen ihn gleich an. Je früher er davon erfährt, desto eher kann er eine seiner verrückten Super-Duner-Werbekampagnen aushecken.« Er lachte hart. »Unser Mann vom Friedhof«, sagte er.

»Ich werde Peaks Grab mit einer Wanze versehen«, erklärte Sebastian nach einer nachdenklichen Pause. »Eine, die seine Herztätigkeit überwacht und uns ein verschlüsseltes Signal gibt, wenn es soweit ist.«

»Sind Sie wirklich sicher?« fragte Lindy nervös. »Ich meine, es ist illegal; wenn die Polizei von Los Angeles dahinterkommt – Sie wissen, daß man uns die Lizenz entziehen könnte.« Seine angeborene schwedische Vorsicht machte sich wieder bemerkbar, zusammen mit seinen Zweifeln an Sebastians Vorahnungen. »Vergessen Sie's«, riet er. »Sie sind fast so schlimm wie Lotta.« Er klopfte ihr freundlich auf die Schulter, um ihr zu zeigen, daß er es nicht böse meinte. »Ich habe mir immer gesagt, laß dich von der Atmosphäre dieser Orte nicht anstekken; es ist eine rein technische Angelegenheit, bei der es um exakte Lokalisierung, ausreichende Luftversorgung und akkurate Grabung geht, damit niemand zersägt wird und von Dr. Sign wieder zusammengeflickt werden muß.« Zu Lotta gewandt fügte er hinzu: »Sie sehen das alles zu metaphysisch, Kleine. Vergessen Sie's.«

»Ich bin mit einem Mann verheiratet«, sagte sie, »der einst unter der Erde gelegen hat. Als ich geboren wurde, war Sebastian tot, und er blieb bis zu meinem zwölften Lebensjahr tot.« Ihre Stimme – und das war ungewöhnlich – klang unnachgiebig.

»Und?« sagte Lindy?

»Dieser Prozeß«, erwiderte Lotta, »hat mir den einzigen Mann auf der Erde oder dem Mars oder der Venus geschenkt, den ich liebe oder lieben *kann.* Er war die größte Kraft in meinem Leben.« Sie umarmte Sebastian, drückte ihn, drückte seinen massigen Leib an sich.

»Ich möchte«, sagte Sebastian zu ihr, »daß du morgen der Abteilung B der Stadtbibliothek einen Besuch abstattest. Besorge alle verfügbaren Informationen über den Anarchen Thomas Peak. Das meiste ist inzwischen wahrscheinlich schon gelöscht worden, aber vielleicht gibt es noch ein paar Typoskripte, in denen das Wesentliche zusammengefaßt ist.«

»War er wirklich ein so bedeutender Mann?« fragte Bob Lindy.

»Ja«, antwortete Lotta. »Aber ...« Sie zögerte. »Mir macht die Bibliothek Angst, Seb; wirklich. Du weißt es. Es ist dort so – ach, zum Teufel damit. Ich werde hingehen.« Ihre Stimme brach ab.

»In dem Punkt bin ich ganz Ihrer Meinung«, versicherte Bob Lindy. »Mir gefällt es dort auch nicht. Und ich bin nur einmal dagewesen.«

»Es liegt an der Hobart-Phase«, sagte Sebastian. »Dort ist dieselbe Kraft am Werk wie hier.« Er wandte sich wieder an Lotta. »Geh der Chefbibliothekarin aus dem Weg: Mavis McGuire.« Er war ihr in der Vergangenheit mehrmals begegnet, und sie hatte ihn abgestoßen; sie war ihm gemein, feindselig und bösartig vorgekommen. »Geh direkt zur Abteilung B«, riet er.

Gott sei Lotta gnädig, dachte er, wenn sie es verpatzt und dieser McGuire begegnet. Vielleicht sollte ich gehen ... Nein, entschied er; sie kann jemand anders verlangen; es wird schon klappen. Ich muß das Risiko einfach auf mich nehmen.

2. Kapitel

Der Mensch wird am treffendsten als eine bestimmte, ewige geistige Vorstellung im göttlichen Geist definiert.

– Eriugena

Sonnenlicht drang herein, und eine durchdringende mechanische Stimme sagte: »Also los, Appleford. Es wird Zeit, daß du aufstehst und denen zeigst, wer du bist und was du kannst. Ein großer Mann, dieser Douglas Appleford; das geben alle zu – ich kann es direkt hören. Ein großer Mann, ein großes Talent, eine große Aufgabe. Von der ganzen Öffentlichkeit bewundert.« Sie schwieg einen Moment. »Bist du jetzt wach?«

Im Bett liegend, sagte Appleford: »Ja.« Er setzte sich auf und schaltete den Wecker mit der durchdringenden Stimme neben seinem Bett ab. »Guten Morgen«, sagte er zu dem stillen Apartment. »Ich habe gut geschlafen; du hoffentlich auch.«

Eine Menge Probleme gingen ihm durch den Kopf, als er mürrisch aufstand und im Schrank nach angemessen schmutziger Wäsche suchte. Ich sollte Ludwig Eng festnageln, sagte er sich. Die Aufgaben von morgen werden die schlimmsten Aufgaben von heute. Ich muß Eng beibringen, daß es auf der ganzen Welt nur noch ein Exemplar seines millionenfach verkauften Buches gibt; daß für ihn bald die Zeit zum Handeln kommen wird, daß er das tun muß, was nur er tun kann. Was würde Eng dabei empfinden? Immerhin kam es manchmal vor, daß sich ein Erfinder weigerte, sich hinzusetzen und die Sache zu erledigen. Nun, entschied er, das ist in Wirklichkeit ein Problem des Löschungsrats; nicht meines. Er fand ein fleckiges, zerknittertes rotes Hemd; er zog seine Schlafanzugjacke aus und streifte es über. Mit der Hose war es nicht so einfach; er mußte im Wäschekorb wühlen.

Und dann das Bartpäckchen.

Mein Ehrgeiz ist es, dachte Appleford, als er mit dem Bartpäckchen ins Badezimmer ging, die W.U.S. mit der Straßenbahn zu durchqueren. Hu. Am Spülstein wusch er sein Gesicht, seifte sich mit Rasierklebschaum ein, öffnete das Päckchen und verteilte die Barthaare geschickt auf Kinn, Wangen und Hals; nach wenigen Augenblicken saß der Bart fest. Jetzt bin ich bereit für diese Straßenbahnfahrt, entschied er, als er sein Werk im Spiegel betrachtete; das heißt, sobald ich meine Portion Sogum zu mir genommen habe.

Er schaltete die automatische Sogumpfeife ein – sehr modern – wählte eine große Portion, die eines Mannes würdig war, und seufzte zufrieden, während er den Sportteil der *Los Angeles Times* überflog. Danach ging er in die Küche und deckte den Tisch mit schmutzigem Geschirr. In kürzester Zeit hatte er einen Teller Suppe, Lammkoteletts, grüne Erbsen, marsinisches Blaumoos mit Eiersoße und eine Tasse heißen Kaffee vor sich stehen. Er leerte die Teller und die Tasse – natürlich erst, nachdem er sich mit einem Blick aus den Fenstern überzeugt hatte, daß ihn niemand beobachtete – und füllte die verschiedenen Lebensmittel in die entsprechenden Packungen, die er in die Regale des Küchenschranks und in den Kühlschrank stellte. Es war halb neun; ihm blieben immer noch fünfzehn Minuten, bis er zur Arbeit gehen mußte. Es gab keinen Grund, warum er sich beeilen sollte, die Abteilung B der Stadtbibliothek würde noch immer an ihrem Platz sein, wenn er ankam.

Er hatte Jahre gebraucht, um sich zur Abteilung B hochzuarbeiten. Und jetzt mußte er sich zur Belohnung mit einer verwirrenden Vielzahl von verdrießlichen, flegenhaften Erfindern herumschlagen, die sich mit Händen und Füßen dagegen wehrten, die pflichtgemäßen – und nach Ansicht des Rates obligatorischen – Löschungen des letzten verbliebenen maschinengeschriebenen Manuskripts jedes Werkes vorzunehmen, mit dem ihr Name verbunden war – verbunden durch einen Prozeß, den weder er noch die Erfinderschar ganz verstanden. Der Rat verstand wahrscheinlich, warum ein bestimmter Erfinder einen bestimmten Auftrag erhielt, und nicht irgendeinen anderen. Zum Beispiel, Eng und WIE ICH IN MEINER FREIZEIT AUS GANZ GEWÖHNLICHEN HAUSHALTSGEGENSTÄNDEN IN MEINEM KELLER MEINEN EIGENEN SCHWEBBEL ZUSAMMENBAUEN KANN, dachte Appleford, während er den Rest der Zeitung durchblätterte. Denk an die Verantwortung. Wenn Eng fertig ist, wird es auf der ganzen Welt keine Schwebbels mehr geben, sofern diese skrupellosen Schurken von der F.N.G. nicht illegal ein paar beiseite schaffen. Schon jetzt, obwohl das Lex, das letzte Exemplar, von Engs Buch noch immer existierte, konnte er sich kaum noch daran erinnern, was ein Schwebbel war und wie es aussah. Quadratisch? Klein? Oder rund und groß? Hmm. Er legte die Zeitung weg und rieb seine Stirn, während er sich zu erinnern versuchte – in seinem Gedächtnis nach einem Bild des Geräts forschte, solange es theoretisch noch möglich war. Denn sobald Eng das Lex zu einem sattschwarzen Farbband, einem Stoß Schreibmaschinenpapier und einem Karton frischem Kohlepapier reduziert hatte, gab es weder für ihn noch für sonst jemand eine Chance, sich an das Buch oder an das – zur Zeit noch nützliche – Gerät zu erinnern, das in dem Buch beschrieben wurde.

Allerdings würde diese Aufgabe Eng vermutlich noch bis zum Ende des Jahres beschäftigen. Die Löschung des Lex mußte Zeile für Zeile geschehen, Wort für Wort; man konnte mit ihr nicht wie mit den Stapeln gedruckter Exemplare umgehen. Es war so einfach, bis das maschinengeschriebene Manuskript an die Reihe kam, und dann ... nun, damit es sich für Eng auch lohnte, würde man ihm ein enormes Gehalt zahlen, und zusätzlich ...

Von dem Vidfon, das neben seinem Ellbogen auf dem kleinen Küchentisch stand, sprang der Hörer von der Gabel und fiel auf die Tischplatte, und aus der Muschel drang eine leise, verzerrte Stimme. »Auf Wiederhören, Doug.« Eine Frauenstimme.

Er drückte den Hörer an sein Ohr und sagte: »Auf Wiederhören.«

»Ich liebe dich, Doug«, erklärte Charise McFadden mit ihrer atemlosen, gefühlvollen Stimme. »Liebst du mich auch?«

»Ja, ich liebe dich auch«, sagte er. »Wann werden wir uns zuletzt sehen? Ich hoffe, es ist nicht zu lange her. Sag, daß es nicht zu lange her ist.«

»Wahrscheinlich heute abend«, erwiderte Charise. »Nach der Arbeit. Ich möchte, daß du jemand kennenlernst, einen praktisch unbekannten Erfinder, der verzweifelt versucht, die amtliche Löschung für seine Abhandlung über, ähem, die psychogenen Ursprünge des Todes durch Meteoreinschläge zu erreichen. Da du in der Abteilung B bist, habe ich ihm versprochen, daß . . .«

»Sag ihm, daß er seine Abhandlung selbst löschen soll. Auf seine Kosten.«

»Das bringt kein Prestige.« Sie sah ihn vom Bildschirm flehend an. »Es ist wirklich eine schrecklich dumme Theorie, Doug; so verrückt, wie der Tag lang ist. Dieser Flegel, dieser Lance Arbuthnot . . .«

»So heißt er?« Das hätte ihn beinahe überzeugt. Aber nur beinahe. Im Lauf eines einzigen Tages erhielt er viele solcher Anträge, und jeder einzelne, ohne Ausnahme, erwies sich als gesellschaftlich gefährliches Machwerk eines verrückten Erfinders mit absurdem Namen. Er arbeitete schon zu lange in der Abteilung B, um sich so leicht täuschen zu lassen. Aber trotzdem – er mußte die Angelegenheit untersuchen; seine ethische Struktur, seine gesellschaftliche Verantwortung verlangte das. Er seufzte.

»Ich höre dich stöhnen«, sagte Charise strahlend.

»Einverstanden«, erklärte Appleford. »Vorausgesetzt, er ist nicht von der F.N.G.«

»Nun – das ist er.« Sie wirkte schuldbewußt. »Aber ich glaube, sie haben ihn hinausgeworfen. Deshalb ist er in Los Angeles und nicht dort.«

Douglas Appleford stand auf und sagte steif: »Hallo, Charise. Ich muß jetzt zur Arbeit; ich will und kann diese triviale Angelegenheit nicht weiter verfolgen.« Und damit war, soweit es ihn betraf, die Sache erledigt.

Hoffte er.

Als der Polizeibeamte Joe Tinbane nach Dienstschluß sein Konapt betrat, saß seine Frau am Frühstückstisch. Verlegen wandte er den Blick ab, bis sie ihn bemerkte und rasch ihre Tasse mit heißem, schwarzem Kaffee füllte.

»Schäm dich«, sagte Bethel vorwurfsvoll. »Du hättest anklopfen können.« Mit hochmütiger Würde stellte sie die Orangensaftflasche in den Kühlschrank und verstaute die jetzt fast volle Schachtel Happy-Oats-Haferflocken in ihrem Fach im Kühlschrank. »Ich verschwinde gleich. Mein Nahrungsschwung ist fast vorbei.« Aber sie ließ sich Zeit.

»Ich bin müde«, sagte er und setzte sich schließlich.

Bethel stellte leere Schüsseln, ein Glas, eine Tasse und einen Teller vor ihn hin. »Weißt du, was heute in der Zeitung stand?« sagte sie, als sie sich diskret ins Wohnzimmer zurückzog, damit auch er sich übergeben konnte. »Dieser gewalttätige Fanatiker kommt hierher, dieser Raymond Roberts. Er macht eine Pilgerfahrt.«

»Hmm«, brummte er und genoß den Geschmack des heißen, flüssigen Kaffees, als er ihn in seinen müden Mund heraufwürgte.

»Der Polizeichef von Los Angeles schätzt, daß vier *Millionen* Menschen kommen werden, um ihn zu sehen; er wird das Sakrament der Göttlichen Vereinigung im Dodger-Stadion spenden, und natürlich wird alles solange im Fernsehen übertragen, bis wir alle den Verstand verlieren. Den ganzen Tag über – so steht es in den Zeitungen; ich habe es nicht erfunden.«

»Vier Millionen«, wiederholte Tinbane, und als Fachmann fragte er sich, wie viele Ordnungskräfte benötigt wurden, um die Menge unter Kontrolle zu halten, wenn sie so groß war. Die gesamte Polizei, einschließlich der Flugstreifen und der Sondereinsatzkommandos. Was für eine Aufgabe. Er stöhnte innerlich.

»Bei der Vereinigung nehmen sie diese Droge ein«, sagte Bethel. »Hier steht ein langer Artikel darüber. Die Droge ist ein DMT-Derivat; sie ist hier verboten, aber wenn er das Sakrament spendet, darf er – dürfen alle sie dieses eine Mal benutzen. Das Gesetz von Kalifornien erlaubt nämlich ...«

»Ich weiß, was es erlaubt«, unterbrach Tinbane. »Es erlaubt die Verwendung von psychedelischen Drogen bei einer echt religiösen Zeremonie.« Bei Gott, seine Vorgesetzten hatten es ihm oft genug eingebleut.

»Ich überlege, ob ich hingehen soll«, gestand Bethel. »Und daran teilnehmen. Es ist die einzige Gelegenheit, wenn wir nicht zur F.N.G. fliegen wollen. Und offen gesagt, *dazu* habe ich nun wirklich keine Lust.«

»Tu das«, sagte er und würgte glücklich Kornflocken, Pfirsichstücke und Milch und Zucker hoch, und zwar in dieser Reihenfolge.

»Kommst du mit? Es wird bestimmt aufregend. Stell dir vor: Tausende von Menschen vereinigen sich zu einer einzigen Wesenheit. Zum Udi, wie er es nennt. Das sind alle und keiner. Im Besitz absoluten Wissens, weil es nicht auf einen einzelnen, begrenzten Standpunkt angewiesen ist.« Sie kam mit geschlossenen Augen an die Küchentür. »Also?«

»Nein, danke«, wehrte Tinbane ab, den Mund peinlich voll. »Und schau mir nicht zu; du weißt, daß ich niemanden in meiner Nähe ertragen kann, wenn ich meinen Nahrungsschwung habe, selbst wenn keiner zuschaut. Man könnte mich kauen hören.«

Er spürte ihre Gegenwart; er spürte ihren Ärger.

»Du gehst nie mit mir aus«, sagte Bethel schließlich.

»Okay«, stimmte er zu, »ich gehe nie mit dir aus.« Er fügte hinzu: »Und wenn ich es tun würde, dann bestimmt nicht irgendwohin, wo man etwas über Religion erzählt bekommt.« In Los Angeles gibt es schon genug religiöse Irre, dachte er. Ich frage mich, warum Roberts nicht schon vor langer Zeit eine Pilgerfahrt hierher gemacht hat. Ich frage mich, warum ausgerechnet jetzt – zu diesem Zeitpunkt.

»Glaubst du, daß er ein Schwindler ist?« fragte Bethel ernst. »Daß es gar keinen Udi-Zustand gibt?«

Er zuckte mit den Schultern. »DMT ist eine starke Droge.« Vielleicht stimmte es. Jedenfalls spielte es keine Rolle; zumindest für ihn nicht. »Es hat eine neue unerwartete Wiedergeburt gegeben«, berichtete er seiner Frau. »Natürlich in Forest Knolls. Niemand kümmert sich um diese kleinen Friedhöfe; man weiß, daß wir das übernehmen – auf Kosten der Stadt.« Jedenfalls befand sich Tilly M. Benton jetzt im Empfangshospital von Los Angeles, dank Seb Hermes. Binnen einer Woche würde sie sich wie alle anderen übergeben.

»Es ist unheimlich«, sagte Bethel; sie stand immer noch in der Küchentür.

»Woher willst du das wissen? Du hast es noch nie erlebt.«

»Du und dein verdammter Beruf«, sagte Bethel. »Laß es ja nicht an mir aus, daß du damit nicht zurechtkommst. Wenn es so schrecklich ist, dann kündige doch. Entweder heulst du mit den Wölfen, oder du hörst auf.«

»Ich komme schon klar; um genau zu sein, ich habe schon um meine Versetzung gebeten.« Das Problem, dachte er, bis du. »Geh bitte, damit ich mich in Ruhe übergeben kann, ja?« sagte er wütend. »Verschwinde; lies Zeitung.«

»Bist du betroffen?« fragte Bethel. »Wenn Ray Roberts hierher zur Küste kommt?«

»Wahrscheinlich nicht«, antwortete er. Er hatte schließlich sein angestammtes Revier. Und *daran* schien nichts und niemand etwas ändern zu können.

»Man wird dich nicht abkommandieren, damit du ihn mit deiner Spielzeugpistole beschützt?«

»Ihn beschützen?« wiederholte er. »Ich würde ihn erschießen.«

»Oh, Gott«, rief sie spöttisch. »Wie ehrgeizig. Damit könntest du in die Geschichte eingehen.«

»Ich werde so oder so in die Geschichte eingehen«, versicherte Tinbane.

»Wodurch? Was hast du getan? Und was hast du in Zukunft vor? Weiter auf dem Forest Knolls-Friedhof alte Damen ausgraben?« Ihr Tonfall verletzte ihn. »Oder weiter mit mir verheiratet bleiben?«

»So ist es; ich werde in die Geschichte eingehen, weil ich mit dir verheiratet bin.« Sein Tonfall war ebenso beißend; er hatte von ihr gelernt, in den langen, toten Monaten ihrer sogenannten Ehe.

Bethel kehrte ins Wohnzimmer zurück. Als er allein war, übergab er sich in Ruhe weiter. Er genoß es.

Jedenfalls, dachte er düster, mag mich Tilly M. Benton aus South Pasadena.

3. Kapitel

Die Ewigkeit ist eine Art Maßstab. Aber gemessen zu werden, ist Gott nicht gegeben. Deshalb ist es Ihm nicht gegeben, ewig zu sein.
– Thomas von Aquin

Joe Tinbane hatte bisher noch nicht herausfinden können, welchen amtlichen Rang George Gore bei der Polizei von Los Angeles bekleidete; er trug den Umhang eines normalen Bürgers, elegante italienische Schuhe mit nach oben gebogenen Spitzen und ein grelles, modisches Hemd, das vielleicht sogar ein wenig zu farbenprächtig war. Gore war ein relativ schlanker, hochgewachsener Mann; Mitte Vierzig, wie Tinbane vermutete. Er kam direkt zum Thema, als sie sich in Gores Büro gegenübersaßen.

»Da Ray Roberts in die Stadt kommt, sind wir vom Gouverneur gebeten worden, ihm eine Leibwache zu stellen ... was wir ohnehin vorgehabt hatten. Vier oder vielleicht fünf Mann; auch darüber sind wir uns einig. Sie haben um Ihre Versetzung gebeten, und deshalb gehören Sie dazu.« Gore blätterte in den Unterlagen vor ihm auf dem Schreibtisch; Tinbane bemerkte, daß es sich um seine Akte handelte. »Einverstanden?« fragte Gore.

»Wenn es sein muß«, sagte Tinbane; er war verärgert – und überrascht. »Sie meinen, nicht im Rahmen des allgemeinen Polizeischutzes; Sie meinen, für die ganze Zeit. Rund um die Uhr.« In unmittelbarer Nähe, erkannte er. Wenn sie Leibwache sagten, dann meinten sie es auch ernst.

Gore bestätigte. »Sie werden mit ihm essen und – entschuldigen Sie den Ausdruck – mit ihm in einem Zimmer schlafen und so weiter. Normalerweise hat er keine Leibwache. Aber hier gibt es einen Haufen Leute, die einen ziemlichen Groll gegen die Uditen haben. Nicht, daß es in der F.N.G. anders ist, aber das ist nicht unser Problem.« Er fügte hinzu: »Roberts hat nicht darum gebeten, doch wir werden ihn nicht um Erlaubnis fragen. Ob es ihm nun gefällt oder nicht, solange er sich in unserem Zuständigkeitsbereich befindet, wird er rund um die Uhr bewacht.« Gores Tonfall war nüchtern und kalt.

»Ich nehme an, wir werden nicht abgelöst.«

»Sie und Ihre drei Kollegen werden sich abwechseln. Aber davon abgesehen, werden Sie die ganze Zeit bei ihm sein. Es handelt sich nur um achtundvierzig oder zweiundsiebzig Stunden; je nachdem, wie lange er bleibt. Er hat sich noch nicht entschieden. Aber das wissen Sie wahrscheinlich; Sie lesen Zeitungen.«

»Ich mag ihn nicht«, sagte Tinbane.

»Pech für Sie. Aber das wird Roberts kaum stören; ich bezweifle, daß es ihm überhaupt etwas ausmacht. Er hat hier eine Menge Anhänger, und die Neugierigen werden ihm auch zulaufen. Er wird Ihre Abneigung überleben. Außerdem, was wissen Sie schon von ihm? Sie sind ihm doch noch nie begegnet.«

»Meine Frau mag ihn.«

Gore grinste. »Nun, ich schätze, auch das wird er überleben. Aber ich verstehe Sie. Es ist eine Tatsache, daß es sich bei dem Großteil seiner Anhänger um Frauen handelt. Das scheint überall der Fall zu sein. Ich habe hier unsere Akte über Ray Roberts; Sie sollten sie lesen – in der Freizeit –, bevor er auftaucht. Es wird Sie interessieren; in ihr stehen ein paar seltsame Dinge, die er gesagt und getan hat, was die Uditen glauben. Sie wissen, daß wir dieses gemeinsame Drogenerlebnis gestatten, obwohl es technisch gesehen illegal ist. Darum handelt es sich in Wirklichkeit: um eine Drogenorgie; der religiöse Akt ist nur vorgeschoben, reine Staffage. Er ist ein unheimlicher und gewalttätiger Mann – zumindest unserer Ansicht nach. Ich schätze, seine Anhänger sehen ihn anders. Oder vielleicht sind sie unserer Meinung, und es gefällt ihnen.« Gore tippte auf eine verschlossene grüne Metallkassette am anderen Ende des Schreibtisches. »Sie werden verstehen, wenn Sie das hier gelesen haben – all die Verbrechen, die er bei seinen Revolverhelden duldet, bei diesen Jüngern der Macht.« Er schob die Kassette zu Tinbane hinüber. »Und anschließend werden Sie in die Stadtbibliothek gehen und in der Abteilung A und B weitere Nachforschungen anstellen.«

Tinbane nahm die verschlossene Kassette entgegen und sagte: »Geben Sie mir den Schlüssel, und ich werde die Akte lesen – in meiner Freizeit.«

Gore zog den Schlüssel heraus. »Noch etwas, Tinbane. Lassen Sie sich nicht von dem klischeehaften Bild täuschen, das die Zeitungen von Ray Roberts gezeichnet haben. Es ist eine Menge über ihn geschrieben worden, aber das meiste davon ist erfunden, und was wirklich stimmt, können Sie nirgendwo nachlesen . . . nur hier, in dieser Akte, und wenn Sie sie studiert haben, werden Sie verstehen, worauf ich hinaus will. Ich meine speziell die Gewalttätigkeit.« Er beugte sich vor. »Hören Sie; ich lasse Ihnen die Wahl. Wenn Sie das Material über Roberts gelesen haben, kommen Sie wieder in mein Büro; Sie können mir dann Ihre Entscheidung mitteilen. Offen gestanden, ich glaube, daß Sie den Auftrag übernehmen; offiziell handelt es sich um eine Beförderung, eine Stufe höher in Ihrer Laufbahn.«

Tinbane stand auf und griff nach dem Schlüssel und der verschlossenen Kassette. Da bin ich anderer Ansicht, dachte er. Aber er sagte: »Okay, Mr. Gore. Wieviel Zeit habe ich?«

»Rufen Sie mich um fünf an«, erwiderte Gore. Und er lächelte noch immer sein säuerliches, wissendes Lächeln.

In der Abteilung B der Stadtbibliothek stand Joe Tinbane argwöhnisch vor dem Schreibtisch der Chefbibliothekarin; die Bibliothek hatte etwas Einschüchterndes an sich – und er wußte nicht, was es war, oder woran es lag.

Mehrere Personen waren vor ihm; ungeduldig wartete er, blickte sich immer wieder um und zerbrach sich, wie üblich, den Kopf über seine Ehe mit Bethel, über seine Karriere bei der Polizei und den Sinn und Zweck seines Lebens, sofern es überhaupt einen Zweck erfüllte, und er fragte sich, was die Altgeborenen empfanden, während sie in ihren Gräbern lagen, und wie es wohl sein mochte, wenn man sich zurückentwickelte und in den Mutterschoß zurückkehrte, ein Schicksal, das auch ihn erwartete.

Während er grübelte, tauchte eine Bekannte an seiner Seite auf; klein, in einem langen Stoffmantel, das lange, dunkelbraune Haar zerzaust; ein hübsches, aber verheiratetes Mädchen, Lotta Hermes.

»Auf Wiedersehen«, sagte er, froh sie zu treffen.

Mit blassem Gesicht flüsterte Lotta: »Ich ... ich halte es hier nicht aus. Aber ich muß für Seb ein paar Informationen heraussuchen.« Ihr Unbehagen war offensichtlich; sie stand so steif und starr da, daß ihre Figur davon in Mitleidenschaft gezogen wurde; ihre Furcht machte sie unförmig.

»Immer mit der Ruhe«, sagte er, erstaunt über ihre Besorgnis; er wollte ihr helfen und nahm sie beim Arm, zog sie vom Schreibtisch der Chefbibliothekarin fort und führte sie aus dem riesigen, dumpf hallenden Saal in den relativ ruhigen Korridor.

»O Gott«, flüsterte sie bekümmert. »Ich kann es einfach nicht, ich kann nicht zu dieser Frau gehen, dieser schrecklichen Mrs. McGuire. Seb hat gesagt, ich soll jemand anderen verlangen, aber ich kenne niemanden. Und wenn ich Angst habe, kann ich nicht denken.« Unglücklich, hilfesuchend blickte sie zu ihm auf.

»Dieser Ort macht vielen Leuten zu schaffen«, tröstete Tinbane. Er legte den Arm um ihre Hüfte und führte sie durch den Korridor zum Ausgang.

»Ich kann nicht gehen«, rief sie verzweifelt und machte sich los. »Ich muß für Seb etwas über den Anarchen Peak herausfinden.«

»Ach?« sagte Tinbane. Er fragte sich nach dem Grund. Rechnete Sebastian damit, daß der Anarch in nächster Zeit altgeboren wurde?

Das warf ein ganz anderes Licht auf Ray Roberts' Pilgerfahrt; sogar ein völlig neues Licht: es erklärte, warum sie jetzt stattfand und warum Los Angeles das Ziel war.

»Douglas Appleford«, entschied Tinbane. Er kannte ihn; ein steifer, förmlicher, aber bemerkenswert hilfsbereiter Mann; zweifellos war er weitaus umgänglicher als diese Mavis McGuire. »Ich bringe Sie zu seinem Büro«, versprach er dem verängstigten Mädchen, »und mache Sie mit ihm bekannt. Übrigens muß ich auch einige Nachforschungen anstellen. Über Ray Roberts. Ich brauche also auch Hilfe.«

»Sie kennen einfach jeden«, sagte Lotta dankbar. Sie sah jetzt viel besser aus; sie wirkte nicht mehr so angespannt, so verkrampft, und erneut fand er sie erfrischend und anziehend. Hmm, dachte er und führte sie den Korridor hinunter zu Douglas Applefords Büro.

Als Douglas Appleford an diesem Morgen das Vorzimmer seines Büros in der Abteilung B der Bibliothek betrat, versuchte seine Sekretärin Miss Tomsen soeben, einen großen, nachlässig gekleideten farbigen Herrn mittleren Alters abzuwimmeln, der eine Aktentasche unter dem Arm geklemmt hielt.

»Ah, Mr. Appleford«, sagte der Mann mit trockener, blechern klingender Stimme, als er Appleford sah und ihn offenbar sofort erkannte; mit ausgestreckter Hand kam er auf ihn zu. »Wie schön, Sie zu sehen, Sir. Auf Wiedersehen, auf Wiedersehen. Wie man wohl wegen der Phase sagen muß.« Er schenkte Appleford ein kurz aufblitzendes, sofort wieder verlöschendes Lächeln; Appleford erwiderte es nicht.

»Ich bin sehr beschäftigt«, wehrte er ab und ging an Miss Tomsens Schreibtisch vorbei auf die Tür seines Büros zu. »Wenn Sie mit mir sprechen wollen, müssen Sie sich einen Termin geben lassen. Guten Tag.« Er wollte die Tür hinter sich schließen.

»Es geht um den Anarchen Peak«, erklärte der große, farbige Mann mit der Aktentasche. »Ich habe Grund zu der Annahme, daß es Sie interessiert.«

»Wie kommen Sie darauf?« Irritiert verharrte er. »Ich kann mich nicht erinnern, je Interesse für einen religiösen Fanatiker empfunden oder bekundet zu haben, der zum Glück seit zwei Jahrzehnten in seinem Grab liegt.« Von plötzlichem Argwohn erfüllt, fragte er widerwillig: »Peak steht doch nicht vor seiner Wiedergeburt, oder?«

Erneut lächelte der große, farbige Mann sein mechanisches Lächeln – und es war wirklich mechanisch; Doug Appleford bemerkte jetzt den schmalen, aber leuchtgelben aufgenähten Streifen am Ärmel des Mannes. Ein Roboter, der gesetzlich gezwungen war, das Erkennungsband zu tragen, um niemanden in die Irre zu führen. Als Appleford das erkannte, nahm seine Verwirrung zu; er hatte ein starkes, tiefverwurzeltes Vorurteil gegen Roboter, von dem er sich nicht befreien konnte; von dem er sich, genauer gesagt, nicht mal befreien wollte.

»Kommen Sie herein«, sagte Appleford und hielt die Tür zu seinem pedantisch aufgeräumten Büro auf. Der Robot vertrat einen menschlichen Auftraggeber; er war nicht von allein gekommen: das Gesetz verbot es. Er fragte sich, wer ihn geschickt hatte. Der Funktionär eines europäischen Syndikats? Möglich. Es war in jedem Fall besser, sich anzuhören, was das Ding zu sagen hatte, und es dann hinauszuwerfen.

Sie standen sich im Hauptbüro seiner Büroflucht gegenüber und sahen sich an.

»Meine Karte«, sagte der Robot und streckte die Hand aus.

Appleford las die Karte mit finsterer Miene.

Carl Gantrix
Rechtsanwalt, W.U.S.

»Mein Auftraggeber«, erklärte der Robot. »Nun kennen Sie also meinen Namen. Es wäre mir recht, wenn Sie mich Carl nennen würden.« Jetzt, wo die Tür geschlossen und Miss Tomsen ausgesperrt war, klang die Stimme des Robots überraschend autoritär.

»Ich ziehe die gebräuchlichere Anrede Carl Junior vor«, sagte Appleford zurückhaltend, »wenn es ihnen nichts ausmacht.« Er gab seiner Stimme ebenfalls einen autoritären Klang. »Sie wissen, daß ich nur selten Roboter empfange. Vielleicht ist es eine Marotte, aber eine, von der ich bekanntlich nicht abweiche.«

»Bis jetzt«, murmelte der Roboter Carl Junior; er nahm die Karte wieder an sich und steckte sie zurück in seine Brieftasche, mit knappen, maschinenhaften Bewegungen. Dann setzte er sich und zog gleichzeitig den Reißverschluß seiner Aktentasche auf. »Als Leiter der Abteilung B der Bibliothek sind Sie natürlich ein Experte in Sachen Hobart-Phase. Zumindest geht Mr. Gantrix davon aus. Ist das zutreffend, Sir?« Der Roboter sah ihn scharf an.

»Nun, ich habe ständig damit zu tun.« Appleford wählte einen forschen, herablassenden Tonfall; es war immer besser, sich überlegen zu geben, wenn man mit einem Robot zu tun hatte. Um sie auf diese Art – und auf alle anderen Arten – ständig an ihre wahre Stellung zu erinnern.

»Das ist Mr. Gantrix klar. Und angesichts dieser unbestreitbaren Tatsache und der sich daraus ergebenden Schlußfolgerung besteht für ihn kein Zweifel, Sir, daß Sie im Lauf der Jahre zu einer Art Autorität auf dem Gebiet der Vorteile, des Gebrauchs und der zahlreichen

Nachteile des Hobartschen Retro- oder Antizeitfeldes geworden sind. Richtig? Nicht richtig?«

Appleford dachte nach. »Richtig. Allerdings muß man berücksichtigen, daß meine Kenntnisse praktischer und nicht theoretischer Art sind. Aber ich kann nüchtern mit den entsetzlichen Folgen der Phase umgehen. Und sie sind entsetzlich, Junior, die Dinge, die unter dem Einfluß der Phase geschehen. Wie die Sache mit den Toten. Sie gefällt mir ganz und gar nicht; nach meiner Meinung ist die Auferstehung der größte von vielen Nachteilen. Mit allen anderen kann ich zurechtkommen.«

»Gewiß.« Der Roboter bewegte zustimmend den völlig menschlich wirkenden Thermoplastkopf. »Sehr gut, Mr. Appleford. Kommen wir zur Sache. Seine Heiligkeit, der sehr ehrenwerte Ray Roberts, wird zu einen Besuch in die W.U.S. kommen, wie Sie vielleicht schon aus den Morgenzeitungen erfahren haben. Natürlich handelt es sich dabei um ein großes gesellschaftliches Ereignis; das versteht sich von selbst. Seine Heiligkeit, in dessen Diensten Mr. Gantrix steht, hat mich gebeten, die Abteilung B Ihrer Bibliothek aufzusuchen und, Ihre Zustimmung vorausgesetzt, alle noch vorhandenen Manuskripte zu beschlagnahmen, die sich mit dem Anarchen Peak befassen. Sind Sie damit einverstanden? Zum Ausgleich ist Mr. Gantrix zu einer Spende in beträchtlicher Höhe bereit, um die Arbeit Ihrer Bibliothek in den kommenden Jahren zu unterstützten.«

»Das ist in der Tat sehr großzügig«, erklärte Appleford, »aber ich fürchte, ich muß wissen, *warum* Ihr Auftraggeber die den Anarchen betreffenden Manuskripte beschlagnahmen will.« Er war alarmiert; etwas an diesem Robot löste seine psychologischen Verteidigungsmechanismen aus.

Der Robot richtete sich auf; er beugte sich vor und legte einen Stapel Dokumente auf Applefords Schreibtisch. »In Beantwortung Ihrer Frage bitte ich höflich darum, daß Sie sich diese Unterlagen ansehen.«

Carl Gantrix nahm sich die Zeit, über die Videoanlage des Robotersystems den Hilfsbibliothekar Douglas Appleford ausgiebig zu mustern, während er den dicken Stapel bewußt obskur gehaltener Pseudodokumente durchging, die der Roboter vorgelegt hatte.

Der Bürokrat in Appleford hatte den Köder geschluckt; die Aufmerksamkeit des Bibliothekars war von dem Roboter abgelenkt. Während Appleford las, schob der Roboter geschickt seinen Stuhl zurück und nach links, in die Nähe der beeindruckend umfangreichen Kartei. Der Roboter fuhr seinen rechten Arm aus und steckte seine fingerförmigen Greifwerkzeuge in den vordersten Karteikasten; Appleford bemerkte von all dem natürlich nichts, und so machte sich der Roboter an den nächsten Schritt seines Auftrags. Er deponierte ein miniaturisiertes Nest embryonischer Roboter von Stecknadelkopfgröße in dem Karteikasten, versteckte hinter der nächsten Karte einen winzigen Suchsender und schließlich einen hochwirksamen Sprengsatz mit Dreitagezünder.

Gantrix, der an seinem Bildschirm alles verfolgte, grinste. Nur noch ein Gerät befand sich im Besitz des Roboters, und es wurde kurz sichtbar, als die Maschine, Appleford von der Seite wachsam im Auge haltend, erneut mit dem Teleskoparm nach der Kartei griff und dieses letzte Stück ihrer High-Tech-Ausrüstung deponierte.

»Stop«, sagte Appleford, ohne den Kopf zu heben.

Der Audiosensor der Kartei fing das Kodewort auf und aktivierte eine Notschaltung; der Karteikasten schloß sich wie eine Muschel, glitt in die Wand zurück und verschwand. Gleichzeitig stieß er die Geräte aus, die der Roboter deponiert hatte; die Geräte beschrieben eine elektronisch berechnete Flugbahn, die sie direkt vor seine Füße beförderten, wo sie deutlich sichtbar liegen blieben.

»Du lieber Himmel«, sagte der Roboter unwillkürlich; er wirkte erschüttert.

»Verlassen Sie sofort mein Büro«, befahl Appleford. Er sah von den Scheindokumenten auf, und sein Gesichtsausdruck war kalt. Als der Roboter sich bückte, um die Geräte aufzuheben, fügte er hinzu: »Und Ihre Ausrüstung bleibt hier; ich werde sie im Labor untersuchen lassen, um herauszufinden, welche Funktion sie hat und woher sie stammt.« Er griff in die oberste Schreibtischschublade, und seine Hand kam mit einer Waffe wieder zum Vorschein.

In Carl Gantrix' Ohren summte die Telefonstimme des Roboters. »Was soll ich tun, Sir?«

»Sofort verschwinden.« Gantrix war nicht mehr belustigt; der kauzige Bibliothekar war dem Test gewachsen gewesen, hatte ihn sogar mit Bravour bestanden. Er würde sich direkt mit Appleford in Verbindung setzen müssen, und sich dieser Tatsache bewußt, griff Gantrix widerwillig nach dem Hörer des nächsten Vidfons und wählte die Nummer der Bibliotheksvermittlung.

Einen Moment später sah er mit dem Vidiosystem des Roboters, wie der Bibliothekar Douglas Appleford den Hörer seines Vidfons abhob.

»Wir haben ein gemeinsames Problem«, sagte Gantrix. »Warum arbeiten wir also nicht zusammen?«

»Ich bin mir keines Problems bewußt«, erwiderte Appleford. Seine Stimme klang völlig beherrscht; der Versuch des Roboters, seinen Arbeitsbereich elektronisch zu infiltrieren, hatte ihn nicht aus der Fassung gebracht. »Wenn Sie mit mir zusammenarbeiten wollen«, fügte er hinzu, »haben Sie einen schlechten Anfang gemacht.«

»Zugegeben«, sagte Gantrix. »Aber wir hatten in der Vergangenheit mit euch Bibliothekaren erhebliche Schwierigkeiten.« Eure hohe Stellung, dachte er, unter dem Schutz des Löschungsrats. Aber er erwähnte es nicht. »Irgendwo in Ihrer riesigen Datensammlung – mögen die Unterlagen nun echt oder gefälscht sein – muß es eine bestimmte Information geben, die uns fehlt, und die wir unter allen Umständen bekommen müssen. Der Rest . . .« Er zögerte und setzte dann alles auf eine Karte. »Ich werde Ihnen sagen, um was es geht, und vielleicht können Sie uns helfen, die Antwort auf diese Frage zu finden. *Wo ist der Anarch Peak begraben?*«

»Das weiß Gott allein«, sagte Appleford.

»Irgendwo in Ihren Büchern, religiösen Schriften, Akten . . .«

»Unsere Aufgabe hier in der Bibliothek«, erklärte Appleford, »besteht nicht darin, Daten auszuwerten und/oder zu speichern; wir löschen sie.«

Es wurde still.

»Nun«, murmelte Gantrix, »Sie haben Ihre Position offen und in bewundernswerter Kürze dargelegt. Demnach können wir davon ausgehen, daß die Angaben über die Grabstelle des Anarchen gelöscht worden sind; es gibt keine Unterlagen mehr darüber.«

»Sie sind zweifellos gelöscht worden«, bestätigte Appleford. »Zumindest ist das eine naheliegende Annahme . . . und entspricht der Politik der Bibliothek.«

»Und Sie sind nicht bereit, es zu überprüfen«, stellte Gantrix fest. »Nicht einmal gegen eine Spende in beträchtlicher Höhe.« Bürokratie, dachte er; sie machte ihn krank; sie *war* krank.

»Guten Tag, Mr. Gantrix«, verabschiedete sich der Bibliothekar und legte auf.

Carl Gantrix blieb eine Weile stumm sitzen und kämpfte um seine Beherrschung. Um die Kontrolle über seine Gefühle.

Schließlich griff er erneut nach dem Vidfonhörer und wählte diesmal die Nummer der Freien Negergemeinde. »Ich möchte mit dem sehr ehrenwerten Ray Roberts sprechen«, sagte er zur Vermittlung in Chicago.

»Der Teilnehmer kann nur über . . .«

»Ich habe den erforderlichen Kode«, unterbrach Gantrix und nannte ihn. Er fühlte sich müde und niedergeschlagen . . . und er fürchtete sich vor Ray Roberts' Reaktion. Aber wir können nicht aufgeben, erkannte er. Wir wußten von Anfang an, daß dieser Bürokrat Appleford für uns keine Nachforschungen anstellen würde; wir wußten, daß uns nichts anderes übrigbleiben würde, als in die Bibliothek einzubrechen und es selbst zu erledigen.

Die Information ist irgendwo in dieser Bibliothek, sagte er sich. Wahrscheinlich ist sie der *einzige* Ort, die einzige Quelle, wo wir diese Information bekommen können.

Und nach Ray Roberts' geheimen Berechnungen blieb ihnen nicht mehr viel Zeit. Der Anarch Peak konnte jetzt jeden Tag ins Leben zurückkehren.

Es war eine höchst gefährliche Lage.

4. Kapitel

Wenn es Gott also gäbe, dürfte es das Böse nicht geben; aber in der Welt gibt es das Böse. Deshalb gibt es Gott nicht.
– Thomas von Aquin

Sobald der Robot Carl Gantrix Junior sein Büro verlassen hatte, drückte Doug Appleford die Taste seiner Sprechanlage, die ihn direkt mit seiner Vorgesetzten, der Chefbibliothekarin Mavis McGuire, verband.

»Wissen Sie, was gerade passiert ist?« sagte er. »Jemand vom Udi-Kult hat einen Robot zu mir geschickt und überall in meinem Büro Abhörgeräte verteilt. Er ist jetzt weg.« Er fügte hinzu: »Vielleicht hätte ich die Polizei rufen sollen. Ich könnte es immer noch; die Kamera in meinem Büro hat den Zwischenfall aufgezeichnet, so daß wir Beweismaterial vorlegen können, wenn wir etwas unternehmen wollen.«

Mavis zeigte die gewohnte abweisende, düstere Miene, die tödliche Ruhe, die meist einer Schimpfkanonade vorausging. Vor allem zu dieser Tageszeit – frühmorgens – war sie am reizbarsten.

Im Lauf der Jahre hatte Appleford gelernt, mit ihr zu leben. Als Verwaltungsbeamtin war sie großartig. Sie besaß Tatkraft; sie war genau; sie übernahm immer – und mit Recht – die letzte Verantwortung; er hatte nie erlebt, daß sie vor der Verantwortung zurückscheute ... so auch in diesem Fall nicht. Nicht einmal in seinen kühnsten Träumen hatte er sich vorzustellen gewagt, an ihre Stelle zu treten; ganz rational, ganz nüchtern war ihm bewußt, daß er nicht über ihre Fähigkeiten verfügte; er hatte genug Talent, um als ihr Untergebener zu arbeiten – und er machte seine Arbeit gut – aber das war alles. Er respektierte und fürchtete sie, eine tödliche Kombination in bezug auf jeglichen Ehrgeiz von seiner Seite, in der Hierarchie der Bibliothek eine Sprosse höher zu klimmen. Mavis McGuire war die Chefin, und ihm war es recht; ihm war es jetzt auch recht, ihr das Problem zuschieben zu können.

»Udi«, sagte Mavis mit schiefem Mund. »Dieser abscheuliche Kult. Ja; mir ist klar, daß Ray Roberts' hier abkassieren will; ich habe damit gerechnet, daß seine Leute bei uns herumschnüffeln werden. Ich nehme an, Sie haben die Abhörgeräte entfernt.«

»Natürlich«, versicherte Appleford. Sie lagen noch immer auf dem Teppichboden seines Büros, wo die Kartei sie ausgestoßen hatte.

»Worauf hatten sie es denn abgesehen?« fragte Mavis mit ihrer leisen, fast flüsternden Stimme.

»Auf die Grabstätte des Anarchen Peak.«

»Haben wir diese Information?«

»Ich habe es nicht überprüft«, gestand Appleford.

»Ich erkundige mich beim Löschungsrat«, erklärte Mavis, »und stelle fest, ob dieses Faktum freigegeben werden soll; ich frage nach, wie der Rat zu dieser Angelegenheit steht. Im Moment bin ich sehr beschäftigt; Sie entschuldigen mich.« Dann legte sie auf.

Miss Tomsen meldete sich. »Eine Mrs. Hermes und ein Polizeibeamter Tinbane möchten Sie sprechen, Sir. Sie sind nicht angemeldet.«

»Tinbande«, wiederholte er. Er hatte den jungen Polizeibeamten immer gut leiden können. Ein Mann, der seine Pflicht so korrekt und zuverlässig erfüllt wie Appleford; sie hatten etwas gemeinsam. Mrs. Hermes; er kannte sie nicht. Wahrscheinlich weigerte sich jemand, ein Buch der Bibliothek zu übergeben; Tinbane hatte schon früher solche Fälle von Besitzgier aufgeklärt. »Schicken Sie sie herein«, entschied er. Wahrscheinlich war Mrs. Hermes eine Horterin – jemand, der sich weigerte, ein Buch abzugeben, dessen Zeit gekommen war.

Tinbane, in Uniform, kam herein, gefolgt von einem hübschen Mädchen mit erstaunlich langen, dunklen Haaren. Sie wirkte unsicher und hielt sich dicht bei dem Polizisten.

»Auf Wiedersehen«, begrüßte Appleford sie höflich. »Bitte, setzen Sie sich.« Er stand auf, um Mrs. Hermes einen Stuhl anzubieten.

»Mrs. Hermes«, erklärte Tinbane, »benötigt Informationen über den Anarchen Peak. Haben Sie vielleicht irgendwelche noch nicht gelöschten Unterlagen, die ihr weiterhelfen können?«

»Wahrscheinlich«, sagte Appleford. Dies scheint das Thema des Tages zu sein, dachte er. Aber diese beiden Personen schienen im Gegensatz zu Carl Gantrix keine Verbindung zu Roberts' zu haben, und das änderte seine Einstellung. »Interessieren Sie sich für etwas Bestimmtes?« wandte er sich im freundlichen Tonfall an das Mädchen, bestrebt, es zu beruhigen. Sie war offenbar leicht einzuschüchtern.

Mit sanfter, leiser Stimme sagte das Mädchen: »Mein Mann möchte, daß ich alles in Erfahrung bringe, was über ihn bekannt ist.«

»Ich schlage vor«, erwiderte Appleford, »daß Sie sich, statt Manuskripte und Bücher durchzustöbern, an einen Experten für zeitgenössische Religionsgeschichte wenden.« An einen Mann, der außerdem empfänglich für attraktive Frauen war – wie Appleford. Er spielte zur Betonung mit einem Kugelschreiber. »Zufällig weiß ich einiges über den verstorbenen Anarchen.« Er lehnte sich in seinem Drehstuhl zurück, faltete die Hände, sah hinauf zur Stuckdecke seines Büros.

»Ich wäre für alles dankbar, was Sie mir sagen können«, erklärte Mrs. Hermes auf ihre scheue Art.

Schulterzuckend, lächelnd, in Wirklichkeit über ihre Bitte erfreut, begann Doug Appleford seinen Vortrag. Mrs. Hermes und Tinbane hörten mit der gebotenen Aufmerksamkeit zu, und auch das gefiel ihm.

Zur Zeit seines Todes war der Anarch fünfzig Jahre alt gewesen. Er hatte ein interessantes – und außergewöhnliches – Leben geführt. In seiner College-Zeit hatte er in Cambridge studiert und mit brillanten Leistungen aufgewartet; er hatte sogar ein Rhodes-Stipedium erhalten und in klassischen Sprachen promoviert: Hebräisch, Sanskrit, attisches Griechisch und Latein. Dann, mit zweiundzwanzig Jahren, hatte er abrupt seine akademische Laufbahn abgebrochen und sein Land verlassen; er war in die Vereinigten Staaten ausgewandert, um bei dem damals berühmtesten Jazzmusiker, Herbie Mann, Jazz zu studieren. Nach kurzer Zeit hatte er seine eigene Jazz-Combo gegründet und darin Querflöte gespielt.

Damit hatte er sich seinen Lebensunterhalt an der Westküste verdient, in San Francisco. Zu jener Zeit, Ende der sechziger Jahre, ließ der Episkopalische Bischof der Diözese Kalifornien, James Pike, Jazz-Messen in der Grace-Kathedrale aufführen, und eine der Gruppen, die er dazu eingeladen hatte, war Thomas Peaks Combo gewesen. Zu diesem Zeitpunkt hatte sich Peak als Komponist versucht, eine umfangreiche Jazz-Messe geschrieben und mit ihr Erfolg gehabt. 1968 hatte ihn Herb Caen, der Kolumnist der regionalen Tageszeitung, Pikes Posaune genannt. Auch Bischof Pike war eine interessante Persönlichkeit gewesen. Ein ehemaliger Rechtsanwalt, aktiv in der A.C.L.U., der kirchlichen Bürgerrechtsbewegung, einer der brillantesten und radikalsten Kleriker seiner Zeit, der auch bei den sogenannten »sozialen Aktionen« mitgemacht hatte, damals Thema des Tages, bei denen es vor allem um die Rechte der schwarzen Bevölkerung gegangen war. Zum Beispiel hatte er Dr. Martin Luther King nach Selma begleitet. Aus alldem hatte Thomas Peak gelernt. Auch er hatte sich für die Fragen der Zeit engagiert – natürlich in viel kleinerem Umfang als Bischof Pike. Auf Bischof Pikes Vorschlag war er ins Priesterseminar eingetreten und schließlich zum episkopalischen Priester geweiht worden – und wie James Pike, sein Bischof, war er für die damalige Zeit recht radikal gewesen, obwohl inzwischen die von ihm vertretenene Lehren im großen und ganzen akzeptiert wurden. Er war seiner Zeit nur ein wenig voraus gewesen.

Damals jedoch hatte man ihn mit einem Häresieprozeß überzogen und aus der Episkopalischen Kirche ausgeschlossen; worauf er seine eigene Kirche gegründet hatte. Und als dann die Freie Negergemeinde entstanden war, hatte er sich dorthin gewandt; ihre Hauptstadt war zur Geburtsstätte seines Kultes geworden.

Es bestand nicht viel Ähnlichkeit zwischen Peaks neuem Kult und der Episkopalischen Kirche, die er verlassen hatte. Das Udi-Erlebnis, der Gruppengeist, stellte das zentrale – wenn nicht das einzige – Sakrament dar, und nur zu diesem Zweck versammelte sich die Gemeinde. Ohne die dabei verwendete halluzinogene Droge, konnte das Sakrament nicht stattfinden; aus diesem Grund war Peaks Kirche – wie die Nordamerikanische Indianerkirche – von der Verfügbarkeit der Droge abhängig, ganz zu schweigen von ihrer Legalität. Demnach mußte der Kult über besondere Beziehungen zu verständnisvollen Behörden verfügen.

Was das Udi-Erlebnis betraf, so lagen Berichte von eingeschleusten

Agenten vor, die kategorisch erklärten, daß die Vereinigung zum Gruppengeist eine Tatsache war und nicht auf Einbildung beruhte.

»Und darüber hinaus . . .« wollte Appleford hinzufügen, wurde aber an diesem Punkt unterbrochen. Stockend, aber entschlossen stellte Lotta eine Frage.

»Glauben Sie, daß es für Ray Roberts von Vorteil wäre, wenn der Anarch wiedergeboren werden würde?«

Appleford dachte eine Weile darüber nach; es war eine gute Frage, und sie zeigte ihm, daß Mrs. Hermes trotz ihrer Schüchternheit und Zurückhaltung den Kern des Problems erfaßt hatte.

»Wegen der Hobart-Phase«, sagte er schließlich, »ist der Lauf der Geschichte für den Anarchen und gegen Ray Roberts. Der Anarch starb mit fünfzig Jahren; in diesem Alter wird er immer noch sein, wenn er wiedergeboren wird, und er wird stetig an Lebenskraft und schöpferischer Leistungsfähigkeit zunehmen – zumindest dreißig Jahre lang. Ray Roberts ist erst sechsundzwanzig. Die Hobart-Phase führt ihn zurück in seine Jugendzeit; wenn Peak auf dem Höhepunkt seiner Schaffenskraft ist, wird Roberts ein Kind sein, das nach einem passenden Mutterschoß sucht. *Peak braucht nur zu warten.* Nein«, entschied er, »es wäre für Roberts nicht von Vorteil.« Und das, sagte er sich, hat Carl Gantrix eindringlich demonstriert . . . durch seinen Wunsch, zu erfahren, wo der Anarch begraben liegt.

»Mein Mann«, sagte Mrs. Hermes mit ihrer süßen, ernsten Stimme, »betreibt ein Vitarium.« Sie warf Tinbane einen Blick zu, wie um ihn zu fragen, ob sie fortfahren sollte.

Tinbane räusperte sich und brummte: »Wie ich sehe, erwartet das Vitarium Flasche des Hermes jeden Moment oder zumindest in absehbarer Zeit die Wiedergeburt des Anarchen. Theoretisch wäre jedes Vitarium, das ihn findet, gehalten, Peak den Uditen anzubieten. Aber wie wir beide aus Mrs. Hermes' Frage entnehmen können, bestehen gewisse – und offenbar begründete – Zweifel, ob dies wirklich im Interesse des Anarchen wäre.«

»Wenn ich über die Arbeitsweise der Vitarien richtig informiert bin«, sagte Appleford, »geben sie bekannt, wen sie haben, und der höchste Bieter erhält den Zuschlag. Ist das richtig, Mrs. Hermes?«

Sie senkte den Kopf, nickte.

»Es ist wirklich nicht Ihre oder die Aufgabe Ihres Mannes, sich mit den moralischen Aspekten zu befassen«, meinte Appleford. »Sie sind Geschäftsleute; Sie spüren Tote auf, die kurz vor ihrer Wiedergeburt stehen, und Sie verkaufen Ihre Ware zum höchstmöglichen Marktpreis. Wenn Sie erst einmal anfangen, sich den Kopf darüber zu zerbrechen, wer *moralisch* der beste Kunde ist . . .«

»Unser Verkäufer, R. C. Buckley, achtet streng auf die moralischen Aspekte«, unterbrach Mrs. Hermes ernsthaft.

»Behauptet *er*«, sagte Tinbane.

»Oh, ich bin davon überzeugt«, versicherte sie. »Er nimmt sich viel Zeit, um das Umfeld der Kunden zu überprüfen; er gibt sich wirklich Mühe.«

Einen Moment herrschte bedeutungsvolles Schweigen.

Appleford wandte sich an Mrs. Hermes. »Sie wollen nicht wissen, wo sich das Grab des Anarchen befindet? Sie sind nicht deswegen . . .«

»Oh, das wissen wir«, sagte Mrs. Hermes mit ihrer ernsten, ehrlichen Kleinmädchenstimme; Tinbane fuhr sichtlich zusammen und wirkte verärgert.

»Mrs. Hermes, Sie sollten lieber niemandem verraten, daß Sie es wissen«, warnte Appleford.

»Oh«, flüsterte sie und errötete. »Es tut mir leid.«

»Kurz vor Ihnen war jemand von den Uditen hier, der genau das herausfinden wollte«, fügte Appleford hinzu. »Wenn man an Sie herantritt« – er beugte sich vor, sprach langsam und eindringlich –, sagen Sie es nicht. Sagen Sie es nicht einmal mir.«

»Oder mir«, warf Tinbane ein.

Den Tränen nah, sagte Mrs. Hermes mit erstickter Stimme: »Es tut mir leid; ich glaube, ich habe alles verdorben. Wie immer.«

Tinbane sah sie fragend an. »Haben Sie es sonst noch jemandem gesagt, Lotta?«

Sie schüttelte wortlos den Kopf; nein.

»Okay.« Tinbane nickte Appleford im stillen Einverständnis zu. »Wahrscheinlich ist noch kein Schaden angerichtet. Aber sie werden es weiter versuchen. Vielleicht fragen sie bei allen Vitarien nach; Sie sollten das besser mit Seb und Ihren Mitarbeitern besprechen. Sie verstehen, Lotta?«

Sie nickte wieder; ja. In ihren großen dunklen Augen glänzten unterdrückte Tränen.

5. Kapitel

Liebe ist der Endpunkt und sanfte Stillstand der natürlichen Bewegung aller bewegten Dinge, über den hinaus keine Bewegung möglich ist.
– Eriugena

Um drei Uhr nachmittags meldete sich Joe Tinbane bei seinem Vorgesetzten George Gore zurück.

»Nun«, sagte Gore, lehnte sich zurück und stocherte in den Zähnen, während er Tinbane abschätzend musterte, »haben Sie viel über Ray Roberts herausgefunden?«

»Nichts, was meine Meinung ändern könnte. Er ist ein Fanatiker: er würde alles tun, um die Macht zu behalten; und er ist ein potentieller Mörder.« Er dachte an den Anarchen Peak, aber er erwähnte ihn nicht; das war eine Sache, die nur ihn und Lotta Hermes anging ... das war zumindest seine Meinung. Auf jeden Fall war es ein komplexes Problem. Er würde improvisieren müssen.

»Ein moderner Malcolm X«, bestätigte Gore. »Erinnern Sie sich an ihn? Er hat Gewalt gepredigt und Gewalt geerntet. Wie es in der Bibel steht.« Er sah Tinbane noch immer abschätzend an. »Wollen Sie meine Theorie hören? Ich habe das Todesdatum des Anarchen Peak überprüft; er steht kurz vor der Wiedergeburt. Ich glaube, Ray Roberts ist aus diesem Grund hier. Peaks Wiedergeburt wird Roberts' politische Karriere beenden. Ich schätze, er würde Peak mit Freuden umbringen – wenn er ihn rechtzeitig finden könnte. Wenn er wartet ...« Gore fuhr sich bezeichnend mit der Hand über die Kehle. »Dann ist er erledigt. Sobald Peak wieder etabliert ist, wird er es bleiben; er war selbst ein gerissener Hund, aber ohne die Gewalttätigkeit. Die kritische Zeit werden die acht oder zehn Tage zwischen Peaks Ausgrabung und seiner Entlassung aus dem Krankenhaus sein. Peak war in den letzten Monaten seines Lebens schwerkrank; Toxämie, soviel ich weiß. Er wird in einem Krankenhausbett liegen und warten müssen, bis er sich erholt hat, ehe er wieder die Kontrolle über Udi übernehmen kann.«

»Wäre es für Peak von Vorteil«, fragte Tinbane, »wenn ein Polizeitrupp ihn finden würde?«

»Oh, ja; *verdammt noch mal*, ja. Wenn wir ihn ausgraben, könnten wir ihn schützen. Aber wenn ihn eins von den privaten Vitarien aufspürt – sie können ihn nicht vor einem Attentat schützen; sie haben einfach nicht die richtige Ausrüstung. Zum Beispiel sind sie auf die normalen Stadtkrankenhäuser angewiesen ... wir haben natürlich unsere eigenen. Wie Sie wissen, stehen wir nicht zum ersten Mal vor dem Problem, daß jemand ein begründetes Interesse daran hat, daß ein Altgeborener im Grab liegen bleibt. Dieser Fall ist lediglich von öffentlichem Interesse, er hat größere Dimensionen.«

Nachdenklich meinte Tinbane: »Aber andererseits wäre der Besitz des Anarchen für ein Vitarium ein großer finanzieller Vorteil. Wenn er geschickt angeboten wird, dem richtigen Käufer, könnte er ein kleines Vermögen einbringen.« Er dachte daran, was ein Geschäft dieser Größenordnung für ein kleines Unternehmen wie das Vitarium Flasche des Hermes bedeuten würde; es konnte sie praktisch für unbegrenzte Zeit finanziell sanieren. Für Sebastian Hermes wäre es eine Katastrophe, wenn die Polizei Peak beschlagnahmen würde ... schließlich war dies der erste, einzige, der wirkliche Durchbruch für Sebastian. Seit der Gründung seiner Firmenklitsche.

Darf ich ihm diese Chance nehmen? fragte sich Tinbane. Gott, was für ein Gedanke, Lottas Versprecher in Applefords Büro so kalt, so professionell auszunutzen.

Natürlich bestand die Möglichkeit, daß Appleford es tat, daß er die Information an Ray Roberts verkaufte – zu einem guten Preis. Aber er bezweifelte das; Appleford schien ihm nicht zu dieser Sorte Mensch zu gehören.

Andererseits, im Interesse des Anarchen ...

Aber wenn die Polizei den Anarchen in Schutzhaft nahm, würde Sebastian erfahren, wer ihr den Tip gegeben hatte; er würde die Spur ohne Mühe bis zu Lotta zurückverfolgen können. Das muß ich bedenken, erkannte er, falls ich irgendwelche Pläne mit ihr haben sollte. Was meine Beziehung – oder mögliche Beziehung – zu ihr betrifft.

Wem versuche ich eigentlich zu helfen? fragte er sich. Sebastian? Oder Lotta? Oder – mir selbst?

Ich kann sie erpressen, dachte er und war im gleichen Moment entsetzt; aber der Gedanke war ganz klar gewesen. Ich muß nur abwarten, bis ich allein mit ihr sprechen kann, und ihr dann einfach sagen, daß – sie die Wahl hat. Sie kann meine ...

Verdammt, dachte er. Das ist schrecklich! Sie zu erpressen, meine Geliebte zu werden; was bin ich nur für ein Mensch!

Andererseits, im Endeffekt kam es nicht darauf an, was man dachte, sondern was man tat.

Ich sollte mit einem Geistlichen darüber sprechen, entschied er; *irgend jemand* muß doch mit diesen schwierigen moralischen Fragen umgehen können.

Pater Faine, dachte er. Ich könnte mit ihm reden.

Sobald er George Gores Büro verlassen hatte, flog er mit seinem Streifenwagen zum Vitarium Flasche des Hermes.

Das baufällig alte Holzgebäude belustigte ihn immer wieder; es schien jeden Augenblick einstürzen zu wollen, hatte sich bisher aber noch nicht dazu entscheiden können. Wieviel verschiedene Unternehmen hatten im Lauf der Jahrzehnte schon hinter dieser verblichenen Fassade residiert. Vor dem Vitarium, hatte Sebastian ihm erzählt, war in dem Gebäude eine kleine Käsefabrik untergebracht gewesen, die neun Mädchen beschäftigt hatte. Und davor, glaubte Sebastian, ein Fernsehreparaturdienst.

Er landete, stellte seinen Streifenwagen ab und betrat das Haus. An der Schreibmaschine, hinter dem Tresen, saß Cheryl Vale, die freundliche, etwa dreißigjährige Empfangsdame und Buchhalterin der Firma; sie telefonierte gerade, und so ging er durch die nächste Tür in den hinteren Teil des Gebäudes, der den Angestellten des Instituts vorbehalten war. Dort traf er den einzigen Verkäufer der Firma, R. C. Buckley, der in einer eselsohrigen Ausgabe des *Playboy* blätterte, der Lieblingslektüre aller Verkäufer.

»Hallo, Tinbane«, grüßte R. C. mit einem breiten Lächeln. »Wieder einmal auf Strafzetteltour?« Er lachte sein typisches Verkäuferlachen.

»Ist Pater Faine da?« fragte Tinbane. Er sah sich um, konnte ihn aber nirgendwo entdecken.

»Er ist mit den anderen unterwegs«, erklärte R. C. »Sie haben auf dem Cedar Halls-Friedhof in San Fernando wieder einen Altgeborenen aufgespürt. Müßten in einer halben Stunde zurück sein. Wollen Sie etwas Sogum?« Er deutete auf einen fast vollen Sogumbehälter, mit dem sich die Angestellten die Zeit vertrieben, wenn es nichts zu tun gab.

»Was ist entscheidend?« sagte er ernst und ließ sich auf einem von Bob Lindys hohen Werkbankstühlen nieder. »Das, was man tut, oder das, was man denkt? Ich meine, wenn man auf Ideen kommt, die man dann doch nicht in die Tat umsetzt . . . zählen die auch?«

R. C. runzelte die Stirn. »Ich weiß nicht, was Sie meinen.«

»Ich will es anders ausdrücken.« Tinbane gestikulierte und versuchte die richtigen Worte zu finden; es fiel ihm schwer, und R. C. war nicht der richtige Gesprächspartner dafür. Aber es war besser als weiter zu grübeln. »Wenn man träumt, zum Beispiel«, sagte er; der Vergleich schien ihm am passendsten. »Angenommen, Sie sind verheiratet. Das sind Sie doch, nicht wahr?«

»Oh, sicher, klar«, bestätigte R. C.

»Okay, ich auch. Nun sagen wir einmal, daß Sie Ihre Frau lieben. Ich nehme an, daß es so ist; ich liebe meine. Angenommen, Sie träumen davon, daß Sie mit einer anderen Frau herummachen.«

»Mit welcher Frau?«

»Mit irgendeiner. Einfach mit einer anderen Frau. Um es genau zu sagen, Sie gehen mit ihr ins Bett. In Ihrem Traum, meine ich. Okay. Ist das eine Sünde?«

»Ja«, entschied R. C., »wenn Sie nach dem Aufwachen an den Traum zurückdenken und Spaß daran haben.«

»Okay«, fuhr Tinbane fort, »angenommen, Sie kommen auf den Gedanken, einem anderen Menschen wehzutun, ihn auszunutzen; aber Sie tun es natürlich nicht, weil er ihr Freund ist, verstehen Sie, was ich sagen will? Ich meine, man tut das nicht bei jemand, den man mag; das ist klar. Aber ist es nicht schon schlimm genug, daß man auf den Gedanken kommt, nur auf den Gedanken?«

»Da wenden Sie sich an den Falschen«, sagte R. C. »Warten Sie bis Pater Faine zurück ist; fragen Sie ihn.«

»Sicher, aber Sie sind hier und er ist es nicht.« Und er spürte, wie sehr ihn das Problem belastete; es bohrte in ihm, trieb ihn dazu, herumzulaufen und zu reden, zwang ihn, seiner eigenen Logik zu folgen, nicht der, die er für richtig hielt.

»Jeder hegt irgendwann einmal feindselige Gefühle gegen irgend jemand«, erklärte R. C. »Manchmal hätte ich gute Lust, Seb eine herunterzuhauen, oder noch eher Bob Lindy; Lindy kann mich wirklich auf die Palme bringen. Und manchmal könnte ich sogar . . .« R. C. senkte seine Stimme. »Sie wissen schon, Sebs Frau Lotta; Sie ist oft hier. Nicht aus irgendeinem bestimmten Grund, sondern nur um – Sie wissen schon; um sich die Zeit zu vertreiben, sich zu unterhalten. Sie ist süß, aber der Teufel soll mich holen, manchmal macht sie mich wahnsinnig. Manchmal kann sie einem wirklich auf die Nerven gehen.«

»Sie ist nett«, sagte Tinbane.

»Natürlich ist sie nett. Netter geht's gar nicht. Aber ist das nicht genau der Punkt, auf den Sie hinauswollten? Okay; obwohl sie so nett ist, könnte ich ihr manchmal einen Aschenbecher auf den Kopf hauen, weil sie so ...« Er gestikulierte. »So abhängig ist. Weil sie sich so an Seb klammert. Und er ist so verdammt viel älter als sie. Und durch den Retrozeit-Effekt, diese Hobart-Phase, wird sie immer jünger und jünger; bald wird sie ein Teenager sein, und dann ein Schulkind, und wenn er wieder in seinem besten Alter ist, sagen wir, in meinem, dann ist sie ein Baby. Ein Baby!« Er starrte Tinbane an.

»Das ist ein Problem«, gestand Tinbane.

»Sie war natürlich älter, als er sie geheiratet hat. Wesentlich reifer. Damals haben Sie sie noch nicht gekannt; Sie hatten ein anderes Revier. Sie war erwachsen, wie eine richtige Frau; Quatsch, sie war eine richtige Frau. Aber jetzt ...« Er zuckte die Schultern. »Sie wissen, was die verfluchte Hobart-Phase anrichtet.«

»Sind Sie sicher?« fragte Tinbane. »Ich dachte, nur wer schon tot war und dann wiedergeboren wurde, wird jünger.«

»Gott!« entfuhr es R. C. »Verstehen Sie denn überhaupt nichts von der Retrozeit? Hören Sie, ich habe sie gekannt. Sie war älter. *Ich* war älter; wir alle waren es. Ich glaube – wissen Sie, was ich glaube? Sie haben eine geistige Sperre dagegen, weil Sie jetzt jung sind; zu jung, um es genau zu sagen; *auch Sie können es sich nicht leisten, noch jünger zu werden*. Sie könnten dann kein Polizist mehr sein.«

»Sie sind voller Essen.« Schreckliche Wut packte ihn; plötzliche, schreckliche Wut. »Vielleicht wird man von der Retrozeit beeinflußt, wenn man nicht gestorben ist, vielleicht bleibt man auf einer gewissen Stufe stehen, aber es ist nicht wie bei den Toten. Wie Seb einer war. Sicher, ich gebe zu, daß er jünger wird, aber nicht Lotta. Ich kenne sie seit« – er rechnete nach – »seit fast einem Jahr. Sie ist reifer geworden.«

Auf dem Dach landete ein Schwebewagen; Bob Lindy, Sebastian Hermes und Pater Faine kamen die Treppe herunter. »Alles in Ordnung«, sagte Sebastian, als er Tinbane sah. »Dank Dr. Sign. Er ist bei ihm – dem Altgeborenen – im Stadtkrankenhaus.« Er seufzte. »Ich bin erledigt.« Er setzte sich in einen Korbsessel und nahm einen Zigarettenstummel aus dem Aschenbecher, zündete ihn an und blies Rauch hinein. »Nun, Joe Tinbane; was macht die Arbeit? Irgendwelche neuen Unmorde?« Er lachte; alle anderen fielen ein.

»Ich möchte mit Pater Faine über eine religiöse Frage sprechen«, sagte Tinbane. »Allein.« Er wandte sich an Pater Faine. »Können Sie mit mir hinaus zum Streifenwagen gehen? Wir können uns hineinsetzen und miteinander reden.«

»Ja, natürlich«, stimmte Pater Faine zu; er folgte Tinbane in den Empfangsraum des Vitariums, vorbei an Cheryl Vale, die noch immer telefonierte, und hinaus auf die Straße, wo Tinbane den Streifenwagen geparkt hatte.

Eine Weile saßen sie schweigend da. Dann fragte Pater Faine: »Geht es um Ehebruch?« Wie Seb verfügte auch er zweifellos über schwach psionische Fähigkeiten.

»Verdammt, nein«, rief Tinbane. »Es geht um bestimmte Gedanken, die ich gehabt habe, ganz andere als früher. Sehen Sie – ich könnte von einer Situation profitieren. Aber auf Kosten anderer Menschen. Wessen Wohl ist also wichtiger? Das der anderen? Und wenn ja, warum? Warum nicht meins? Ich bin auch ein Mensch. Ich verstehe das nicht.« Er versank wieder in brütendes Schweigen. »Okay, es geht um eine Frau, aber das Problem ist nicht der Ehebruch; das Problem ist, daß ich diesem Mädchen wehtun müßte. Ich habe etwas gegen sie in der Hand, von dem ich glaube – nur glaube; ich weiß es nicht – daß ich sie damit zwingen könnte, mit mir ins Bett zu gehen.« Er fragte sich, ob Pater Faine mit seinen schwachen telepathischen Fähigkeiten in der Lage war, Lotta Hermes' Bild in seinen Gedanken wahrzunehmen; er hoffte inbrünstig, daß es nicht der Fall war ... aber der Priester war so oder so zum Schweigen verpflichtet. Trotzdem wäre es peinlich.

»Lieben Sie sie?« fragte Pater Faine.

Das traf ihn. Kalt. »Ja«, sagte er schließlich. Es stimmte; er liebte sie. Es war ihm nie bewußt geworden, aber es stimmte. Das also hatte ihn angetrieben; daher stammten diese verwirrenden Gedanken.

»Ist sie verheiratet?«

»Nein«, sagte er. Nur zur Sicherheit.

Nach einer Weile stellte Pater Faine fest: »Aber sie liebt Sie nicht.«

»Verdammt, nein; sie liebt ihren Mann.« Im nächsten Moment wurde ihm klar, was er gesagt hatte und wie leicht sich Pater Faine zusammenreimen konnte, warum er gesagt hatte, daß sie nicht verheiratet war; er würde wissen, daß es um Lotta ging. »Und er ist ein guter Freund von mir«, sagte er. »Ich will ihm nicht wehtun.« Aber ich liebe sie wirklich, dachte er. Und das tut weh; deshalb geht es mir so schlecht; wenn man eine Frau liebt, will man mit ihr zusammen sein, sie zur Frau oder Freundin haben. Das ist normal; eine biologische Tatsache.

»Denken Sie daran, daß Sie mir nicht den Namen sagen dürfen. Ich weiß nicht, wieviel Sie über den Ritus der Beichte wissen, aber es ist obligatorisch, daß man keine Namen erwähnt.«

»Ich beichte nicht!« Er war entrüstet. »Ich frage Sie nur nach Ihrer Meinung als Priester.« Beichtete er tatsächlich – eine Sünde? In gewisser Hinsicht, ja; er bat um Hilfe, aber ebenso bat er um Vergebung. Vergebung für das, was er gedacht hatte, für das, was er vielleicht tun würde; Vergebung für das, was er im Grunde war; dies war seine innerste Natur, dieser Teil von ihm, der Lotta Hermes begehrte und bereit war, allen Widerständen zu trotzen, um sie zu bekommen, so wie ein Lachs sich gegen die Strömung zu seinem Ziel durchkämpfte.

»Der Mensch«, erklärte Pater Faine, »ist auf der einen Seite ein Tier mit tierischen Trieben. Es ist nicht unsere Schuld, nicht Ihre Schuld, daß Sie verbotene Begierden haben, die gegen Gottes Moralgesetze verstoßen.«

»Ja, nur habe ich eine höhere Natur«, sagte er beißend. Aber sie steht mir dabei nicht im Wege, dachte er; das ist nicht das eigentliche Problem. *Kein Teil von mir ist wirklich dagegen.*

Ich will keinen Rat, wie ich mich verhalten soll, erkannte er, oder Vergebung. Was ich will, ist ein Plan, der mich zu meinem Ziel führt!

»Ich kann Ihnen nicht helfen«, sagte Pater Faine. Er klang traurig.

Erschrocken von diesem Beweis psionischer Fähigkeiten, stieß er hervor: »Sie können offenbar Gedanken lesen.« Er wollte das Gespräch so schnell wie möglich beenden, aber Pater Faine war nicht bereit, ihn gehen zu lassen: Tinbane wurde klar, daß er dafür bezahlen mußte, daß er ihn angesprochen hatte.

»Sie fürchten sich nicht davor, etwas Unrechtes zu tun«, sagte Pater Faine. »Sie fürchten sich davor, etwas Unrechtes zu tun und zu scheitern, so daß alle davon erfahren. Das Mädchen, das Sie begehren, ihr Mann; Sie fürchten sich davor, daß Sie scheitern und eine vereinigte Front gegen Sie entsteht, die Sie ausschließt.« Sein Tonfall war kritisch und rügend. »Sie haben, wie Sie sagen, etwas gegen dieses Mädchen in der Hand; angenommen, Sie versuchen es und sie reagiert anders, als Sie es erwarten, bekommt Angst und flieht in die Arme ihres Mannes – was nicht so unnatürlich wäre – dann wären Sie ...« Er gestikulierte. »Ich glaube, der Ausdruck heißt ›der Gelackmeierte‹.«

Über Funk gab die Zentrale eine Anweisung an eine andere Streife durch, die in einem anderen Bezirk Los Angeles unterwegs war. Tinbane sagte jedoch: »Das ist für mich; ich muß los.« Er öffnete die Wagentür, und Pater Faine stieg aus. »Vielen Dank, Pater«, verabschiedete er sich höflich.

Die Tür fiel zu; Pater Faine kehrte ins Haus zurück.

Tinbane schoß hinauf in den Himmel, ließ das Vitarium Flasche des Hermes hinter sich. Fürs erste.

Als Pater Faine das Haus wieder betrat, bemerkte Sebastian Hermes seinen bedrückten, düsteren Gesichtsausdruck. »Er muß aber wirklich ein Problem haben«, sagte er.

»Wir alle haben unsere Probleme«, wich Pater Faine aus, mit seinen eigenen Gedanken beschäftigt.

»Kommen wir zum Geschäft«, sagte Sebastian zu ihm und zu Bob Lindy, der an seiner Werkbank arbeitete. »Ich habe Verbindung zu der Wanze auf dem Grab des Anarchen Peak, und ich glaube, Herzschläge empfangen zu haben. Sehr schwach und unregelmäßig, aber meine Intuition sagt mir, daß da etwas vor sich geht; wir sind ganz nah dran.«

»Das sollte uns eine Million Poskreds bringen«, meinte Lindy.

»Lotta hat in der Bibliothek eine Menge herausgefunden«, fuhr Sebastian fort. »Sie hat uns sehr geholfen.« Er hatte sich allerdings gefragt, wie sie es mit ihrer Schüchternheit geschafft hatte. »Ich weiß ungefähr alles, was es über diesen Anarchen Peak zu wissen gibt. Er war wirklich ein großer Mann. Gar nicht mit diesem Ray Roberts zu vergleichen; im Grunde das genaue Gegenteil. Wir leisten der Welt und insbesondere der Bevölkerung der Freien Negergemeinde einen Dienst.« Erregt stieß er dicke Rauchwolken aus; die Zigarette in seiner Hand wurde länger und länger. »Das Problem ist«, erklärte er, »daß sie noch einmal in die Bibliothek muß; diesmal soll sie alles über diesen verrückten Ray Roberts herausfinden.«

»Warum?« fragte Bob Lindy.

Sebastian gestikulierte aufmerksamkeitheischend. »Roberts ist sowohl eine Gefahr, als auch unser potentiell wichtigster Kunde.« Er wandte sich an seinen Fachmann R. C. Buckley. »Habe ich recht?«

R. C. dachte einen Moment darüber nach. »Wie Sie schon sagten, werden wir mehr wissen, sobald uns Lotta einiges Hintergrundmaterial über ihn besorgt hat; viel von dem, was in den Zeitungen über Fernsehstars und Politiker und religiöse Führer steht, ist einfach nicht wahr. Aber ja; ich glaube, Sie haben recht. Der Anarch hat den Udi-Kult gegründet; es ist logisch, daß die Uditen das größte Interesse an ihm haben.« Er fügte hinzu: »Aber wie Sie schon sagten, es könnte natürlich sein, daß sie ihn sofort umbringen.«

»Ist das unser Problem?« fragte Lindy. »Was sie mit dem Anarchen machen, wenn sie ihn haben, geht uns nichts an; unsere Verantwortung endet in dem Moment, wenn wir die Besitzurkunde ausstellen und das Honorar kassieren.«

»Das ist schrecklich«, sagte Cheryl Vale. »Der Anarch war so ein guter Mensch.«

»Abwarten, abwarten«, riet Sebastian. »Warten wir ab, was uns Lotta aus der Bibliothek mitbringt. Vielleicht ist Roberts gar nicht so schlimm. Vielleicht können wir ein völlig legales, ethisch einwandfreies Geschäft mit ihm machen.« Sein Instinkt sagte ihm noch immer, daß sie vor einem möglicherweise gigantischen Abschluß standen.

»Der Gedanke, noch einmal in die Bibliothek gehen zu müssen, wird Lotta gar nicht gefallen«, wandte Pater Faine ein. »Dieser Ort hat sich für sie zu einem Trauma entwickelt.«

»Sie hat es schon einmal getan«, erinnerte Sebastian. »Und es hat sie nicht umgebracht.« Aber insgeheim fühlte er sich schuldig; vielleicht sollte er selbst gehen. Aber – die Bibliothek verwirrte auch ihn. Möglicherweise, dachte er düster, hatte er deshalb seine Frau mit den Nachforschungen betraut . . . was eigentlich seine Aufgabe gewesen wäre. Und Lotta mußte das wissen; trotzdem war sie gegangen.

Diese Eigenschaft machte sie anziehend. Und gleichzeitig eröffnete sie eine Möglichkeit, sie auszunutzen, eine Möglichkeit, deren er sich bewußt sein und die er verwerfen mußte. Die Entscheidung lag bei ihm, nicht bei ihr. Manchmal hielt er der Versuchung stand und manchmal, wie im Falle der Bibliothek, gab er seinen eigenen Ängsten nach; er schonte sich und ließ sie leiden. Und dafür haßte er sich zeitweise . . . wie, bis zu einem gewissen Grad, in diesem Moment

»Da ist noch ein Punkt, den Sie vielleicht noch nicht berücksichtigt haben, Sebastian«, sagte Pater Faine. »Aus menschlicher Eifersucht heraus mag Ray Roberts gegen die Wiedergeburt des Anarchen Peak sein, aber in seiner Organisation gibt es vielleicht einige, die Peaks Rückkehr freudig erwarten.«

»Eine Splittergruppe«, brummte Sebastian nachdenklich.

»Möglicherweise können Sie über Tinbane, Ihren Freund bei der Polizei, mit ihnen Kontakt aufnehmen.« Pater Faine drehte sich zu R.

C. Buckley um. »Mir scheint, das ist Ihre Aufgabe; dafür werden Sie bezahlt.«

»Gewiß, gewiß«, stimmte R. C. zu und nickte heftig; er zog sein Notizbuch heraus und kritzelte etwas hinein. »Ich kümmere mich darum.«

Bob Lindy, der über Kopfhörer mit dem Meßgerät in Verbindung stand, das Sebastian am Grab des Anarchen zurückgelassen hatte, sagte plötzlich: »He, ich glaube, Sie haben recht. Ich empfange Herzschläge; schwach und unregelmäßig, wie Sie gesagt haben, aber sie werden stärker.«

»Lassen Sie mich hören«, bat R. C. Buckley und ging ungeduldig zu Lindy hinüber. Wie Sebastian hatte er Blut geleckt. »Ja«, nickte er nach einer Weile; er streifte den Kopfhörer ab und reichte ihn Pater Faine.

»Graben wir ihn aus«, sagte Sebastian unvermittelt. »Warten wir nicht länger.«

»Das verstößt gegen das Gesetz«, erinnerte ihn Pater Faine, »mit der Ausgrabung zu beginnen, bevor man klar und deutlich die Stimme des Altgeborenen hört.«

»Gesetze«, schnaubte R. C. verächtlich. »Okay, Pater, wenn Sie sich strikt an das Gesetz halten wollen, dann lassen Sie uns Verbindung mit Ray Roberts aufnehmen; nach dem Gesetz haben wir das Recht, an den höchsten Bieter zu verkaufen. Das ist in dieser Branche die übliche Geschäftspraxis.«

Von ihrem Platz am Vidfon aus rief Cheryl Vale: »Mr. Hermes, ich habe hier ein Ferngespräch für Sie.« Sie legte die Hand auf den Hörer. »Ich weiß nicht, wer es ist. Ich weiß nur, daß der Anruf aus Italien kommt.«

»Italien«, wiederholte Sebastian verblüfft. »Sehen Sie in unserem Bestandsverzeichnis nach, ob wir jemanden italienischer Abstammung haben«, befahl er R. C. Buckley. Er trat neben Miss Vale und nahm ihr den Hörer aus der Hand. »Mit wem spreche ich?«

Das Gesicht auf dem kleinen Bildschirm war ihm ebenso unbekannt wie Cheryl Vale. Ein Weißer mit langen, gewellten schwarzen Haaren und stechenden, durchdringenden Augen. »Sie kennen mich nicht, Mr. Hermes«, sagte der Mann, »und bis zu diesem Moment hatte ich noch nicht das Vergnügen, mit Ihnen zu sprechen.« Er sprach mit einem leichten italienischen Akzent, und sein Tonfall war höflich, bedächtig. »Ich bin hocherfreut, Sie kennenzulernen, Sir.«

»Die Freude ist ganz auf meiner Seite«, erwiderte Sebastian. »Sie sind Signor . . .?«

»Tony«, sagte der dunkelhaarige Italiener. »Lassen wir es dabei bewenden; mein Nachname tut im Moment nichts zur Sache. Wir haben erfahren, Mr. Hermes, daß Sie die Besitzrechte an dem verstorbenen Anarchen Peak haben. Oder an dem *ehemals* verstorbenen Anarchen Peak, wenn das der Fall ist. Was ist zutreffend, Mr. Hermes.?«

Sebastian zögerte, dann erklärte er: »Ja, mein Unternehmen hat die Besitzrechte an der fraglichen Person. Sind Sie an ihr interessiert?«

»Außerordentlich sogar«, sagte Tony.

»Darf ich fragen, wen Sie vertreten?«

»Einen interessierten Auftraggeber«, wich Tony aus. »Der keine Verbindung zum Udi-Kult hat. Und das ist wichtig. Ihnen ist doch klar, nicht wahr, daß Ray Roberts ein Mörder ist und alles getan werden muß, damit der Anarch Peak nicht in seine Hände fällt? Daß es sowohl in den Westlichen Vereinigten Staaten, als auch in Italien ein Gesetz gibt, das verbietet, die Besitzrechte an einem Altgeborenen an eine Person zu verkaufen, von der man vermuten muß, daß sie ihm schaden will? Ist Ihnen das klar, Mr. Hermes?«

»Ich gebe Ihnen Mr. Buckley«, sagte Sebastian verärgert; dieser Teil des Geschäftes war nicht sein Sogum. »Er ist unser Verkaufsleiter; einen Moment bitte.« Er gab den Hörer an R. C. weiter, der sofort in Aktion trat.

»Hier ist R. C. Buckley«, sagte er mit volltönender Stimme. »Ah, ja, Tony; Ihre Informationen sind zutreffend; der Anarch Peak gehört zu unserem Bestand; derzeit erholt er sich in dem besten Krankenhaus, das wir für ihn finden konnten, von seinen Wiedergeburtsschmerzen. Natürlich kann ich Ihnen den Namen des Krankenhauses nicht sagen; das verstehen Sie sicher.« Er zwinkerte Sebastian zu. »Darf ich fragen, Sir, von wem Sie diese Information haben? Wir haben die Angelegenheit bisher diskret behandelt . . . wegen der verschiedenen gegensätzlichen Interessengruppen, die in den Fall verwickelt sind; wie beispielsweise Ray Roberts, den Sie, wie ich glaube, erwähnt haben.« Er wartete.

Wie kann jemand davon wissen? dachte Sebastian. Nur wir sechs hier in der Firma sind eingeweiht. Lotta, fiel ihm dann ein. Lotta weiß auch Bescheid. Konnte sie es jemandem gesagt haben? Nun, früher oder später wäre es ohnehin ans Licht gekommen, wenn sie den Anarchen verkaufen wollten. Aber so früh, bevor sie ihn überhaupt in Besitz genommen hatten – ihm wurde klar, daß ihnen nun keine andere Wahl mehr blieb, als den Anarchen unverzüglich aus dem Grab zu holen, ohne Rücksicht auf die Gesetze. Ich wette, es war Lotta, dachte er. Zum Teufel mit ihr.

Er führte Bob Lindy in die Werkstatt des Instituts und sagte: »Wir sind jetzt gezwungen, sofort zu handeln. Sobald R. C. mit seinem Gespräch fertig ist, rufen Sie Dr. Sign an; ich erwarte Sie, ihn und Pater Faine am Friedhof von Forest Knolls. Ich fliege sofort los.« Er durfte keine Zeit mehr verlieren. »Wir treffen uns dort. Und beeilen Sie sich; erklären Sie Dr. Sign, worum es geht.« Er klopfte Lindy auf die Schulter und lief die Treppe zum Landedach hinauf, wo sein Schwebewagen stand.

Einen Moment später war er in der Luft und auf dem Weg zu dem kleinen, fast vergessenen Friedhof, auf dem der Anarch Peak lag.

6. Kapitel

Nur durch eine vollendete Form aus dem Nichts gelangt das Sein zur höchsten Reinheit.

– Bonaventura

Forest Knolls, dachte Sebastian. Ein in Vergessenheit geratener Friedhof, offenbar sorgfältig von jenen ausgesucht, die den Anarchen begraben hatten. Sie mußten Alex Hobart und seiner Theorie von der bevorstehenden Umkehr der Zeit geglaubt haben; und zweifellos hatten sie – die Anhänger des Anarchen – die derzeitige Situation vorausgesehen.

Er fragte sich, wie lange und intensiv Ray Roberts' Rollkommandos nach dem Grab gesucht hatten. Offenbar weder lange noch intensiv genug.

Der Friedhof huschte als kurz aufblitzender grüner Fleck unter ihm vorbei; Sebastian wendete den Schwebewagen, kehrte im Steilflug zurück und landete auf dem ehemals kiesbestreuten Friedhofparkplatz, der inzwischen, wie die Gräber, von Ranken und furchterregend aussehendem Unkraut überwuchert war.

Selbst bei Tageslicht war dies ein unheimlicher Ort. Trotz des Lebens, das unter der Erde im Entstehen begriffen war und jeden Moment um Hilfe rufen konnte. Dann werden die Blinden sehen, erinnerte er sich vage an eine Stelle in der Bibel. Und das Schweigen der Toten wird enden. Eine schöne Stelle; und als wie wahr, wie faktisch zutreffend sie sich erwiesen hat. Wer hätte das gedacht? In all den Jahrhunderten haben die Intellektuellen der Welt sie für eine nette, tröstende Fabel gehalten, mit der die Menschen dazu gebracht werden sollten, sich in ihr Schicksal zu fügen. Die Erkenntnis, daß die Prophezeiung eines Tages Wirklichkeit werden würde, daß sie kein Mythos war . . .

Er ging an den weniger eindrucksvollen Grabsteinen vorbei und erreichte schließlich den prunkvollen granitenen Gedenkstein an Thomas Peak – 1921–1971.

Das Grab war – Gott sei Dank – seit seinem letzten Besuch unverändert. Unberührt. Niemand war zu sehen, niemand würde Zeuge dieser strafbaren Handlung werden.

Aber um sicherzugehen, kniete er am Grab nieder, schaltete das Megaphon ein, das er bei solchen Gelegenheiten benutzte, und sagte: »Können Sie mich hören, Sir? Wenn ja, geben Sie mir bitte ein Zeichen.« Seine Stimme dröhnte und hallte; er hoffte, daß er dadurch nicht die Aufmerksamkeit von Passanten auf sich lenkte, die zufällig am Friedhof vorbeikamen. Er zog den Kopfhörer heraus, setzte ihn auf und legte das hochempfindliche Mikrofon auf den Boden. Er horchte.

Keine Reaktion von unten. Kalter Wind fegte durch die hohen, wild wuchernden Grasbüschel, durch die Wildnis dieses kleinen, abgelegenen Friedhofs . . . Er schob das Mikrofon auf dem Grab hin und her, versuchte es an dieser und an jener Stelle, horchte angestrengt auf ein Zeichen, eine Antwort. Nichts.

Ein paar Meter entfernt, aus einem anderen Grab, drang eine leise Stimme. »Ich kann Sie hören, Mister; ich lebe und ich bin hier unten eingesperrt; es ist so dunkel. Wo bin ich?« Panik klang in der dumpfen, einsamen Stimme mit. Sebastian seufzte; er hatte mit dem Megaphon einen anderen Toten geweckt. Nun, auch darum würde man sich kümmern müssen; er schuldete es dem Altgeborenen, der in seinem Grab eingesperrt war und litt. Er ging zu dem aktiven Grab hinüber, kniete dort nieder und legte das Mikrofon auf den Boden, obwohl es im Grunde überflüssig war.

»Keine Angst, Sir«, sagte Sebastian in das Megaphon. »Ich bin hier oben und weiß, wie Sie sich fühlen. Wir werden Sie bald herausholen.«

»Aber . . .« Die Stimme schwankte, verebbte, verklang. »Wo bin ich? Was ist das für ein Ort?«

»Sie liegen in einem Grab«, erklärte Sebastian. Die Situation war ihm vertraut; bei jedem Auftrag, den seine Firma abwickelte, gab es dieses seltsame kurze Intervall zwischen dem Zeitpunkt, an dem der Tote erwachte, und dem Moment, in dem sie ihn heraufholten und befreiten ... und trotzdem hatte er sich nie daran gewöhnen können. »Sie sind gestorben«, erklärte er, »und begraben worden, und jetzt hat sich die Zeit umgekehrt, und Sie leben wieder.«

»Zeit?« wiederholte die Stimme. »Pardon? Ich ... ich verstehe nicht; Zeit für was? Kann ich hier heraus? Es gefällt mir hier nicht; ich möchte zurück in mein Bett, in mein Zimmer im La Honda-Krankenhaus.«

Die letzten Erinnerungen. An das Krankenhaus, in dem er gestorben war. »Hören Sie, Sir«, sagte Sebastian in das Megaphon. »In Kürze haben wir die Ausrüstung und die Leute hier, um Sie herauszuholen; versuchen Sie, so wenig wie möglich zu atmen; versuchen Sie, so wenig Luft wie möglich zu verbrauchen. Können Sie sich entspannen? Versuchen Sie es.«

»Ich heiße Harold Newkom«, drang die zittrige Stimme zu ihm herauf, »und ich bin Kriegsteilnehmer; ich habe Vorrang. Ich finde, Sie sollten einen Kriegsteilnehmer nicht so behandeln.«

»Glauben Sie mir, es ist nicht meine Schuld«, versicherte Sebastian. Ich mußte es auch durchmachen, dachte er düster; ich weiß genau, wie es ist. In der Dunkelheit zu erwachen, in der Kleinen Kammer, wie man sagt. Und einige, durchfuhr es ihn, erhalten keine Antwort auf ihr Flehen ... weil unsere Arbeit durch die verdammten bürokratischen Gesetze behindert wird, die man in Sacramento erlassen hat, Gesetze, die uns die Hände binden und unser Geschäft erschweren, überflüssige Gesetze, zum Teufel mit ihnen.

Er stand steif auf – er wurde nicht schnell genug jünger – und kehrte zum Grab des Anarchen zurück.

Als Bob Lindy, Dr. Sign und Pater Faine eintrafen, sagte er: »Wir müssen uns zuerst um einen Auferstandenen kümmern.« Er zeigte ihnen das Grab, und Bob Lindy trieb seinen Bohrer sofort in die festgetretene Erde, um den Altgeborenen mit Luft zu versorgen. Das war also erledigt; der Rest war reine Routine.

An seiner Seite sagte Dr. Sign sardonisch: »Was für ein Glück. Jetzt haben Sie eine Ausrede für Ihr Hiersein, falls die Polizei auftaucht. Sie haben Ihre übliche Runde über die Friedhöfe gemacht und diesen

Mann gehört ... richtig?« Er kehrte zum Grab zurück; die Erde flog in alle Richtungen, als Bob Lindy die automatischen Schaufeln einsetzte. Er drehte sich wieder zu Sebastian Hermes um und rief über den Lärm der Schaufeln hinweg: »Ich glaube, Sie machen – vom medizinischen Standpunkt aus betrachtet – einen großen Fehler, wenn Sie Peak ausgraben, solange er noch tot ist. Es ist riskant; es stört den natürlichen Prozeß der biochemischen Rekonstruktion. Es ist allgemein bekannt, daß sich der Körper nicht erholt, wenn er zu früh ausgegraben wird; er muß *dort unten* bleiben, in der Dunkelheit, der Kälte, vor dem Licht geschützt.«

»Wie Joghurt«, spottete Bob Lindy.

»Und außerdem«, fügte Dr. Sign hinzu, »bringt es Unglück.«

»Unglück«, wiederholte Sebastian belustigt.

»Er hat recht«, stimmte Bob Lindy hinzu. »Es heißt, daß die Kräfte des Todes loslassen werden, wenn man einen Toten zu früh ausgräbt. Die Kräfte werden zur Unzeit in der Welt freigesetzt, und sie sammeln sich immer um eine einzige Person.«

»Um wen?« fragte Sebastian. Aber er kannte den Aberglauben; er hatte das alles schon einmal gehört. Der Fluch fiel auf die Person, die den Toten ausgegraben hatte.

»Es erwischt Sie«, sagte Bob Lindy; er schnitt eine Grimasse und grinste.

»Wir begraben ihn wieder«, erklärte Sebastian. Die Schaufeln hatten ihre Arbeit eingestellt; Lindy beugte sich über die flache Grube und griff nach dem Rand des Sarges. »Im Keller. Unter dem Vitarium Flasche des Hermes.« Er trat näher; zusammen mit Dr. Sign und Pater Faine half er Lindy, den feuchten, modrigen Sarg nach oben zu hieven.

»Vom religiösen Standpunkt aus betrachtet«, sagte Pater Faine zu Sebastian, während Lindy geschickt den Sargdeckel abschraubte, »ist es ein Verstoß gegen Gottes Moralgesetz. Die Wiedergeburt braucht ihre Zeit; von uns allen müßten Sie das am besten wissen – schließlich haben Sie es selbst erlebt.« Er öffnete sein Gebetbuch. »Mein heutiger Text«, erklärte er, »stammt aus dem *Prediger Salomon.* ›Laß dein Brot über das Wasser fahren, so wirst du es finden nach langer Zeit.‹« Er sah Sebastian streng an und las weiter.

Sebastian Hermes überließ die anderen ihrer Arbeit und wanderte über den Friedhof, wie immer sinnend, forschend, horchend ... aber auch diesmal zog es ihn zu dem einen Grab, zu dem einen Ort, der wirklich wichtig war. Zu dem prunkvollen granitenen Gedenkstein des Anarchen Thomas Peak; er konnte sich nicht dagegen wehren.

Sie haben recht, dachte er. Doktor Sign und Pater Faine; es ist medizinisch ein verflucht großes Risiko und ein glatter Gesetzesbruch; nicht nur ein Verstoß gegen das göttliche, sondern auch gegen das bürgerliche Gesetz. Das weiß ich alles, dachte er; sie brauchen es mir nicht zu sagen. Meine eigenen Leute, dachte er düster, und sie stärken mir nicht den Rücken.

Lotta wird es tun, erkannte er. Darauf konnte er sich stets verlassen, auf ihre Unterstützung. Sie würde es verstehen; er konnte es nicht riskieren, den Anarchen *nicht* auszugraben. Ihn im Grab zu lassen, hieße, Ray Roberts' Jünger der Macht zu einem Mord einzuladen. Eine gute Entschuldigung, dachte er mürrisch. Ich kann es rationalisieren; es geschieht zur Sicherheit des Anarchen.

Aber wie gefährlich ist Ray Roberts wirklich? fragte er sich zum wiederholten Mal. Wir wissen es immer noch nicht; wir wissen nur, was die Zeitungen schreiben.

Er kehrte in seinen Schwebewagen zurück und wählte seine Privatnummer.

»Hallo«, meldete sich Lotta mit ihrer Kleinmädchenstimme; wie immer schien das Vidfon sie einzuschüchtern. Dann sah sie ihn und lächelte. »Ein neuer Auftrag?« Sie konnte den Friedhof hinter ihm erkennen. »Ich hoffe, diesmal ist es ein lohnender.«

»Hör zu, Liebes«, sagte Sebastian, »ich bitte dich nicht gern um diesen Gefallen, aber ich habe nicht die Zeit, um mich selbst darum zu kümmern; wir haben hier alle Hände voll zu tun, und danach . . .« Er zögerte. »Danach müssen wir auf einen anderen Altgeborenen warten«, schloß er ohne ihr zu verraten, um wen es ging.

»Was soll ich für dich tun?« Sie schwieg erwartungsvoll.

»Ich möchte, daß du noch eimmal Nachforschungen in der Bibliothek anstellst.«

»Oh.« Es gelang ihr – fast – ihr Unbehagen zu verbergen. »Ja, gerne.«

»Diesmal brauchen wir alles Material über Ray Roberts.«

»Ich besorge es«, versprach sie, »wenn ich kann.«

»Wie meinst du das, *wenn* du kannst?«

»Ich . . . ich bekomme dort Angstzustände«, sagte Lotta.

»Ich weiß«, nickte er, und er spürte tief in seinem Innern, was er ihr antat.

»Aber ich glaube, ich kann es noch einmal ertragen.« Sie nickte bedrückt.

»Denk daran, denk immer daran«, sagte er, »diesem Ungeheuer Mavis McGuire aus dem Weg zu gehen.« Wenn du kannst, dachte er.

Plötzlich leuchtete Lottas Gesicht auf. »Joe Tinbane hat kürzlich Nachforschungen über Ray Roberts angestellt. Vielleicht kann ich das Material von ihm bekommen.« Ihre Miene verriet überschwengliche, selige Erleichterung. »Dann brauche ich nicht zur Bibliothek zu gehen.«

»Einverstanden«, sagte Sebastian. Warum nicht? Es lag nahe, daß sich die Polizei von Los Angeles mit Roberts befaßte; schließlich würde er bald in ihrem Zuständigkeitsbereich auftauchen. Wahrscheinlich hatte Tinbane bereits alles Wissenswerte erfahren; um es ganz brutal zu sagen, er hatte wahrscheinlich bessere Arbeit in der Bibliothek geleistet – Gott behüte, aber es war zweifellos richtig – als Lotta es je konnte.

Als er auflegte, dachte er: Ich bete zu Gott, daß sie Joe Tinbane erreicht. Aber er bezweifelte es; die Polizei hatte jetzt sicher alle Hände voll zu tun; wahrscheinlich war Tinbane für den Rest des Tages beschäftigt.

Er hatte das Gefül, daß Lotta Pech haben würde; sehr bald und im großen Umfang. Bei diesem Gedanken fuhr er zusammen; er fühlte mit ihr.

Und er fühlte sich noch schuldiger.

Er kehrte zu seinen Leuten am offenen Grab zurück und sagte: »Beeilen wir uns mit dem hier. Damit wir uns mit dem wichtigeren Fall beschäftigen können.« Er hatte sich endgültig entschieden; sie würden den Leichnam des Anarchen jetzt ausgraben, bei diesem Einsatz.

Er hoffte, daß er es später nicht bereuen würde. Aber er hatte das sichere und unerschütterliche Gefühl, daß ihn seine Hoffnung trog.

Und dennoch erschien es – zumindest ihm – als das Beste, was er tun konnte. Er konnte diese Überzeugung nicht abschütteln.

7. Kapitel

Du und ich, wir werden eins, wenn wir miteinander diskutieren. Denn wenn ich verstehe, was du verstehst, werde ich ein Teil deines Verständnisses und, auf eine bestimmte, nicht zu beschreibende Art, ein Teil von dir.

– Eriugena

Joseph Tinbane flog mit seinem Schwebewagen Streife, als er über Polizeifunk die Meldung bekam. »Eine Mrs. Lotta Hermes möchte mit Ihnen sprechen. Handelt es sich um etwas Dienstliches?«

»Ja«, log er; was blieb ihm anderes übrig? »Okay«, sagte er. »Ich rufe sie an. Ich habe die Nummer; danke.«

Er wartete bis vier Uhr, bis zum Ende seiner Dienstzeit, und rief sie dann in Zivil aus einer Vidfonzelle an.

»Ich bin so froh, daß Sie sich melden«, sagte Lotta. »Wissen Sie was? Wir brauchen alle verfügbaren Informationen über diesen Ray Roberts, den Führer dieses Udi-Kultes. Sie waren doch letztens wegen der gleichen Sache in der Bibliothek, und ich dachte, vielleicht könnte ich das Material von Ihnen bekommen.« Sie sah ihn flehend an. »Ich war heute schon mal in der Bibliothek; ich kann einfach nicht noch einmal dorthin, es ist so schrecklich, alle starren einen an, und man muß ganz still sein.«

»Treffen wir uns auf eine Portion Sogum«, schlug Tinbane vor. »In Sams Einlauf-Palast; wissen Sie wo das ist und wie Sie hinkommen?«

»Und dann erzählen Sie mir alles über Ray Roberts? Es ist schon sehr spät; ich fürchte, die Bibliothek wird bald schließen. Und dann kann ich nicht . . .«

»Ich kann Ihnen alles sagen, was Sie wissen müssen«, versicherte Tinbane. Und noch eine Menge mehr, dachte er.

Er legte auf und flog zu Sams Einlauf-Palast an der Vine Street hinüber. Lotta war noch nicht da; er setzte sich in eine Nische im hinteren Teil des Lokals, von der aus er die Tür im Auge behalten konnte. Und schließlich erschien sie, in einem viel zu großen Wintermantel, mit einem besorgten Ausdruck in den Augen; zögernd kam sie herein, blickte sich suchend um, sah ihn nicht, schien zu befürchten, daß er nicht gekommen war und so weiter. Er stand auf und winkte sie zu sich.

»Ich habe Papier und Bleistift für meine Notizen mitgebracht.« Atemlos nahm sie ihm gegenüber Platz, so glücklich, ihn gefunden zu haben . . .

»Wissen Sie, warum ich mich mit Ihnen hier treffen wollte?« fragte er. »Und mit Ihnen zusammensein will? Weil«, erklärte er, »ich mich in Sie verliebt habe.«

»O Gott«, stieß sie hervor. »Dann muß ich doch noch in die Bibliothek.« Sie sprang auf, griff nach Handtasche, Papier und Bleistift.

Er stand ebenfalls auf und versicherte ihr: »Das bedeutet nicht, daß ich die Informationen über Ray Roberts nicht habe oder Ihnen nicht geben will. Setzen Sie sich. Beruhigen Sie sich; es ist schon okay. Ich dachte nur, ich sollte es Ihnen sagen.«

»Wie können Sie sich in mich verlieben?« sagte sie und nahm wieder Platz. »Ich bin so schrecklich. Und außerdem bin ich verheiratet.«

»Sie sind nicht schrecklich«, widersprach er. »Und Ehen werden geschlossen *und* gebrochen; sie sind Zivilverträge, wie Teilhaberschaften. Sie beginnen, sie enden. Ich bin auch verheiratet.«

»Ich weiß«, sagte Lotta. »Jedesmal, wenn wir Sie gesehen haben, haben Sie uns erzählt, wie bösartig sie ist. Aber ich liebe Seb; er ist mein ganzes Leben. Er ist so verantwortungsbewußt.« Sie sah ihn forschend an. »Haben Sie sich wirklich in mich verliebt? Ehrlich? Das ist sehr schmeichelhaft.« Irgendwie schien es ihr Unbehagen zu zerstreuen; sie wirkte jetzt wesentlich ruhiger. »Nun, dann sagen Sie mir alles über diesen unheimlichen Ray Roberts. Ist er wirklich so schlimm, wie die Zeitungen behaupten? Sie wissen, warum Sebastian die Informationen haben will, nicht wahr? Ich glaube, es schadet nichts, wenn ich es Ihnen sage; Sie kennen bereits das Geheimnis, das ich nicht hätte verraten dürfen. Er braucht die Informationen über Ray Roberts, weil . . .«

»Ich weiß, warum«, unterbrach Tinbane und berührte ihre Hand; sie zog sie sofort zurück. »Ich meine«, fügte er hinzu, »wir alle wollen wissen, wie Roberts auf Peaks Wiedergeburt reagieren wird. Aber das ist Sache der Polizei; sobald Peak altgeboren wird, ist es automatisch unsere Pflicht, ihn zu schützen. Wenn meine Vorgesetzten wüßten, daß Ihr Vitarium Peaks Grab gefunden hat, würden sie sofort einen eigenen Trupp hinschicken, um ihn auszugraben.« Er schwieg einen Moment. »Wenn das geschehen sollte, würde Ihr Mann einen großen Verlust erleiden. Ich habe es Gore nicht gesagt. George Gore ist mein direkter Vorgesetzter. Eigentlich müßte ich es tun.« Er wartete, musterte sie.

»Danke«, flüsterte Lotta. »Daß Sie es Mr. Gore nicht gesagt haben.«

»Aber vielleicht muß ich es tun«, erklärte er.

»In der Bibliothek sagten Sie, es sei genauso, als hätte ich es Ihnen nicht erzählt; Sie sagten: ›Sagen Sie es nicht einmal mir‹, was doch bedeuten sollte, daß Sie es offiziell, als Polizeibeamter, nicht gehört haben. Wenn Sie es Mr. Gore erzählen . . .« Sie blinzelte mehrmals. »Sebastian wird sich ausrechnen, wie Sie dahintergekommen sind; er weiß, wie dumm ich mich manchmal anstelle; immer passiert mir so etwas; immer mir.«

»Sagen Sie nicht so etwas. Sie sind einfach nicht für Täuschungsmanöver geschaffen; Sie sagen, was Sie denken, und das ist nur normal und natürlich. Sie sind eine bewunderswerte und liebenswerte Frau. Ich bewundere Ihre Ehrlichkeit. Aber es stimmt. Ihr Mann wäre sehr wütend.«

»Wahrscheinlich wird er sich von mir scheiden lassen. Dann können Sie sich von Ihrer Frau scheiden lassen und mich heiraten.«

Er fuhr zusammen; machte sie sich über ihn lustig? Er konnte es nicht mit Bestimmtheit sagen. Lotta Hermes war ein tiefer See, unergründlich. »Es sind schon seltsamere Dinge geschehen«, bemerkte er vorsichtig.

»Als was?«

»Als das, was Sie gerade gesagt haben! Das wir heiraten könnten!«

»Aber«, sagte Lotta ernst, »wenn Sie Mr. Gore nichts davon erzählen, brauchen wir nicht zu heiraten.«

Verblüfft nickte er. »Stimmt.« In einem gewissen Sinne war es logisch.

»Bitte, sagen Sie es ihm nicht.« Ihre Stimme klang flehend, aber in ihr schwang ein gereizter Unterton mit; schließlich hatte er, wie sie betont hatte, doch deutlich gemacht, daß er es – offiziell – nicht gehört hatte. »Ich glaube nicht«, murmelte sie, »daß Sie und ich zusammenpassen; ich brauche einen älteren Mann, an dem ich mich festhalten kann; ich bin sehr anhänglich. Ich bin nicht mehr erwachsen, und diese verdammte Hobart-Phase läßt es von Tag zu Tag deutlicher hervortreten.« Sie kritzelte auf ihrem Schreibblock herum. »Was für eine Perspektive: die Kindheit. Wieder ein Baby zu sein, hilflos, umsorgt. Jeden Tag versuche ich, erwachsener zu sein; ich kämpfe dauernd dagegen an, so wie die Damen früher gegen das Alter ankämpften, wenn sie in die Wechseljahre kamen, fett wurden, faltig. Nun, darüber brauche ich mir keine Sorgen zu machen. Aber sehen Sie, Sebastian wird noch erwachsen sein, wenn ich ein Kind bin, und das ist gut so; er kann mein Vater sein und mich beschützen. Aber Sie sind im gleichen Alter wie ich; wir wären beide Kinder, und was dann?«

»Nicht viel«, räumte er ein. »Aber hören Sie mich an. Ich schlage Ihnen ein Geschäft vor. Ich gebe Ihnen die Informationen über Ray Roberts und erzähle Gore nichts davon, daß sich der Leichnam des Anarchen Peak im Besitz Ihres Vitariums befindet. Sebastian wird nicht erfahren, daß Sie es mir gesagt haben.«

»Ihnen beiden«, fügte Lotta hinzu. »Diesem Bibliothekar auch.«

»Mein Vorschlag«, fuhr er fort. »Wollen Sie ihn hören?«

»Ja.« Sie lauschte gehorsam.

Er wagte den Sprung ins kalte Wasser und fragte heiser: »Könnten Sie ein bißchen von Ihrer Liebe auf mich übertragen?«

Sie lachte. Ohne jede Bösartigkeit, ganz heiter. Und das gab ihm *wirklich* Rätsel auf; jetzt wußte er wirklich nicht mehr, wo er stand oder was er – wenn überhaupt – erreicht hatte. Er fühlte sich deprimiert; trotz ihrer mädchenhaften Unreife, ihrer Unerfahrenheit, war sie es, die das Gespräch bestimmte.

»Was *bedeutet* das?« fragte sie.

Es bedeutet, dachte er, daß ich mit dir ins Bett gehen will. Aber er sagte: »Wir könnten uns von Zeit zu Zeit treffen. Uns sehen, Sie wissen schon. Ausgehen, vielleicht tagsüber. Ich kann mir eine andere Dienstzeit geben lassen.«

»Sie meinen, während Sebastian im Büro ist.«

»Ja.« Er nickte.

Zu seiner ungläubigen Überraschung fing sie an zu weinen; Tränen rannen über ihre Wangen, und sie machte keinen Versuch, sie zurückzuhalten; sie weinte wie ein Kind.

»Was ist los?« fragte er, zog automatisch sein Taschentuch heraus und tupfte ihre Tränen ab.

»Ich wußte es«, schluchzte Lotta. »Ich muß doch zurück in die Bibliothek!« Sie stand auf, nahm Handtasche, Papier und Bleistift an sich und entfernte sich vom Tisch. »Sie wissen gar nicht, was Sie mir angetan haben«, sagte sie ein weniger ruhiger. »Sie und Seb; gemeinsam. Daß ihr mich zwingt, heute zum zweiten Mal dorthin zu gehen. Ich weiß, was passieren wird; ich weiß, daß ich diesmal Mrs. McGuire begegnen werde; es wäre erst schon passiert, wenn Sie mir nicht geholfen hätten, Mr. Appleford zu finden und . . .«

»Sie können sich wieder an ihn wenden. Sie wissen, wo sein Büro ist; gehen Sie dahin, wo wir gewesen sind, wohin ich Sie geführt habe.«

»Nein.« Sie schüttelte bedrückt den Kopf. »Es wird nicht funktionieren; er wird irgendwo Sogum nehmen oder schon Feierabend haben.«

Er sah ihr nach, als sie ging, unfähig, irgend etwas zu sagen, von einem Gefühl völliger Nutzlosigkeit erfüllt. Sie hat recht, dachte er; ich schicke sie einfach fort, bringe sie in eine ausweglose Lage. In eine Lage, mit der sie nicht fertigwerden kann. Wir beide, Sebastian und ich, sind dafür verantwortlich; er hätte gehen können; ich hätte ihr die Informationen geben können. Aber er ist nicht gegangen und ich wollte ihr ohne Gegenleistung nichts sagen. Gott, dachte er; und er haßte sich. Was habe ich getan?

Und ich behaupte, daß ich sie liebe, dachte er. Genau wie Sebastian; er »liebt« sie ebenfalls.

Er stand da und blickte ihr nach, bis sie außer Sichtweite war, und dann hastete er zum Münzfernsprecher auf der anderen Seite des Sogum-Palastes; er suchte die Nummer der Bibliothek heraus und wählte.

»Stadtbibliothek.«

»Ich möchte mit Doug Appleford sprechen.«

»Es tut mir leid«, sagte die Telefonistin. »Mr. Appleford ist schon gegangen. Soll ich Sie mit Mrs. McGuire verbinden?«

Er legte auf.

Mrs. Mavis McGuire sah von dem Manuskript auf, in dem sie gelesen hatte, und erblickte eine ängstlich dreinschauende junge Frau mit langen dunklen Haaren, die vor ihrem Schreibtisch stand. Verärgert durch die Störung sagte sie: »Ja? Was wollen Sie?«

»Ich hätte gerne die Informationen, die Sie über Mr. Ray Roberts haben.« Das Gesicht des Mädchens war wächsern, ohne Farbe, und es sprach mechanisch.

»Die Informationen, die wir über Mr. Ray Roberts haben«, äffte Mrs. McGuire nach. »Ich verstehe. Und jetzt ist es . . .« Sie warf einen Blick auf ihre Armbanduhr. »Halb sechs. In einer halben Stunde schließen wir. Und Sie möchten, daß ich für Sie das ganze Material zusammentrage. Daß ich alles heraussuche und Ihnen hübsch geordnet vorlege. So daß Sie sich nur noch hinsetzen und es zu lesen brauchen.«

»Ja«, sagte das Mädchen leise, fast ohne die Lippen zu bewegen.

»Miss«, brauste Mrs. McGuire auf, »wissen Sie eigentlich, wer ich bin und was meine Aufgabe ist? Ich bin die Chefbibliothekarin dieser Bibliothek; ich habe einen Stab von fast einhundert Angestellten, von denen Ihnen jeder helfen könnte – *wenn* Sie früher gekommen wären.«

»Man hat mir gesagt, ich soll mich an sie wenden«, flüsterte das Mädchen. »Am Hauptschalter. Ich habe Mr. Appleford verlangt, aber er ist schon fort. Er hat mir schon einmal geholfen.«

»Sind Sie von der Stadtverwaltung von Los Angeles? Von irgendeiner Behörde?«

»Nein. Ich komme vom Vitarium Flasche des Hermes.«

»Ist Mr. Roberts tot?« fragte Mrs. McGuire barsch.

»Ich . . . ich glaube nicht. Vielleicht sollte ich besser gehen.« Das Mädchen wandte sich ab, zog die Schultern hoch, versteckte ihren Kopf wie ein kranker, verkrüppelter Vogel. »Es tut mir leid . . .« Ihre Stimme brach ab.

»Einen Moment.« Mavis McGuire winkte sie zurück. »Drehen Sie sich um und sehen Sie mich an. *Jemand* hat Sie geschickt; Ihr Vitarium hat Sie geschickt. Gesetzlich haben Sie das Recht, die Bibliothek für Nachschlagezwecke zu benutzen. Sie haben ein Recht darauf, hier nach Informationen zu suchen. Kommen Sie mit in mein Büro; folgen Sie mir.« Sie stand auf und führte sie energisch durch zwei Vorzimmer in ihr eigentliches Büro. An ihrem Schreibtisch angekommen, drückte sie einen der vielen Knöpfe an ihrer Sprechanlage und sagte: »Ich wäre dankbar, wenn einer der Löscher, die zur Zeit frei sind, für ein paar Minuten zu mir kommen könnte. Danke.« Dann drehte sie sich um und starrte das Mädchen an. Ich lasse diese Person hier nicht 'raus, sagte sich Mavis McGuire, bevor ich nicht erfahren habe, warum ihr Vitarium sie hergeschickt hat, um Informationen über Ray Roberts zu beschaffen.

Und wenn ich es nicht aus ihr herausbekommen kann, dann der Löscher.

8. Kapitel

Materie an sich ist (abgesehen von den Formen, die sie annimmt) gleichermaßen unsichtbar und sogar undefinierbar.
– Eriugena

In der Werkstatt des Vitariums Flasche des Hermes hörte Dr. Sign angestrengt mit einem Stethoskop die schmale, dunkelhäutige Brust des Anarchen Thomas Peak ab.

»Hören Sie etwas?« fragte Sebastian. Er war innerlich aufgewühlt.

»Bisher noch nichts. Aber in diesem Stadium läßt sich noch nichts genaues sagen; es ist die kritische Periode. Alle Bestandteile haben sich zusammengefügt, befinden sich an ihrem Platz und haben ihre Funktionsfähigkeit wiedergewonnen, aber der . . .« Sign gestikulierte. »Warten Sie. Vielleicht habe ich's.« Er warf einen Blick auf die Instrumente, die automatisch Puls, Atmung und Gehirntätigkeit überwachten; alle zeigten gerade, regelmäßige Leuchtlinien an.

»Eine Leiche ist eine Leiche«, sagte Bob Lindy leidenschaftslos; sein Gesichtsausdruck, wie wenig er von all dem hielt. »Ein Toter ist ein Toter, ob es sich dabei nun um den Anarchen handelt oder nicht, und ob ihn nun fünf Minuten oder fünf Jahrhunderte von seiner Wiedergeburt trennen.«

Sebastian las laut von einem Zettel ab: »Sic igitur magni quoque circum moenia mundi. Expugnata dabunt labem putresque ruinar.«

»Woraus ist das?« fragte Dr. Sign.

»Es stand auf dem Gedenkstein. Ich habe es abgeschrieben. Es ist sein Epitaph.« Er deutete auf den Leichnam.

»Abgesehen von der medizinischen Terminologie taugt mein Latein nicht viel«, gestand Dr. Sign, »aber die Begriffe ›verfaulen‹ und ›Zusammenbruch‹ kann ich heraushören. Aber er sieht nicht danach aus, oder?« Er, Lindy und Sebastian betrachteten eine Weile schweigsam den Leichnam. So schmal er auch war, wirkte er dennoch unversehrt und lebensfähig. Was hindert ihn daran, ins Leben zurückzukehren? fragte sich Sebastian.

Pater Faine sagte: »›Alles fließt und nichts verweilt/die Dinge wachsen, Teil zu Teil/fügt sich zu Dingen, die wir benennen/mählich sie vergehen, bis wir sie nicht mehr kennen.‹«

»Was war das?« fragte ihn Sebastian; er hatte noch nie gereimte Bibelstellen gehört.

»Die Übersetzung des ersten Vierzeilers von Peaks Epitaph. Es handelt sich um ein Gedicht von Titus Lucretius Carus – Lucrez, der *De Rerum Natura* geschrieben hat. Haben Sie es nicht erkannt, Seb?«

»Nein«, gab er zu.

»Vielleicht«, meinte Lindy bissig, »wird er wieder lebendig, wenn Sie es rückwärts aufsagen; vielleicht ist das der Trick.« Feindselig funkelte er Sebastian an. »Mir gefällt es nicht, eine Leiche ins Leben zurückzuholen; es ist etwas ganz anderes, als einen Auferstandenen zu hören, der in seinen Sarg eingesperrt unter der Erde liegt und ihn heraufzuholen.«

»Der Unterschied«, erklärte Sebastian, »ist rein zeitlicher Natur. Eine Frage von Tagen oder Stunden, vielleicht nur Minuten. Sie denken nur nicht gern darüber nach.«

»Denken Sie oft an Ihre Zeit als Leiche zurück?« fragte Lindy mit brutaler Direktheit. »Denken Sie oft darüber nach?«

»Da gibt es nichts, worüber man nachdenken kann«, wehrte er ab. »Ich war mir meines Todes nicht bewußt; ich kam vom Krankenhaus in den Sarg, und im Sarg bin ich dann aufgewacht. Daran erinnere ich mich«, fügte er hinzu, »darüber denke ich oft nach.« Schließlich litt er wegen dieses Erlebnisses noch immer an Klaustrophobie. Wie viele Altgeborene; es war ihr gemeinsames psychologisches Erbe.

»Ich glaube«, sagte Cheryl Vale, die aus einiger Entfernung zuschaute, »das widerlegt Gott und das Leben nach dem Tode. Was Sie gesagt haben, Seb; daß Sie nach dem Tod kein Bewußtsein gehabt haben.«

»Nicht mehr, als das Fehlen voruterinärer Erinnerungen den Buddhismus widerlegt«, entgegnete Sebastian.

»Richtig«, warf R. C. Buckley ein. »Nur weil sich die Altgeborenen nicht erinnern können, heißt das noch lange nicht, daß nichts geschehen ist; oft, wenn ich morgens aufwache, weiß ich, daß ich die ganze Nacht wie verrückt geträumt habe, aber ich kann mich an nichts erinnern, an absolut nichts.«

»Manchmal«, sagte Sebastian, »habe ich Träume.«

»Was für Träume?« fragte Bob Lindy.

»Ich träume von einer Art Wald.«

»Und das ist alles?« sagte Lindy.

»Es gibt noch einen anderen Traum.« Er zögerte, sprach dann aber doch weiter. »Von einer pulsierenden schwarzen Erscheinung, die wie ein riesiges Herz schlägt. Gewaltig und laut, bumm, bumm, auf und ab. Und sehr zornig. Alles aus mir herausbrennend, was sie mißbilligte . . . und das schien das meiste von mir gewesen zu sein.«

»Dies Irae«, nickte Pater Faine. »Der Tag des Zorns.« Er wirkte nicht überrascht. Sebastian hatte schon mit ihm darüber gesprochen.

»Und ich konnte spüren, wie lebendig sie war«, fügte Sebastian hinzu. »Sie war absolut lebendig. Im Vergleich dazu sind wir ein Funken Leben in einem Klumpen, der nicht lebt, den nur der Funken gehen und reden und handeln läßt. Aber diese Erscheinung besaß totale Wahrnehmung; sie hatte keine Augen oder Ohren, einfach totales Wahrnehmungsvermögen.«

»Paranoia«, murmelte Dr. Sign. »Das Gefühl, beobachtet zu werden.«

»Warum war sie zornig auf Sie?« fragte Cheryl.

Er überlegte und sagte dann: »Weil ich nicht klein genug war.«

»Klein genug«, wiederholte Bob Lindy voller Abscheu. »Was für ein Haufen Essen!«

»Sie hatte recht«, bekräftigte Sebastian. »In Wirklichkeit war ich viel kleiner, als ich gedacht hatte. Oder als ich zugeben wollte; ich stellte mich mir größer vor, mit größeren Ambitionen.« Etwa, die Leiche des Anarchen an mich zu bringen, dachte er ironisch. Und eine Menge Geld zu machen; das war ein Beispiel dafür, ein hervorragendes Beispiel. Er hatte nichts dazugelernt.

»Warum wollte diese Erscheinung Sie klein sehen?« bohrte Cheryl hartnäckig weiter.

»Weil es stimmte. Es war eine Tatsache. Ich mußte mich der Tatsache stellen.«

»Warum?« fragte Lindy.

»Das ist es, was am Tag des Jüngsten Gerichts geschieht«, meinte R. C. Buckley philosophisch. »An diesem Tag muß man sich all den Dingen stellen, die man verdrängt hat. Ich meine, wir alle belügen uns selbst; wir erzählen uns selbst mehr Lügen als irgendeinem anderen Menschen.«

»Ja«, nickte Sebastian; es stimmte. »Es ist schwer zu erklären«, sagte er. Es wäre interessant, mit dem Anarchen Peak darüber zu sprechen, vorausgesetzt, es gelang ihnen, ihn zurückzuholen; er wußte vielleicht mehr. »Er – Gott – kann einem nicht helfen, bis man begreift, daß alles, was man tut, von Ihm abhängt.«

»Religiöses Futter«, sagte Lindy verächtlich.

»Aber denken Sie darüber nach«, bat Sebastian. »Buchstäblich. Ich hebe meine Hand.« Er hob seine Hand. »Ich denke, daß ich es tue, daß ich es tun kann. Aber meine Hand wird von einem komplexen biochemischen, physiologischen Apparat bewegt, den ich geerbt habe, in den ich geschlüpft bin; ich habe ihn nicht konstruiert. Ein Blutpfropfen in einer Gehirnhälfte, ein Pfropfen, nicht größer als der Radiergummi an einem Bleistift, und ich könnte für den Rest meines Lebens die Hand nicht mehr heben oder das Bein bewegen oder sonst etwas mit dieser Hälfte anfangen.«

»Sie kriechen vor seiner Majestät zu Kreuze, was?« knurrte Lindy.

»Er kann helfen, wenn man sich selbst ins Gesicht sieht. Es ist nur verdammt schwer. Denn wenn man es tut, dann – hört man auf, zu existieren. Man schrumpft fast zu einem Nichts zusammen.« Aber nur fast; etwas Wirkliches blieb.

»Gott zürnt jeden Tag den Bösen«, zitierte Pater Faine.

»Ich war nicht böse«, widersprach Sebastian. »Nur unwissend. Es war notwendig für mich, daß mir endlich die Wahrheit vor Augen geführt wurde. Auf diese Weise . . .« Er zögerte. »Ich konnte zu ihm zurückkehren«, sagte er schließlich. »Wohin ich gehörte. Und erkennen, daß neun Zehntel von allem, was ich in meinem Leben getan hatte, in Wirklichkeit von Ihm getan worden war; ich war ein Zuschauer, während Er durch mich handelte.«

»Soviel Gutes haben Sie getan?« fragte Lindy.

»Alles. Gutes *und* Böses.«

»Ketzerei«, sagte Pater Faine.

»So?« entgegnete Sebastian. »Es ist die Wahrheit. Vergessen Sie nicht, Pater; *ich war dort.* Ich spreche nicht von meinen Ansichten, meinem Glauben; ich spreche von Tatsachen.«

Dr. Sign meldete sich. »Ich habe hier ein Herzflimmern. Eine Arrhythmie. Herzkammerflimmern; wahrscheinlich ist er daran gestorben. Er ist erfolgreich in dieses Stadium zurückgekehrt. Wenn wir Glück haben, wird sich der normale Herzrhythmus schließlich durchsetzen; vorausgesetzt, alles verläuft normal.«

Cheryl Vale nahm die theologische Diskussion wieder auf. »Ich verstehe immer noch nicht, warum Gott will, daß wir uns bedeutungslos vorkommen. *Mag* Er uns denn nicht?«

»Ruhe«, befahl Dr. Sign scharf.

»Wir müssen klein sein«, erklärte Sebastian, »damit es so viele von uns geben kann. Damit Milliarden und Abermilliarden verschiedene Geschöpfe leben können; wenn einer von uns so groß wäre, so groß wie Gott, wie viele gäbe es dann? Nach meiner Meinung ist das die einzige Möglichkeit, durch die jede potentielle Seele . . .«

»Er lebt«, sagte Dr. Sign. Und entspannte sich merklich. »Es hat funktioniert; es hat ihn nicht umgebracht.« Er sah Sebastian an und lächelte schwach. »Ihr Spiel hat sich gelohnt; wir haben einen Auferstandenen, und der Auferstandene ist der Anarch Thomas Peak.«

»Und was jetzt?« fragte Lindy.

»Jetzt«, rief R. C. Buckley triumphierend, »sind wir reich. Wir haben einen Artikel in unserem Katalog, der uns einen Preis bringen wird, von dem wir nie zu träumen gewagt haben.« Er lächelte aufgeregt, mit funkelnden, betriebsamen Verkäuferaugen. »Okay«, sagte er. »Es geht los. Dieses Angebot aus Italien; es ist nur eins, aber sie bieten; darauf kommt es an. Und sie werden weiter bieten, höher und höher.«

»Mann!« sagte Cheryl Vale. »Das sollten wir mit einer Pfeife Sogum feiern.« Das konnte sie verstehen; die theologische Diskussion hatte sie verwirrt, aber das hier nicht. Wie R. C. war sie ein praktisch denkender, vernünftiger Mensch.

»Her mit dem Sogum«, nickte Sebastian. »Sogum ist jetzt genau das Richtige.«

»Jetzt haben Sie ihn also«, stellte Lindy fest. »Sie müssen sich nur noch entscheiden, an wen Sie in verhökern.« Er schnitt eine düstere Grimasse.

»Vielleicht werden wir ihm die Entscheidung überlassen«, sagte Sebastian. Es war eine Möglichkeit, über die sie bisher nicht gesprochen hatten; als Leichnam war der Anarch nichts weiter als ein Objekt gewesen, eine Ware. Aber jetzt wurde er zu einem Menschen, obwohl er, technisch gesehen, Eigentum des Vitariums war . . . ein menschliches Handelsgut. »Er war – ist – ein kluger Mann«, bemerkte er. »Wahrscheinlich kann er uns mehr über Ray Roberts sagen als die Bibliothek.« Und Lotta war noch nicht zurückgekehrt, fiel ihm ein, und er spürte, daß irgend etwas schiefgegangen war. Er fragte sich, was . . . und in welchem Umfang . . . und der Gedanke beschäftigte ihn weiter, im Hintergrund seines Bewußtseins. Trotz des dringenderen Problems, das der Anarch darstellte.

»Bringen wir ihn in eine Klinik?« fragte R. C.

»Nein«, entschied Sebastian. Es war zu riskant; Dr. Sign würde ihn hier im Haus medizinisch versorgen müssen.

»Offenbar erlangt er das Bewußtsein wieder«, sagte Dr. Sign. »Er scheint den Wiedergeburtsprozeß mit ungewöhnlicher Geschwindigkeit zu durchlaufen; das bedeutet, daß sein Tod damals sehr schnell eintrat.«

Sebastian beugte sich über den Anarchen, musterte ihn, musterte das schmale, dunkle, faltige Gesicht. Es war jetzt zweifellos das Gesicht eines Lebenden; die Veränderung erschien ihm enorm. Mitanzusehen, wie tote organische Materie lebendig wurde . . . das ist das wahre Wunder, sagte er sich; das größte von allen. Die Auferstehung.

Die Augen öffneten sich. Der Anarch sah Sebastian an, sein Brustkorb hob und senkte sich regelmäßig; sein Gesichtsausdruck war friedlich, und Sebastian kam zu der Erkenntnis, daß der Mann in dieser Verfassung gestorben war. Er hat seinem Ruf alle Ehre gemacht, dachte er; der Anarch war wie Sokrates gestorben; ohne Haß, ohne Furcht. Er war beeindruckt. Bisher hatten er und seine Mitarbeiter vom Vitarium Flasche des Hermes diesen Moment verpaßt; die Wiederbelebung geschah, bevor sie mit den Ausgrabungsarbeiten begannen; sie ereignete sich in der trostlosen Leere des Grabes.

»Vielleicht sagt er etwas Tiefsinniges«, bemerkte Lindy.

Die Pupillen bewegten sich; der Tote, der wieder zum Leben erwacht war, sah die Anwesenden an. Die Augen wanderten hin und her, aber ihr Ausdruck und der seines Gesichts veränderte sich nicht. Als ob wir eine Sehmaschine wiederbelebt hätten, dachte Sebastian. Ich frage mich, an was er sich erinnert. An mehr als ich? Ich hoffe es, und es wäre naheliegend. Nach seinem Ruf zu urteilen, müßte er wachsamer gewesen sein.

Die trockenen, rissigen, dunklen Lippen bewegten sich. Der Anarch sagte flüsternd, wispernd wie ein lauer Wind: »Ich habe Gott gesehen. Bezweifeln Sie es?«

Einen Moment herrschte Stille, dann fragte R. C. Buckley unvermutet: »Wagen Sie es zu bezweifeln?«

»Ich habe den Allmächtigen gesehen«, sagte der Anarch.

»Seine Hand«, nickte Buckley, »ruhte auf einem Berg.« Er verstummte, dachte angestrengt nach; die anderen im Zimmer starrten ihn an. Der Anarch beobachtete ihn, wartete darauf, daß er fortfuhr. »Und er blickte auf die Welt«, sagte Buckley schließlich. »Und auf alles, was sie umgibt.«

»Ich habe ihn deutlicher gesehen als Sie mich jetzt sehen«, flüsterte der Anarch. »Sie dürfen nicht zweifeln.«

»Was ist das?« fragte Bob Lindy.

»Ein altes irisches Gedicht«, erklärte Buckley. »Ich bin Ire. Ich glaube, es ist von James Stephens. Wenn ich mich recht erinnere.«

Mit kräftiger Stimme sagte der Anarch: »Er war nicht zufrieden; er war ganz und gar nicht zufrieden.« Dann schloß er die Augen und ruhte sich aus; Dr. Sign hörte sein Herz ab und überprüfte die Instrumente, die seine Körperfunktionen überwachten. »Er hob die Hand«, sagte der Anarch leise. Als ob er wieder sterben würde. »Ich bin im Weg, sagte ich. Und ich werde niemals von meinem Platz weichen.«

»Er sagte«, murmelte Buckley, »liebes Kind, ich fürchtete, du wärest tot. Und seine Hand verweilte.«

»Ja«, nickte der Anarch; sein Gesichtsausdruck war friedlich. »Ich möchte es nicht vergessen. Seine Hand verweilte. Wegen mir.«

»Waren Sie etwas besonderes?« fragte Lindy.

»Nein«, antwortete der Anarch. »Ich war etwas Kleines.«

»Etwas Kleines«, wiederholte Sebastian und nickte. Wie gut er sich daran erinnerte. Schrecklich, unvergleichlich klein, das winzigste Jota im Universum der Dinge. Auch er erinnerte sich jetzt daran; an den mißbilligenden Blick; das Heben der Hand . . . und dann ihr Verweilen, weil er etwas gesagt hatte. Die Worte Buckleys und des Anarchen hatten den Rest seiner Erinnerung zurückgeholt. Diese furchterregende, zornige erhobene Hand.

»Er sagte, er fürchtete, ich wäre tot«, wiederholte der Anarch.

»Nun, das waren Sie auch«, wandte Lindy nüchtern ein. »Deshalb sind Sie auch dort gewesen; nicht wahr?« Er sah Sebastian an und war offenbar nicht beeindruckt. »Was ist mit Ihnen los, R. C.?« wandte er sich an Buckley. »Waren Sie dabei? Wieso wissen Sie so gut Bescheid?«

»Ein Gedicht!« sagte Buckley hitzig. »Ich kenne es aus meiner Kindheit. Herrgott noch mal; vergessen Sie's.« Er wirkte unsicher. »Es hat mich als Kind tief beeindruckt. Ich kann mich nicht mehr genau daran erinnern, aber was er gesagt hat« – er deutete auf den Anarchen –, »hat das meiste davon zurückgeholt.«

»Genauso war es«, wandte sich Sebastian an den Anarchen. »Ich erinnere mich jetzt.« Und an mehr; er erinnerte sich an sehr viel mehr. Er würde lange brauchen, um seine Erinnerungen zu ordnen und zu verarbeiten. »Können Sie ihn medizinisch ausreichend versorgen?« fragte er Dr. Sign. »Oder müssen wir ihn in ein Krankenhaus bringen?«

»Wir können es versuchen«, sagte Dr. Sign unverbindlich. Er überprüfte wieder die Instrumente, maß den Puls; insbesondere der Puls schien ihm Sorgen zu machen. »Adrenalin«, sagte er und griff in seine Ärztetasche; einen Moment später gab er dem Anarchen eine Spritze.

»Also ist R. C. Buckley, die Verkaufskanone, ein Dichter«, stellte Bob Lindy halb ungläubig, halb verächtlich fest.

»Hören Sie auf damit«, fuhr ihm Cheryl Vale scharf an.

Sebastian beugte sich erneut über den Anarchen. »Wissen Sie, wo Sie sind, Sir?«

»Ich glaube, in einem Krankenzimmer«, flüsterte der Anarch. »Aber offenbar nicht mehr im Krankenhaus.« Wieder wanderten seine Augen hin und her, staunend und naiv, mit der Neugierde eines Kindes. Fragend. Vorbehaltlos alles akzeptierend, was er sah. »Sind Sie meine Freunde?«

»Ja«, versicherte Sebastian.

Bob Lindys Einstellung zu den Altgeborenen war mehr praktischer Natur, was sich auch jetzt wieder bemerkbar machte. »Sie waren tot«, klärte er den Anarchen auf. »Sie sind vor zwanzig Jahren gestorben. Während Sie tot waren, ist etwas mit der Zeit passiert; sie hat sich umgekehrt. Deshalb sind Sie wieder hier. Wie gefällt Ihnen das?« Er beugte sich vor, sprach langsamer, wie zu einem Ausländer. »Was halten Sie davon?« Er wartete, erhielt aber keine Antwort. »Sie werden Ihr ganzes Leben noch einmal durchleben müssen, bis zu Ihrer Kindheit und schließlich bis zum Säuglingsalter und wieder in den Mutterschoß zurück.« Wie zur Beruhigung fügte er hinzu: »Das gilt für uns alle, ob wir nun gestorben sind oder nicht.« Er wies auf Sebastian. »Dieser Bursche hier ist gestorben. Genau wie sie.«

»Dann hat Alex Hobart also recht gehabt«, stellte der Anarch fest. »Einige von meinen Anhängern haben daran geglaubt; sie haben mich zurückerwartet.« Er lächelte ein unschuldiges, begeistertes Lächeln. »Ich fand es großartig von ihnen. Ich frage mich, ob sie noch leben.«

»Sicher«, sagte Lindy. »Oder sie werden bald wieder am Leben sein. Begreifen Sie nicht? Wenn Sie meinen, daß Ihre Rückkehr irgend etwas zu bedeuten hat, befinden Sie sich im Irrtum; ich meine, es hat keine religiöse Bedeutung; es ist jetzt ein ganz natürlicher Vorgang.«

»Selbst unter diesen Umständen werden sie sich freuen«, erklärte der Anarch. »Hat sich einer von ihnen bereits an Sie gewendet? Ich würde Ihnen gern die Namen geben.« Er schloß wieder die Augen, und eine Weile schien er nur mühsam atmen zu können.

»Wenn es Ihnen besser geht«, versprach Dr. Sign.

»Wir sollten ihm erlauben, mit seinen Leuten Kontakt aufzunehmen«, sagte Pater Faine.

»Natürlich«, sagte Sebastian gereizt. »Das ist üblich; wir tun das immer; Sie wissen es.« Aber das hier war ein besonderer Fall. Und sie alle wußten es, von dem Anarchen natürlich abgesehen. Er schien glücklich darüber, wieder am Leben zu sein, und beschäftigte sich in Gedanken bereits mit jenen, die ihm nahegestanden hatten, von denen er abhängig gewesen war und die sich auf ihn verlassen hatten. Das glückliche Wiedersehen, dachte er. Nicht im nächsten Leben, sondern hier. Welche Ironie . . ., daß das Vitarium Flasche des Hermes in Groß Los Angeles, Kalifornien, zum Treffpunkt der Seelen wird.

Pater Faine sprach jetzt mit dem Anarchen; zwei Geistliche, ganz in ihrer gemeinsamen Angelegenheit vertieft.

»Das Epitaph an Ihrem Gedenkstein«, sagte Pater Faine. »Ich kenne das Gedicht; es interessiert mich, weil es meiner Meinung nach im völligen Widerspruch zu den Aussagen des Christentums steht, die Vorstellung einer unsterblichen Seele, eines Lebens nach dem Tod, der Erlösung. Haben Sie es ausgesucht?«

»Sie haben es für mich ausgesucht«, murmelte der Anarch. »Meine Freunde. Ich neigte dazu, Lucrez Recht zu geben; das war wohl der Grund.«

»Tun Sie es immer noch?« fragte Pater Faine. »Nachdem Sie den Tod, das Leben nach dem Tod und die Wiedergeburt erlebt haben?« Er wartete gespannt.

Der Anarch flüsterte: »›Diese Schüssel Milch, das Pec an jenem Krug, sind Wesen, fremd und weitgereist. Diese Schneeflocke war eine Flamme einst – die Flamme Teil eines Sternes Glut.« Er nickte, starrte hinauf zur Zimmerdecke. »Ich glaube noch immer daran. Ich werde es immer tun.«

»Aber was halten Sie hiervon?« sagte Pater Faine. »Die Saat, die wir einst waren, entflieht und fliegt, zur Erd' sie sinkt, gen Himmel sie stiebt, getrennt, doch nicht verloren. Das Leben lebt weiter.«

Der Anarch schloß: »Die Lebenden sind's, die Lebenden, die's zum Tod hinzieht.« Seine Stimme war fast unhörbar, klang fremd und matt und einsam. »Ich weiß es nicht. Ich muß darüber nachdenken . . . es ist noch zu früh.«

»Lassen Sie ihn schlafen«, sagte Dr. Sign.

»Ja, lassen Sie ihn in Ruhe«, stimmte Bob Lindy zu. »Das ist wieder einmal typisch für Sie, Pater; jedesmal, wenn wir einen Toten zurückholen, hoffen Sie, daß er die Antworten auf Ihre theologischen Fragen mitbringt. Und sie tun es nie; sie sind wie Seb, sie erinnern sich nur an ganz wenig.«

»Das ist kein gewöhnlicher Mann«, sagte Pater Faine. »Der Anarch war eine große religiöse Kraft und ein großer Mensch. Und das wird er auch wieder sein«, fügte er hinzu.

Und wertvoll ist er, sagte sich Sebastian. Aus eben diesem Grund. Das Wichtigste kommt zuerst; Theologie und Poesie sind zweitrangig. Im Vergleich zu dem, was auf dem Spiel steht.

Als Douglas Appleford Feierabend hatte und zu Hause in seinem Konapt war, meldete er ein Vidfongespräch nach Rom, Italien, an.

»Ich möchte mit einem Signor Anthony Giacometti sprechen«, sagte er zur Vermittlung.

Kurz darauf hatte er Giacometti am Apparat.

»Haben Sie Erfolg gehabt?« fragte Appleford. »Bei dem Vitarium?«

Giacometti, im Morgenmantel, das Haar gewellt und lang, die Augen durchdringend und bannend, erwiderte: »Hören Sie, sind Sie sicher, daß sie ihn haben? Wirklich sicher? Sie haben ständig um den heißen Brei herumgeredet; wenn sie ihn wirklich hätten, wie sie behaupten, hätten sie doch einen Preis genannt. Schließlich sind sie Geschäftsleute; sie wollen verkaufen.«

»Sie haben ihn«, sagte Appleford mit völliger Sicherheit; er wußte, daß er Hermes' Frau richtig eingeschätzt hatte. »Sie haben Angst vor den Uditen«, erklärte er. »Sie haben Angst, daß Sie in Ray Roberts' Auftrag handeln; deshalb wollten Sie sich nicht festlegen. Aber halten Sie Ihr Angebot aufrecht; lassen Sie nicht locker, dann bekommen Sie ihn.«

»In Ordnung, Mr. Appleford«, sagte Giacometti mürrisch. »Ich nehme Sie beim Wort; Sie haben uns in der Vergangenheit geholfen, wir verlassen uns auf Sie.«

»Das können Sie auch«, erklärte er. »Wenn ich etwas Neues erfahre, informiere ich Sie . . . zum üblichen Honorar. Sie hat nicht gesagt, daß sie ihn ausgegraben haben, daß er am Leben ist; sie hat nur gesagt, daß sie wissen, wo er begraben ist. Das erklärt vielleicht ihre Zurückhaltung – sie können ihn nicht legal verkaufen, solange er nicht wiedergeboren ist. Ich werde sie anrufen«, fügte er hinzu, »und versuchen, mehr von ihr zu erfahren. Sie scheint nicht in der Lage zu sein, etwas für sich zu behalten; sie gehört zu dieser Sorte Mensch.«

Mit säuerlichem Gesicht unterbrach Giacometti die Verbindung.

Appleford wollte sich eben vom Vidfon abwenden, als es klingelte; er beugte sich vor, nahm den Hörer ab und erwartete, wieder Giacomettis Gesicht zu sehen, vielleicht hatte er etwas vergessen. Statt dessen tauchte das verkleinerte, aber lebensecht wirkende Gesicht seiner Vorgesetzten auf, Mavis McGuire.

»Ich werde schon wieder mit Fragen über Ray Roberts und die Uditen belästigt«, sagte sie mit angewiderter Miene. »Eine junge Frau, eine Mrs. Lotta Hermes, ist hier in der Bibliothek aufgetaucht und will wissen, was wir über Roberts haben; ich halte sie in meinem Büro fest, bis ein Löscher Zeit für sie hat. Er müßte in Kürze eintreffen.«

»Haben Sie sich beim Löschungsrat nach der Grabstätte des Anarchen erkundigt?« fragte Appleford.

»Ja. Wir haben die Information nicht.« Mavis bedachte ihn mit einem glasigen, glitzernden mißtrauischen Blick. »Diese Mrs. Hermes behauptet, heute früh mit Ihnen gesprochen zu haben. Über den Anarchen.«

»Ja«, nickte Appleford. »Sie kam mit einem Polizeibeamten zu mir, kurz nach unserem Gespräch. Sie – das Vitarium ihres Mannes – wissen, wo der Anarch begraben ist; wenn Sie wollen, können Sie es ohne große Mühe aus ihr herausbekommen.«

»Ich hatte das Gefühl, daß sie es weiß«, sagte Mavis. »Ich habe mich mit ihr unterhalten; wenn das Thema Anarch zur Sprache kommt, weicht sie jedesmal aus. Wahrscheinlich hat sie Angst, zuviel zu verraten. Geben Sie mir den Bearbeitungsstand dieser Apologia pro sua vita von Peak, das *Gott in einer Kiste*; existiert davon noch ein maschinengeschriebenes Manuskript, oder haben Sie es schon dem Löschungsrat übergeben? Ich weiß, daß es nicht durch meine Hände gegangen ist; ich würde mich an diese übertriebenen Platitüden erinnern, die er vor die Säue zu werfen pflegte.«

»Es sind noch vier gedruckte Ausgaben übrig«, antwortete Appleford nach kurzem Nachdenken. »Demnach hat das Werk noch nicht das Typoskriptstadium erreicht. Und einer von meinen Mitarbeitern hat gesagt, daß noch einige Buchausgaben irgendwo im Umlauf sind, wahrscheinlich in privaten Bibliotheken.«

»Also ist es noch bis zu einem gewissen Grad verbreitet. Es ist theoretisch noch immer möglich, daß jemand darauf stößt.«

»Wenn sie Glück haben, ja. Aber vier Ausgaben sind nicht viel, wenn man bedenkt, daß einst über fünfzigtausend gebundene Exemplare und dreihunderttausend Taschenbuchausgaben im Umlauf waren.«

»Haben Sie es gelesen?« fragte Mavis.

»Ich . . . habe es flüchtig durchgeblättert. Ich halte es für ein bedeutendes Werk. Und für originell. Ich würde nicht von ›übertriebenen Platitüden‹ sprechen.«

»Wenn der Anarch wiedergeboren ist«, meinte Mavis, »wird er wahrscheinlich versuchen, seine religiöse Karriere wieder aufzunehmen. Sofern er keinem Attentat zum Opfer fällt. Und ich habe das Gefühl, daß er klug ist; sein *Gott in einer Kiste* hatte etwas Realistisches, Praktisches an sich – er war kein Spinner. Und er kann sich auf seine Erfahrungen über das Jenseits stützen. Ich glaube, er wird sich daran erinnern, im Gegensatz zu den meisten anderen Altgeborenen; oder jedenfalls wird er *behaupten*, daß er sich daran erinnert.« Vernichtender Zynismus schwang in ihrer Stimme mit. »Der Rat ist nicht sehr erbaut von dem Gedanken, daß der Anarch wieder ins Religionsgeschäft einsteigt; man ist äußerst skeptisch. Ausgerechnet jetzt, wo wir dabei sind, die letzten Ausgaben von *Gott in einer Kiste* zu löschen, taucht er auf, um etwas Neues zu schreiben ... Und wir haben das Gefühl, daß sein neues Werk noch schlimmer sein wird, radikaler, zerstörerischer.«

»Ja, ich verstehe«, murmelte Appleford nachdenklich. »Weil er tot war, wird er behaupten können, authentische Visionen aus dem Jenseits zu haben; daß er mit Gott gesprochen, das Jüngste Gericht erlebt hat – das übliche Material, das die Altgeborenen mitbringen ... aber ihm wird man glauben; ihm werden die Leute zuhören.« Er dachte in diesem Zusammenhang an Ray Roberts. »Ich weiß, daß Sie und der Rat Roberts nicht schätzen«, sagte er. »Aber wenn Ihnen die Lehren, die der Anarch mitbringt, Sorgen machen ...«

»Ich verstehe, was Sie meinen«, nickte Mavis McGuire. Sie dachte nach. »Also gut; wir bearbeiten die Hermes solange, bis sie uns den Namen des Friedhofs verrät, und wenn wir ihn haben, geben wir ihn an Roberts weiter. Zumindest ...« Sie zögerte. »Ich werde das dem Rat vorschlagen; die Entscheidung liegt natürlich bei ihm. Und falls die Leiche sich nicht mehr auf dem Friedhof befindet, werden wir uns auf das Vitarium ihres Mannes konzentrieren.«

»Man könnte das legal erledigen«, sagte Appleford; er war stets für Mäßigung. »Der Anarch kann offen und ehrlich durch ein Gebot an das Vitarium erworben werden.« Natürlich erwähnte er nicht seine Verbindung zu Anthony Giacometti; das ging die Bibliothek nichts an. Tony wird sich beeilen müssen, sagte er sich; sobald sich der Löschungsrat einmischt, wird sich alles überstürzen. Er fragte sich, ob der Auftraggeber, den Giacometti vertrat, die Bibliothek überbieten konnte – oder wollte. Ein interessanter Gedanke: eine Machtprobe zwischen den Löschern und dem mächtigsten religiösen Syndikat von Europa.

Mavis McGuire legte auf, und Appleford blätterte in der Abendzeitung ... nur um mit Berichten über Ray Roberts' Pilgerfahrt konfrontiert zu werden; mit etwas anderem schien sich die Zeitung nicht zu beschäftigen. Umfangreiche polizeiliche Vorsichtsmaßnahmen und so weiter; es langweilte ihn, und er ging in die Küche, um einen Schluck Sogum zu trinken.

Bevor er dazu kam, klingelte erneut das Vidfon. Er ließ das Sogum stehen und nahm den Hörer ab.

Es war wieder Mavis McGuire. »Ein Löscher ist jetzt bei Mrs. Hermes«, erklärte Mavis. »Man wird sie verhören; es ist alles vorbereitet. Der Rat vermutet, daß das Vitarium wahrscheinlich ein kalkuliertes Risiko eingegangen ist und den Anarchen ausgegraben hat, um ihn nicht zu verlieren; er ist kommerziell zu wertvoll, als daß sie sich das leisten könnten. Der Rat meint, daß wir den Friedhof nicht zu finden brauchen; es genügt, wenn wir uns an das Vitarium wenden. Wir werden sofort jemanden hinschicken; der Rat möchte eingreifen, bevor das Institut für heute schließt. Wir schicken meine Tochter«, fügte sie hinzu.

»Ann?« fragte Appleford überrascht. »Warum keinen Löscher?«

»Annie ist bei Männern sehr erfolgreich, und es geht um einen Mr. Sebastian Hermes, einen Altgeborenen, der jetzt Mitte Vierzig ist. Wir glauben, daß wir auf diese Weise mehr Erfolg haben als mit einer Razzia; es ist möglich, daß sie den Leichnam des Anarchen vom Friedhof ins Vitarium geschafft, ihn dort wiederbelebt und dann an einen anderen Ort gebracht haben, vielleicht in eine Privatklinik, die wir nie finden würden.«

»Ich verstehe«, sagte Appleford beeindruckt. Auch Ann McGuire beeindruckte ihn; er hatte sie schon bei der Arbeit gesehen. Vor allem bei Männern, wie ihre Mutter gesagt hatte; sie hatte stets Erfolg, wenn es um Sex ging.

Er hatte immer gehofft, sich in seinen masochistischen Träumen danach gesehnt, daß Mavis und der Rat Ann auf *ihn* ansetzen würden.

Da Sebastian Hermes verheiratet war, würde Ann besonders erfolgreich sein; ihre Spezialität war, sich als Dritte in eine Zweierbeziehung einzumischen, die Ehefrau – oder Freundin – auszubooten und die Zahl der Beteiligten wieder auf zwei zu reduzieren: auf sie und den Mann.

Viel Glück, Mr. Hermes, dachte er sarkastisch. Und dann dachte er an die scheue, kleine Mrs. Hermes, die jetzt dem Löscher ausgeliefert war, und der Gedanke verursachte ihm Unbehagen.

Das Verhör würde Lotta Hermes verändern. Er fragte sich, in welcher Hinsicht, zum Besseren oder zum Schlechteren. Das Verhör würde sie entweder stärker machen oder zerstören; beide Möglichkeiten waren denkbar.

Er hoffte, daß die erste Möglichkeit zutraf; das Mädchen hatte ihm gefallen.

Aber ihm waren die Hände gebunden.

9. Kapitel

Gott kennt die Dinge nicht, weil sie sind; sie sind, weil Er sie kennt, und Seine Kenntnis von ihnen ist ihr Wesen.
– Eriugena

Ich bin wirklich der Gelackmeierte, grübelte Joe Tinbane. Ich habe meine Freundschaft mit den Hermes' zerstört, und meinetwegen mußte sie wieder in die Bibliothek gehen. Was ihr auch zustößt, es ist meine Schuld; sie wird bis zu meiner Geburt auf meinem Gewissen lasten.

In den meisten Fällen, dachte er, wenn ein Mensch vor einem bestimmten Ort oder einer bestimmten Situation eine Phobie entwickelt, gibt es einen triftigen Grund. Es ist eine Form der Vorahnung. Wenn Lotta soviel Angst vor der Bibliothek hat, dann wahrscheinlich mit Recht. Diese Löscher, sagte er sich. Mysteriös; wer und was sind sie? Die Polizei von Los Angeles weiß es nicht; *ich* weiß es nicht.

Er war jetzt wieder zu Hause bei Bethel. Und wie gewöhnlich machte sie ihm das Leben zur Hölle.

»Du interessierst dich gar nicht für dein Sogum«, sagte Bethel scharf.

»Ich gehe«, erklärte er, »und übergebe mich. Damit ich allein sein und nachdenken kann.«

»Oh? Ich störe dich beim Nachdenken? Über was denkst du nach?«

Verärgert über ihren Tonfall schnappte er: »Okay; wenn du es wirklich wissen willst, sage ich es dir.«

»Es geht um eine andere Frau.«

»Richtig.« Er nickte. »Eine, die ich lieben könnte.«

»Du hast einmal gesagt, du könntest nie jemanden so lieben, wie du mich geliebt hast; daß jede andere Beziehung . . .«

»Das war damals.« Zu viele Jahre waren vergangen; Worte konnten keine gescheiterte Ehe kitten. Warum soll ich mit jemandem verheiratet sein – verheiratet bleiben –, der mich im Grunde nicht respektiert oder mag? fragte er sich. Er stand auf und schob die Sogumpfeife fort. »Ich habe sie vielleicht umgebracht«, sagte er. »Ich trage die Verantwortung.« Ich muß sie aus der Bibliothek herausholen, durchfuhr es ihn.

»Du gehst jetzt zu ihr«, erkannte Bethel. »Ohne auch nur den Versuch zu machen, diese – diese verbotene Beziehung vor mir, deiner Frau, zu verheimlichen. Ich habe unser Ehegelübde ernst genommen, aber du hast dir nie Mühe gegeben; wenn es nicht mit uns geklappt hat, dann deshalb, weil du dir keine Mühe gegeben und kein Verantwortungsgefühl gezeigt hast. Und jetzt läufst du ganz offen, ganz dreist zu ihr. Verschwinde doch!«

»Guten Tag«, sagte er; die Tür seines Konapts schloß sich hinter ihm, und er war draußen im Korridor und eilte zu seinem nicht gekennzeichneten Streifenwagen. Soll ich etwa so gehen? fragte er sich. Ohne Uniform? Nein! Er lief zurück zur Konapttür – und fand sie geschlossen.

»Versuch gar nicht erst zurückzukommen«, sagte Bethel. »Ich werde die Scheidung einreichen.« Selbst durch die dicke Servoschaumtür war ihre Stimme deutlich zu vernehmen. »Soweit es mich betrifft, wohnst du hier nicht mehr.«

»Ich will meine Uniform«, knirschte er.

Er erhielt keine Antwort. Die Tür blieb geschlossen.

In seinem Streifenwagen auf dem Landedach hatte er einen Ersatzschlüssel; erneut lief er die Rampe hinauf. Sie kann sich nicht zwischen mich und meine Uniform stellen, sagte er sich. Das ist illegal. Er erreichte seinen Wagen und suchte im Handschuhfach. Ach, zum Teufel damit; er setzte sich hinter das Steuer und ließ den Motor an. Hauptsache, ich habe meine Waffe, dachte er; er zog sie aus dem Schulterhalfter, vergewisserte sich, daß alle zwölf Kammern geladen waren – bis auf die eine, auf der der halbgespannte Schlagbolzen ruhte – und stieg dann hinauf in den Abendhimmel über Los Angeles.

Fünf Minuten später landete er auf dem verlassenen – oder besser: fast verlassenen – Landedach der Stadtbibliothek. Prüfend leuchtete er mit seiner Taschenlampe in jeden abgestellten Schwebewagen. Alle gehörten Löschern, bis auf einen, der auf Mavis McGuires Namen gemeldet war. Jetzt wußte er, auf wen er, neben Lotta Hermes, in der Bibliothek stoßen würde: auf zumindest drei Löscher und die Chefbibliothekarin.

Er hastete zum Dacheingang der Bibliothek und fand ihn versperrt.

Nun, dachte er, natürlich; sie haben schon geschlossen. Aber ich weiß, daß Lotta in dem Gebäude ist, dachte er, auch wenn ihr Wagen nicht hier oben steht; wahrscheinlich ist sie mit einem Taxi gekommen. Wahrscheinlich war sie zu verängstigt, um selbst zu fahren.

Aus dem Kofferraum seines Streifenwagens holte er einen Schloßanalysator und trug ihn an seinem abgewetzten Riemen – er hatte ihm schon oft gute Dienste geleistet – zur Tür der Bibliothek. Sobald er eingeschaltet war, testete der Analysator das Schloß, horchte und erzeugte dann den passenden Nachschlüssel; die Tür schwang auf, ohne daß das Schloß beschädigt worden wäre, ohne Spuren von Gewalteinwirkung.

Er brachte den Schloßanalysator zum Wagen zurück und legte ihn wieder in den Kofferraum; dann blieb er einen Moment stehen und musterte das Arsenal an Waffen und Ausrüstungsgegenständen, das er immer mit sich führte. Was konnte ihm sonst noch von Nutzen sein? Tränengas? Sein Einsatz konnte seinen Vorgesetzten im Präsidium gemeldet werden; er würde Schwierigkeiten bekommen. Der Gehirnwellendetektor, entschied Tinbane; er wird mir verraten, wie viele Leute in der Nähe sind und wohin sie sich bewegen; so weiß ich, ob sich jemand an mich heranschleicht und aus welcher Richtung. Er griff nach dem Gehirnwellendetektor, schaltete ihn ein und justierte ihn auf Minimaldistanz; sofort tauchten auf dem kleinen Kontrollmonitur fünf scharf umrissene Lichtpunkte auf; fünf menschliche Gehirne arbeiteten nur wenige Meter von ihm entfernt, wahrscheinlich im obersten Stockwerk der Bücherei. Dann stellte er den Detektor auf Maximaldistanz, und jetzt machte er sieben Punkte aus; demnach hatte er es mit sechs Bibliotheksangestellten und Lotta Hermes zu tun, von der er annahm, daß sie einer der Punkte war.

Er nahm an, daß sie sowohl am Leben, als auch noch in der Bibliothek war.

Um sicherzugehen, setzte er sich, bevor er die Bibliothek durch die nun offene Dachtür betrat, auf den Vordersitz seines Streifenwagens, nahm den Vidfonhörer ab und wählte die Nummer des Vitariums Flasche des Hermes; inzwischen kannte er die Nummer auswendig.

»Vitarium Flasche des Hermes«, meldete sich R. C. Buckley, als er en miniature auf dem Vidfonschirm auftauchte.

»Ich möchte Lotta sprechen«, sagte Tinbane.

»Ich schau nach, ob sie da ist.« Buckley verschwand für einen Moment und kam wieder zurück. »Seb sagt, daß sie noch in der Bibliothek sein muß. Sie soil da für ihn einige Nachforschungen anstellen – einen Moment, Seb kommt schon.«

Jetzt erschien das ernste, intelligente Gesicht Sebastian Hermes' auf dem Monitor. »Nein, sie ist noch nicht zurück, und ich mache mir wirklich Sorgen um sie. Inzwischen bedaure ich, daß ich sie geschickt habe; vielleicht sollte ich die Bibliothek anrufen und nach ihr fragen.«

»Sie würden nur Ihre Zeit verschwenden«, erklärte Tinbane. »Ich bin auf dem Dach der Bibliothek. Ich weiß, daß sie im Haus ist. Die Bibliothek ist geschlossen, aber das ist kein Problem; ich habe meinen Streifenwagen und meine Ausrüstung dabei; um es genau zu sagen, ich habe bereits das Schloß geknackt. Ich weiß nur nicht, ob ich ihnen Gelegenheit geben soll, sie freiwillig herauszugeben.«

»Sie *herauszugeben*?« wiederholte Seb und wurde bleich. »Es klingt so, als würde man sie festhalten.«

»Ich weiß, daß man sie nicht hinausgeworfen hat, als geschlossen wurde«, sagte er. Er war sich dessen absolut sicher; seine quasipsionische Fähigkeit, derartige Dinge zu beurteilen, hatte aus ihm den guten Polizisten gemacht, der er war. »Sie ist noch immer im Haus und wird dort festgehalten; sie würde nicht bleiben, wenn man sie nicht dazu zwingen würde.«

»Ich rufe in der Bibliothek an«, sagte Sebastian dumpf.

»Und was wollen Sie sagen?«

»Daß ich meine Frau zurückhaben will!«

»Okay«, nickte Tinbane, »versuchen Sie es.« Er gab Sebastian die Durchwahl seines Autovidfons. »Anschließend rufen Sie mich zurück und erzählen mir, was sie gesagt haben.« Er hielt weiter den Monitor des Gehirnwellendetektors im Auge; er zeigte noch immer sieben sich langsam bewegende Gehirne in seiner näheren Umgebung; die Lichtpunkte auf dem Schirm veränderten ständig ihre Position, doch nur ein wenig. Man wird dir sagen, daß sie dagewesen und wieder gegangen ist, dachte er. Vielleicht sagen sie auch, daß sie gar nicht gekommen ist. Und sie wissen nichts. Noli me tangere, dachte er; das ist der Wahlspruch der Bibliothek. Warnung: Misch dich nicht ein. Rühr mich nicht an. Diese Bastarde, sagte er sich.

Fünf Minuten später leuchtete die Diode an seinem Vidfon auf; er nahm den Hörer ab. »Ich habe den Hausmeister erreicht«, sagte Sebastian bedrückt.

»Und was hat er gesagt?«

»Daß er allein in dem Gebäude ist; daß alle anderen, die Angestellten, alle, nach Hause gegangen sind.«

»Unter mir befinden sich sieben Personen«, erklärte Tinbane. »Okay. Ich gehe hinunter und schau mich um. Ich rufe Sie an, sobald ich etwas Genaues weiß.«

»Soll ich die Polizei anrufen?« fragte Sebastian.

»Ich bin die Polizei«, erinnerte Tinbane und legte auf.

Er aktivierte die Warnanlage des Gehirnwellendetektors, die ihn informieren würde, sobald sich ihm jemand auf eine Distanz von eineinhalb Metern näherte, und dann hastete er geduckt zur offenen Eingangstür der Bibliothek, in der einen Hand den Detektor, in der anderen seine Dienstpistole.

Einen Moment später erreichte er über die Treppe das oberste Stockwerk.

Geschlossene Türen. Dunkelheit und Stille; er fummelte an seiner Infrarottaschenlampe und knipste sie an. Ein Blick auf den Monitor des Gehirnwellendetektors verriet ihm, daß die sieben Lichtpunkte horizontal auf seiner Position und vertikal über eineinhalb Meter von ihm entfernt waren; die Warnanlage hatte nicht angesprochen. Hinunter ins nächste Stockwerk, entschied er. Als er die Treppe hinunterstieg, versuchte er sich daran zu erinnern, in welcher Etage sich Mavis McGuires private Büroflucht befand. Im dritten Stock, glaubte er.

Die Warnanlage reagierte, der vertikale der beiden Glühfäden in der Kontrollbirne leuchtete auf. Er war im richtigen Stockwerk, nur noch horizontal von seinem Ziel getrennt. Sechste Etage, stellte er fest. Das Stockwerk, in dem der Löschungsrat untergebracht sein soll. Und in diesem Stockwerk war die Deckenbeleuchtung nicht abgeschaltet; in gelbes Licht getaucht, lag der Korridor mit den geschlossenen Türen vor ihm.

Er ging langsam weiter und blickte immer wieder auf den Monitor des Gehirnwellendetektors. Die sieben Punkte rückten auf der horizontalen Achse näher. Sie befanden sich alle mehr oder weniger auf einem Fleck; sie mußten in einem der Büros sein.

Ich frage mich nur, was dabei für mich herausspringen wird, dachte Tinbane. Wahrscheinlich wird mich der Druck von Seiten der Bibliothek meinen Job kosten; ihr Einfluß auf die städtische Verwaltungsspitze ist groß. Zum Teufel damit, sagte er sich; es war sowieso kein guter Job. Und wenn er beweisen konnte, daß die Löscher Lotta Hermes mit Gewalt festgehalten hatten – auf jeden Fall würde es zu einer

Untersuchung kommen, wenn sie bereit war, für ihn auszusagen. Aber das, erkannte er, würde bedeuten, daß Lotta vor Gericht erscheinen oder wenigstens Anzeige erstatten mußte, und davor würde sie zurückschrecken; ihr mußte das genauso schrecklich erscheinen wie die Bibliothek. Nun, jetzt war es zu spät, um sich deswegen Sorgen zu machen; er konnte nur hoffen, daß Lotta rechtfertigen würde, was er – ohne Uniform, aber mit Polizeiausrüstung – tat, wenn es zum Schlimmsten kommen sollte.

Nun leuchtete auch der horizontale Faden der Kontrollbirne auf und blieb an. Er war weniger als eineinhalb Meter von jemand entfernt. Vor ihm befand sich eine geschlossene Tür; er spürte die Gegenwart von Menschen auf der anderen Seite, jener sieben Personen, aber als er lauschte, hörte er nichts. Ratten, dachte er.

Fluchend lief er den ganzen Weg zurück aufs Dach, zu seinem Streifenwagen, und holte aus dem Kofferraum ein Überwachungsgerät, das er mühsam zusammen mit seiner anderen Ausrüstung – Pistole, Taschenlampe, Gehirnwellendetektor – hinunter in die sechste Etage und zu dem besetzten, verschlossenen Büro schleppte.

Flink und geschickt programmierte er das Überwachungsgerät für den Einsatz; es machte sein Plastikgehäuse so schmal, daß es unter der Türritze hindurch paßte, nahm – vermutlich – auf der anderen Seite eine neutrale Gestalt an und setzte seine Audio- und Videorezeptoren in Betrieb.

Den Videoempfänger des Überwachungsgeräts hielt er in der Hand, den Audioempfänger hatte er ins Ohr gesteckt.

»... außerdem«, sagte der Löscher mit seiner düsteren, salbungsvollen Löscherstimme, »sind wir auch für die öffentliche Sicherheit verantwortlich. Zu den Grundsätzen der Bibliothek gehört, daß die öffentliche Sicherheit absoluten Vorrang hat; unsere Löschung von gefährlichem, aufrührerischem Schriftgut ...« Im gleichen belehrenden Tonfall ging es weiter. Tinbane blickte auf den Videoempfänger. Drei Personen standen dicht nebeneinander, ein Mann und zwei Frauen; er drehte den Kontrollknopf im Uhrzeigersinn, und die Kamera machte einen Schwenk und holte das Gesicht einer Frau heran, bis es den kleinen Monitor ausfüllte. Es schien Lotta Hermes zu sein, aber das Bild war verzerrt und undeutlich, und er konnte es nicht mit Bestimmtheit sagen. Er ließ die Kamera einen weiteren Schwenk machen, bis sie das Gesicht der anderen Frau erfaßte. Das, entschied er, war zweifellos Marvis McGuire. Er war sicher, sie erkannt zu haben.

Und jetzt hörte er über den Ohrempfänger ihre Stimme.

»Begreifen Sie denn nicht, wie gefährlich dieser Mann ist?« schimpfte Mavis. »Daß er wieder versuchen wird, an die primitivsten Instinkte der Massen zu appellieren, daß es wieder zu Unruhen, zu zivilem Ungehorsam kommen wird; nicht nur in der Freien Negergemeinde, sondern auch hier unter den Schwarzen und weißen Pro-Schwarzen an der Westküste? Denken Sie an Watts und Oakland und Detroit[1], denken Sie an das, was Sie in der Schule gelernt haben.«

Eine barsche, durchdringende Löscherstimme sagte: »Unter diesen Umständen könnten wir gleich Teil der Freien Negergemeinde werden.«

»Wir haben *Gott in einer Kiste* praktisch vollständig gelöscht«, erklärte Mavis McGuire. »Sein wichtigstes Traktat, oder wie auch immer Sie es nennen wollen, ist fast beseitigt. Für immer. Es war *Gott in einer Kiste*, das vor dreißig Jahren, vor Ihrer Geburt, die Massenaufstände ausgelöst und schließlich zur Gründung der F.N.G. geführt hat. Der Anarch war persönlich dafür verantwortlich; wenn er nicht Reden und Predigten gehalten und Traktate geschrieben hätte, wäre die F.N.G. nie entstanden, und die Vereinigten Staaten würden noch immer als Einheit existieren; unser Land wäre nicht in drei Teile zerfallen. In vier, wenn man Hawaii und Alaska mitzählt; sie wären keine unabhängigen Nationen geworden.«

Die andere Frau, wahrscheinlich Lotta Hermes, weinte still vor sich hin, eine Hand vor dem Gesicht, eine zusammengesunkene Gestalt, überschattet von Mavis McGuire und dem Löscher. Und Tinbane wußte, daß vier weitere Löscher irgendwo in unmittelbarer Nähe lauerten, wahrscheinlich im Nebenzimmer. Sie warteten darauf, sie der Reihe nach vorzunehmen, dachte Tinbane; er kannte die Verhörtechnik, bei der sich die Befrager in regelmäßigen Abständen abwechselten; die Polizei ging genauso vor.

»Jetzt zu Ray Roberts«, sagte der Löscher. »Er weiß wahrscheinlich mehr über den Anarchen als jeder andere lebende Mensch.

1 Watts, Farbigenviertel in Los Angeles, am 11. 8. 1965 Schauplatz von Rassenunruhen, die in sechs Tagen 34 Menschenleben kosteten und Sachschäden in Höhe von 35 Millionen Dollar verursachten.
Oakland, Hauptverschiffungshafen für den Vietnamkrieg, im Oktober 1966 Gründungsort der radikalen Black Panther Party.
Detroit, 1966 Schauplatz von Rassenunruhen, bei denen 43 Menschen ums Leben kamen. (Anmerkung des Übers.)

Wie steht er Ihrer Ansicht nach zur Wiedergeburt des Anarchen? Würden Sie sagen, daß Roberts darüber tief beunruhigt ist? Oder würden Sie sagen, daß er sie mit Freuden erwartet?«

»Seien Sie höflich und antworten Sie dem Ratsmitglied«, sagte Mrs. McGuire zu dem zusammengesunkenen Mädchen. »Er hat Ihnen eine vernünftige Frage gestellt. Sie wissen, daß Ray Roberts auf dem Weg hierher ist, daß er seine Pilgerfahrt zur Westküste unternimmt, weil er sich Sorgen macht. Er will nicht, daß das geschieht. Und Roberts ist ein Schwarzer. Und er kommt aus der F.N.G. Und er ist der Führer der Uditen.«

»Glauben Sie nicht«, sagte der Löscher, »daß uns das verrät, was wir von dem altgeborenen Anarchen zu halten haben? Wenn schon Roberts, ein Rassegenosse und Führer der Uditen . . .«

Tinbane zog den Audioempfänger aus dem Ohr, legte den Videoempfänger des Geräts und den Rest seiner Ausrüstung auf den Boden und behielt nur die Pistole. Ich möchte wissen, ob die Löscher bewaffnet sind, dachte er. Im Licht der Deckenlampe justierte er sorgfältig die Steueranlage seiner Dienstwaffe. Er berechnete die Entfernung, die Zahl der Gegner, die ausgeschaltet werden mußten, wie Lotta Hermes am besten zu beschützen war. Und schließlich, wie er sicherstellen konnte, daß ihm und Lotta im allgemeinen Chaos die Flucht aus der Bibliothek und aufs Dach und in seinen Streifenwagen gelang.

Meine Chance steht eins zu zehn, daß es funktioniert, sagte er sich. Wahrscheinlich werden Lotta und ich auf Nimmerwiedersehen in der Bibliothek verschwinden.

Aber vielleicht bin ich ihr das schuldig, dachte er.

Erneut justierte er die Kontrollen seiner Waffe. Es darf keine Toten geben, erkannte er; damit komme ich nicht durch – selbst wenn Lotta und ich hier herauskommen, werden sie uns verfolgen und den Rest unseres Lebens jagen. Bis zu unserer Rückkehr in den Mutterschoß. Und ich glaube auch nicht, daß sie einen von uns töten werden . . . Zumindest nicht jetzt, nicht ohne eine Debatte im Rat; wenn das, was ich über die Löscher gehört habe, richtig ist, werden sie vorher einen formellen Beschluß fassen müssen.

Okay, sagte er sich. Auf geht's.

Er öffnete die Tür und sagte: »Mrs. Hermes? Sie gehen jetzt nach Hause.«

Schweigend, reglos starrten ihn Lotta und Mavis McGuire und der große, strohblonde Löscher mit dem häßlichen, länglichen Gesicht an.

Die gegenüberliegende Bürotür stand offen, und aus dem Nebenzimmer starrten in vier weitere Löscher an. Alles war zum Stillstand gekommen. Er hatte die sieben Personen zur Bewegungslosigkeit erstarren lassen, sie und ihre Aktivitäten in der Zeit eingefroren, allein durch seine Gegenwart. Durch die schwere graue Waffe in seiner Hand; die regulär im Polizeidienst verwendete Mammutpistole. Er war ein Mann mit einer Waffe, kein Polizeibeamter, aber er wußte, wie er mit seiner Waffe reden mußte; er wußte, wie er sie gebrauchen konnte, ohne sie einzusetzen.

Er winkte der zusammengesunkenen, schmalen Gestalt zu, die Lotta Hermes war, und befahl: »Kommen Sie her.« Sie starrte ihn weiter verständnislos an. »Kommen Sie her«, wiederholte er im gleichen Tonfall; er achtete darauf, daß er unverändert blieb. »Ich möchte«, sagte er, »daß Sie zu mir kommen.«

Er wartete, und plötzlich erhob sie sich, kam zu ihm herüber und blieb neben ihm stehen. Niemand versuchte, sie daran zu hindern; niemand sagte auch nur ein Wort.

Das Bewußtsein, etwas Verbotenes zu tun – und dann dabei ertappt zu werden – hatte auf die meisten Menschen eine lähmende Wirkung. Solange es mir gelingt, dachte er, den Archetyp der Autorität aufrechtzuerhalten. Selbst die Löscher bilden da keine Ausnahme. Vielleicht.

»Ich habe Sie schon einmal gesehen«, sagte Mavis McGuire. »Sie sind Polizist.«

»Nein«, widersprach er. »Sie haben mich noch nie gesehen.« Er griff nach Lottas Handgelenk und befahl ihr: »Gehen Sie hinauf aufs Landedach und warten Sie in meinem Schwebewagen auf mich. Achten Sie darauf, daß es der richtige ist; es ist von der Treppe aus gesehen der linke.« Als sie sich gehorsam abwandte, fügte er hinzu: »Berühren Sie die Kühlerhaube; der Motor ist noch warm. Daran erkennen Sie ihn.«

Einer der Löscher aus dem Nebenraum feuerte eine Waffe auf ihn ab, die er als illegale kleinkalibrige, einschüssige Schrotpistole identifizierte.

Das Schrotgeschoß traf ihn am Fuß, ohne zu zerplatzen. Offenbar war die Munition alt, und die Pistole war wahrscheinlich noch nie benutzt worden; ihr Besitzer, der Löscher, wußte vermutlich nicht, wie man eine Waffe reinigte und pflegte, und der Hahn hatte die Innenladung verfehlt.

Tinbane feuerte blitzschnell hintereinander neun ungezielte Schüsse ab, bestrich beide Büros. Er betätigte den Abzug seiner Dienstwaffe, bis die Zimmer von Querschlägern erfüllt waren, die sich alle mit einer Geschwindigkeit bewegten, die lediglich betäuben oder geringe Verletzungen hervorrufen oder blenden würden – er gab einen weiteren Schuß ab, als er in den Korridor humpelte und dann, so gut es ging, den Korridor hinauf zur Treppe wankte, die Wunde an seinem Fuß verfluchend, von Schmerzen gepeinigt, behindert; er kam nur langsam voran und er spürte die Verfolger hinter sich, irgend etwas im Schilde führend ... Was für ein Haufen Essen, dachte er wild; daß es mich ausgerechnet am Fuß erwischen mußte! Als die Tür zum Treppenhaus hinter ihm ins Schloß fiel, explodierte im Korridor ein Schrotkugelgeschoß; die Glasscheibe der Tür zerbarst und Splitter trafen ihn am Nacken, am Rücken und an den Armen. Aber er stolperte weiter, die Treppe hinauf. Als er den obersten Treppenabsatz erreichte und das Dach greifbar nahe war, feuerte er seinen letzten Schuß ins Treppenhaus, füllte es mit hin und her pfeifenden Kügelchen, die jeden aufhalten würden, sofern er nicht riskieren wollte, zu erblinden, und dann humpelte er mit seinem verletzten Fuß zum Streifenwagen.

Lotta befand sich neben dem Wagen, nicht im Innern; sprachlos sah sie zu ihm auf, und er öffnete ihr die Wagentür und schob sie hinein. »Sperren Sie die Tür ab«, befahl er, hinkte zur Fahrerseite, stieg ebenfalls ein, verriegelte die Tür. Eine Gruppe Löscher tauchte jetzt auf dem Dach auf, aber sie wimmelten verwirrt durcheinander; einige schienen einen gezielten Schuß auf den Streifenwagen abgeben, andere ihn mit ihren eigenen Wagen verfolgen und wiederum andere aufgeben zu wollen.

Er startete, gewann an Höhe, beschleunigte, was der Motor hergab – er war wie die Motoren aller Polizeiwagen frisiert – griff dann nach seinem Mikrofon und sagte zu dem wachhabenden Beamten in der Funkzentrale seines Reviers: »Ich bin auf dem Weg ins Peralta-Krankenhaus; schicken Sie für alle Fälle einen zweiten Wagen zum Krankenhausparkplatz.«

»Okay, 403«, bestätigte die Zentrale. »301, stoßen Sie am Peralta-Krankenhaus zu 403.« Die Zentrale wandte sich wieder an Tinbane. »Sind Sie nicht außer Dienst, 403?«

»Ich habe auf dem Heimweg Schwierigkeiten gehabt«, erklärte Tinbane. Sein Fuß pochte, und er war müde, todmüde. Ich werde eine Woche lang im Bett liegen müssen, sagte er sich, als er vorsichtig nach unten griff, um den Schuh seines verletzten Fußes aufzuschnüren. Nun, den Job als Ray Roberts' Leibwächter kann ich damit vergessen.

Lotta bemerkte, daß er an seinem Schuh herumfummelte, und fragte: »Sind Sie verletzt?«

»Wir hatten Glück«, sagte er. »Sie waren doch bewaffnet. Aber sie haben keine Erfahrung mit bewaffneten Auseinandersetzungen.« Er reichte ihr den Vidfonhörer. »Rufen Sie Ihren Mann im Vitarium an; ich habe ihm gesagt, daß ich ihm Bescheid geben werde, wenn ich Sie herausgeholt habe.«

»Nein«, schüttelte Lotta den Kopf.

»Warum nicht?«

»Er hat mich in die Bibliothek geschickt«, erklärte Lotta.

Schulterzuckend meinte Tinbane: »Das stimmt allerdings.« Seine Verletzung machte ihm zu sehr zu schaffen, als daß er mit ihr streiten wollte; außerdem hatte sie recht. »Aber ich hätte Ihnen die Informationen geben können«, erinnerte er. »Das ist das Schäbige an mir und an dem, was ich getan habe. Sie könnten mir ebenso die Schuld geben wie ihm.«

»Aber Sie haben mich herausgeholt«, sagte Lotta.

Auch damit hatte sie recht; er mußte es einräumen.

Zögernd streckte Lotta die Hand aus und berührte seine Wange, sein Ohr; sie betastete sein Gesicht mit ihren Fingern, als wäre sie blind.

»Was bedeutet das?« fragte er.

»Ich bin dir dankbar«, sagte Lotta. »Ich werde es immer sein. Ich glaube nicht, daß sie mich je hätten gehen lassen. Es schien ihnen Spaß zu machen, als wäre das Verhör, mit dem sie alles über den Anarchen herausbekommen wollten, nur ein . . . Vorwand.«

»Gut möglich«, brummte er.

»Ich liebe dich«, sagte Lotta.

Verblüfft starrte er sie an; ihr Gesichtsausdruck war entspannt, beinahe friedlich. Als hätte sie eine wichtige Entscheidung getroffen.

Er glaubte zu wissen, welche es war. Und seine Freude kannte keine Grenzen; er war in Hochstimmung – mehr als je zuvor in seinem Leben.

Auf dem Flug zum Peralta-Krankenhaus berührte sie ihn weiter, als ob sie ihn niemals wieder loslassen wollte. Schließlich ergriff er ihre Hand, drückte sie. »Kopf hoch«, sagte er. »Du brauchst nie mehr hinzugehen.«

»Vielleicht doch«, erwiderte sie. »Vielleicht wird es Seb von mir verlangen.«

»Sag ihm, er soll sich zum Teufel scheren«, knurrte Tinbane.

»Ich möchte, daß du ihm das sagst«, bat Lotta. »Ich möchte, daß du mit ihm redest. Du hast mit diesen Löschern und Mrs. McGuire geredet und sie gezwungen, deine Befehle zu befolgen. Niemand sonst hat sich je für mich so eingesetzt. Nicht in meinem ganzen Leben. Nicht so wie du.«

Er legte seinen Arm um sie und zog sie an sich. Sie schien jetzt sehr glücklich zu sein. Und erleichtert. Mein Gott, dachte er, sie hat etwas Großes vollbracht, etwas viel Größeres als *ich*; sie hat ihre Abhängigkeit von Sebastian Hermes auf mich übertragen. Wegen eines einzigen Vorfalls.

Ich habe sie, erkannte er. Ich habe sie ihm endgültig abgenommen; *ich habe es geschafft!*

10. Kapitel

> *Demzufolge hat Gott, nicht aus sich selbst heraus, sondern als Ursache aller Dinge, drei Eigenschaften: Er ist, Er ist weise und Er lebt.*
>
> *– Eriugena*

Im Vitarium Flasche des Hermes klingelte das Vidfon; Sebastian, der Joe Tinbanes Rückruf erwartete, nahm ab.

Auf dem Bildschirm tauchte Lottas und nicht Tinbanes Gesicht auf. »Wie geht es dir?« fragte sie matt, mit einer sonderbaren, mechanischen Teilnahmslosigkeit, die er nie zuvor in ihrer Stimme bemerkt hatte.

»Gut«, sagte er, maßloß erleichtert, sie zu sehen. »Aber das ist nicht wichtig; wie geht es dir? Hat er dich aus der Bibliothek herausgeholt? Offenbar hat er es geschafft. Hat man wirklich versucht, dich dort festzuhalten?«

»Ja, man hat es versucht«, sagte sie noch immer teilnahmslos. »Was ist mit dem Anarchen?« fragte sie. »Ist er inzwischen ins Leben zurückgekehrt?«

Sebastian wollte sagen: Wir haben ihn ausgegraben. Wir haben ihn wiederbelebt. Aber er schwieg; er dachte an den Anruf aus Italien. »Mit wem hast du alles über den Anarchen gesprochen?« fragte er. »Ich will genau wissen, wer eingeweiht ist.«

»Es tut mir leid, daß du böse auf mich bist«, sagte Lotta; ihre Stimme klang nach wie vor teilnahmslos, als würde sie die Worte von einem Blatt Papier ablesen. »Ich habe es Joe Tinbane und Mr. Appleford von der Bibliothek erzählt, und sonst niemand. Ich rufe an, um dir zu sagen, daß es mir gut geht; ich bin aus der Bibliothek entkommen . . . Joe Tinbane hat mich herausgeholt. Wir sind im Krankenhaus; eine Kugel muß aus seinem Fuß entfernt werden. Es ist nichts Ernstes, aber er sagt, daß er Schmerzen hat. Und zweifellos wird er ein paar Wochen im Bett liegen müssen. Sebastian?«

»Ja?« Er fragte sich, ob sie, wie Tinbane, verletzt worden war; innerlich aufgewühlt, spürte er, wie sich sein Herzschlag beschleunigte; er machte sich wieder Sorgen – und mehr als zuvor. In ihrer Stimme lag etwas Unheilverkündendes. »Sag es mir!« bat er drängend.

»Sebastian«, sagte Lotta, »du bist nicht gekommen, um mich zu befreien. Selbst dann nicht, als ich nicht wie verabredet im Institut erschienen bin. Du mußt zu beschäftigt gewesen sein; ich nehme an, du mußtest dich um den Anarchen kümmern.« Plötzlich füllten sich ihre Augen mit Tränen; wie gewöhnlich machte sie sich nicht die Mühe, sie fortzuwischen; sie weinte still wie ein kleines Kind. Ohne ihr Gesicht abzuwenden.

»Gottverdammt«, stieß er wütend hervor. »Was ist los?«

»Ich kann nicht«, schluchzte sie.

»Was kannst du nicht? Kannst du es mir nicht sagen? Ich komme ins Krankenhaus; welches Krankenhaus ist es? Wo bist du, Lotta? Gottverdammt, hör auf zu weinen und sag es mir.«

»Liebst du mich?«

»Ja!«

»Ich liebe dich auch, Seb«, sagte Lotta. »Aber ich muß dich verlassen. Zumindest für eine Weile. Bis ich mich wieder besser fühle.«

»Mich verlassen? Wo willst du hin?« fragte er.

Sie weinte nicht mehr; in ihren feuchten Augen war ein ungewöhnlich trotziger Ausdruck. »Das werde ich dir nicht sagen. Ich schreibe dir; ich werde mir genau überlegen, wie ich es dir am besten erklären kann, und dir alles in einem Brief schreiben.« Sie fügte hinzu: »Am Vidfon kann ich nicht reden; ich komme mir dabei so beobachtet vor. Hallo.«

»Oh, mein Gott«, sagte er ungläubig.

»Hallo, Sebastian«, verabschiedete sich Lotta und legte auf; ihr erschöpftes schmales Gesicht verschwand vom Bildschirm.

R. C. Buckley tauchte neben Sebastian auf und brummte im entschuldigenden Tonfall: »Tut mir leid, daß ich Sie in so einem Moment stören muß, aber jemand will Sie sprechen. Vorn an der Tür.«

»Wir haben geschlossen!« fauchte Sebastian.

»Es ist eine Kundin. Sie haben gesagt, wir sollen nie einen Kunden abweisen, auch nach sechs Uhr nicht. Das ist Ihre Philosophie.«

»Wenn es eine Kundin ist, kümmern Sie sich um sie«, sagte Sebastian. »Sie sind unser Verkäufer.«

»Sie hat nach Ihnen gefragt; sie will nur mit Ihnen sprechen.«

»Ich könnte mich umbringen«, stieß Sebastian hervor. »In der Bibliothek muß etwas Furchtbares passiert sein; wahrscheinlich werde ich nie erfahren, was es war – sie wird es nie in Worte fassen können.« Lotta hatte schon immer Schwierigkeiten, mit Worten umzugehen, dachte er. Zu viele, zu wenige, die falschen oder zur falschen Person; immer kam es auf die eine oder andere Weise zu Mißverständnissen. »Wenn ich eine Waffe hätte«, sagte er, »würde ich mich umbringen.« Er zog sein Taschentuch heraus und schneuzte sich. »Sie haben gehört, was Lotta gesagt hat. Ich habe sie so sehr im Stich gelassen, daß sie mich verläßt. Wer ist die Kundin?«

»Sie sagt, sie heißt . . .« R. C. Buckley warf einen Blick auf seinen Notizzettel. »Miss Ann Fisher. Kennen Sie sie?«

»Nein.« Sebastian verließ den Bürotrakt und ging nach vorn in den Empfangsraum mit seinen nicht allzu modernen Sesseln, dem Teppichboden und den ausliegenden Zeitschriften. In einem der Sessel saß eine gutgekleidete junge Frau mit frech geschnittenen, modisch kurzen schwarzen Haaren. Er blieb stehen, riß sich zusammen und musterte sie. Das Mädchen hatte wundervolle schlanke Beine; er mußte sie einfach bewundern. Klasse, dachte er. Dieses Mädchen hatte wirklich Klasse; sie verriet sich selbst in der Wahl ihrer Ohrringe. Und in ihrem sehr dezenten Make-up; die leuchtenden Farbtöne ihrer Augen und Wimpern und Lippen schienen natürlichen Ursprungs zu sein. Er bemerkte, daß sie blaue Augen hatte, ungewöhnlich bei einem Mädchen mit schwarzen Haaren.

»Auf Wiedersehen«, sagte sie und verzog die Lippen zu einem warmen Lächeln; sie hatte ein außerordentlich ausdrucksvolles Gesicht; wenn sie lächelte, leuchteten ihre Augen, und ein perfektes, ebenmäßiges Gebiß mit spitzbübisch wirkenden kleinen Schneidezähnen blitzte auf; ihre Zähne faszinierten ihn.

»Ich bin Sebastian Hermes«, stellte er sich vor.

Miss Fisher erhob sich und legte die Zeitschrift zur Seite. »Sie führen eine Mrs. Tilly M. Benton in Ihrem Katalog. In Ihrem neuesten Ergänzungsangebot.« Sie suchte in ihrer schicken, glänzenden Handtasche und zog die Anzeige heraus, die das Vitarium Flasche des Hermes in den Abendzeitungen aufgegeben hatte. Sie schien eine energische, selbstbewußte junge Dame zu sein ... Ein völliger Gegensatz, drängte sich ihm der Gedanke auf, zu Lottas Unentschlossenheit, an die er sich über lange Zeit hinweg hatte gewöhnen müssen.

»Eigentlich«, sagte er, »haben wir für heute schon geschlossen. Mrs. Benton ist natürlich nicht hier; wir haben sie in ein Krankenhaus gebracht, wo man sich um sie kümmern kann. Wir würden uns freuen, Sie morgen zu ihr zu bringen. Sind Sie eine Verwandte?«

»Sie ist meine Großtante«, antwortete Ann Fisher mit einer Art philosophischer Verzweiflung, als müßte man ständig darauf vorbereitet sein, sich um wiedergeborene ältere Verwandte zu kümmern. »Oh, ich bin außerordentlich froh, daß Sie ihre Rufe gehört haben«, fuhr sie fort. »Wir haben den Friedhof immer wieder besucht, in der Hoffnung, ihre Stimme zu hören, aber *immer* ...« Sie verzog das Gesicht. »Es scheint immer zur unmöglichsten Zeit zu passieren.«

»Richtig«, stimmte er zu. Das war in der Tat ein Teil des Problems. Er sah auf die Uhr; es war in etwa Einlaufzeit; normalerweise hätte er sich jetzt auf den Weg nach Hause zu Lotta gemacht. Aber Lotta war nicht da. Und außerdem wollte er in der Nähe des Instituts bleiben, den Anarchen in diesen neuen, kritischen Stunden seines Lebens nicht aus den Augen lassen. »Ich glaube, ich könnte sie heute abend noch kurz in die Klinik bringen«, begann er, aber Miss Fisher unterbrach ihn.

»Oh, nein; danke, *bemühen* Sie sich nicht. Ich bin müde. Ich habe den ganzen Tag gearbeitet, und Sie auch.« Zu seiner Verblüffung streckte sie ihre schmale Hand aus und streichelte ihn sanft, während sie ihn in stillschweigendem Einverständnis anstrahlte, als wären sie alte Freunde. »Ich wollte nur sichergehen, daß der Staat Kalifornien sie nicht zu seinem Mündel macht und in eins dieser schrecklichen Heime für die Altgeborenen steckt. Wir können sie zu uns nehmen; wir haben das Geld, mein Bruder Jim und ich.« Miss Fisher warf einen Blick auf ihre Armbanduhr; er bemerkte, daß ihr Handgelenk auf zarte, verführerische Weise mit Sommersprossen gesprenkelt war; noch mehr Farbtöne. »Es wird Zeit, daß ich einen kleinen Einlauf mache«, sagte sie. »Mir ist schon ganz flau. Gibt es hier in der Nähe einen guten Einlaufpalast?«

»Ein Stück die Straße hinunter«, erklärte er. Und erneut dachte er an Lotta, an die leere Wohnung; alles war so plötzlich geschehen, so überstürzt. Bei wem war sie jetzt? Vielleicht bei Tinbane; Joe Tinbane hatte sie gerettet und – nun, es mußte Tinbane sein; es lag nahe. In gewisser Weise hoffte er es. Tinbane war ein guter Mensch. Als er sich Lotta und Tinbane vorstellte, beide jung, beide nahezu im gleichen Alter, überkamen ihn väterliche Gefühle; in fast perverser Weise wünschte er ihr Glück, aber in erster Linie wünschte er sie zurück. In der Zwischenzeit . . .

»Ich lade sie ein«, sagte Miss Fisher. »Ich habe heute mein Gehalt bekommen; besser man gibt diese Inflationsscheine sofort aus, ehe sie überhaupt nichts mehr wert sind. Und Sie sehen müde aus.« Sie musterte ihn, und ihre Musterung war von völlig anderer Art; Lotta hatte in seinem Gesicht immer nach Zeichen gesucht, ob er zufrieden oder böse mit ihr war, ob er sie liebte, ob er sie nicht liebte; Miss Fisher schien abzuschätzen, was er war, nicht was er empfand. Als ob, dachte er, sie die Macht – oder jedenfalls die Fähigkeit – hat, festzustellen, ob ich ein Mann bin oder nur vorgebe, ein Mann zu sein.

»In Ordnung«, nickte er, über sich selbst überrascht. »Aber zuerst muß ich hinten abschließen.« Er deutete auf einen der nicht allzu modernen Sessel seines Instituts. »Warten Sie hier; ich bin gleich zurück.«

»Und dann können wir uns über Mrs. Tilly M. Benton unterhalten«, sagte Miss Fisher mit einem zustimmenden Lächeln.

Er kehrte in den Bürotrakt des Instituts zurück und schloß sorgfältig die Tür hinter sich, damit Miss Fisher nichts sehen konnte; seit sie den Anarchen hierhergebracht hatten, waren sie vorsichtig geworden, immer auf der Hut.

»Wie geht es ihm?« fragte er Dr. Sign. Sie hatten ein provisorisches Bett aufgestellt. In ihm lag der Anarch, klein, vertrocknet, alles an ihm war grau oder schwarz, die Blicke ins Leere gerichtet; er wirkte entspannt, und Dr. Sign sah noch immer zufrieden aus.

»Er erholt sich schnell«, erklärte Dr. Sign. Er führte Sebastian in eine Ecke, wo sie außer Hörweite des Anarchen waren. »Er hat um eine Zeitung gebeten, und ich habe sie ihm gegeben, die Abendausgabe, in der auch unsere Anzeige ist. Er hat die Berichte über Ray Roberts gelesen.«

»Was meint er zu Ray Roberts?« fragte Sebastian und kaute an seiner Lippe. »Hat er Angst vor ihm? Oder hält er Roberts für einen dieser ›Freunde‹, von denen er gesprochen hat?«

»Der Anarch hat noch nie von Ray Roberts gehört«, sagte Dr. Sign. »Nach all dem PR-Material, das Roberts veröffentlicht hat, wurde er von dem Anarchen persönlich zu seinem Nachfolger ernannt. Das scheint nicht zu stimmen. Sofern nicht . . .« Er senkte die Stimme zu einem Flüstern. »Es könnte eine Gehirnschädigung vorliegen, wissen Sie. Ich lasse seit einiger Zeit ein EEG laufen, und es ist nichts Ungewöhnliches zu erkennen. Aber – es könnte sich um eine Amnesie handeln. Ausgelöst durch den Schock der Wiedergeburt. Jedenfalls wundert er sich über Udi; nicht darüber, daß der Kult existiert – er erinnert sich daran, daß er ihn gegründet hat – sondern was aus ihm geworden ist.«

Sebastian trat an das Bett. »Was kann ich für Sie tun? Was möchten Sie wissen?«

Die alten braunen Augen, die soviel Weisheit bargen, soviel Erfahrung, richteten sich auf ihn. »Wie alle anderen Religionen ist auch meine eine geheiligte Institution geworden. Billigen Sie das?«

Verblüfft antwortete Sebastian: »Ich . . . ich glaube nicht, daß ich in einer Position bin, um mir darüber ein Urteil zu erlauben. Sie hat ihre Anhänger. Sie ist immer noch eine vitale Kraft.«

»Und Mr. Roberts?« Die alten Augen sahen ihn scharf an.

»Die Meinungen über ihn gehen auseinander«, sagte Sebastian.

»Glaubt er, daß Udi für die Weißen und Farbigen da ist?«

»Er . . . neigt dazu, es auf die Farbigen zu beschränken.«

Die Brauen zogen sich zusammen; der Anarch sagte nichts, aber er wirkte nicht mehr entspannt. »Wenn ich Ihnen jetzt eine peinliche Frage stelle«, murmelte der Anarch, »werden Sie so freundlich sein und mir eine ehrliche Antwort geben? Gleichgültig, wie unangenehm sie auch sein mag?«

»Ja«, versprach Sebastian und wappnete sich.

Der Anarch fragte: »Ist Udi ein Zirkus geworden?«

»Manche Leute glauben es.«

»Hat Mr. Roberts versucht, mich zu finden?«

»Möglicherweise.« Er antwortete vorsichtig; dies war ein gefährliches Thema.

»Haben Sie ihn über meine . . . Wiedergeburt informiert?«

»Nein«, gestand Sebastian. Nach einer Pause fügte er hinzu: »Normalerweise bleibt ein Altgeborener einige Zeit im Krankenhaus, und das Vitarium erbittet Angebote von seinen Verwandten und Freunden. Oder, wenn es sich um eine Persönlichkeit des öffentlichen Lebens handelt . . .«

»Falls er keine Verwandte und Freunde hat«, unterbrach der Anarch, »und *keine* Persönlichkeit des öffentlichen Lebens ist, wird er dann wieder getötet?«

»Er wird zu einem Mündel des Staates. Aber in Ihrem Fall, Sie sind offensichtlich . . .«

»Ich möchte, daß Sie Mr. Roberts bitten, hierherzukommen«, sagte der Anarch mit seiner heiseren, trockenen Stimme. »Da er ohnehin eine Pilgerfahrt nach Kalifornien unternimmt, wird ihm das keine Umstände machen.«

Sebastian überlegte. Dann erklärte er: »Ich würde vorziehen, daß Sie uns den Verkauf überlassen. Wir sind Fachleute, Eure Hoheit. Es ist unser Beruf. Ich würde vorziehen, Ray Roberts nicht hierherzubringen oder ihm überhaupt irgendwelche Informationen über Sie zu geben. Er ist nicht der Käufer, den wir im Sinn haben.«

»Verraten Sie mir den Grund?« Erneut richteten sich die weisen Augen auf ihn. »Werden die Uditen das Geld nicht aufbringen wollen?«

»Das ist nicht das Problem«, wehrte Sebastian ab. Er gab Dr. Sign ein verstohlenes Zeichen, und der Arzt kam sofort herüber.

»Ich glaube, Sie sollten sich jetzt ausruhen, Anarch«, sagte Dr. Sign.

»Ich unterhalte mich später weiter mit Ihnen«, versprach Sebastian dem Anarchen. »Ich gehe mir eine Einlaufpfeife genehmigen, aber ich komme noch heute abend wieder.« Er verließ den Bürotrakt und den Anarchen, öffnete die Tür und schloß sie sorgfältig hinter sich; doch Miss Fisher saß in ihre Lektüre vertieft an ihrem Platz.

»Tut mir leid, daß ich Sie habe warten lassen«, sagte Sebastian.

Sie blickte auf, lächelte, erhob sich graziös und blieb vor ihm stehen; sie war verhältnismäßig groß und sehr schlank, und ihre Brüste waren ungewöhnlich klein; sie hatte die Figur eines durchtrainierten jungen Mädchens. Aber ihr Gesicht war scharfgeschnitten und ausgereift, mit ausdrucksvollen Zügen. Und erneut dachte er: Sie ist eine der bestgekleideten Frauen, die ich je gesehen habe. Und Kleidung hatte ihn bisher noch nie beeindruckt.

Nachdem sie den Einlauf hinter sich hatten, schlenderten sie durch die abendlichen Straße, schauten sich die Schaufenster an, sprachen sehr wenig, warfen sich von Zeit zu Zeit vorsichtige Blicke zu. Sebastian Hermes hatte ein Problem. Er wollte noch immer ins Vitarium zurückkehren und sich wieder mit dem Anarchen unterhalten, aber das konnte er erst, wenn er Miss Fisher eine Weile Gesellschaft geleistet hatte.

Miss Fisher jedenfalls schien nicht zu beabsichtigen, ihm so bald Guten Tag zu sagen, wie es normal und üblich gewesen wäre. Er fragte sich, warum; je später es wurde, desto seltsamer kam es ihm vor.

Plötzlich, als sie in einem Schaufenster Möbel aus marsianischem Wackelholz betrachteten, fragte Miss Fisher: »Was ist heute für ein Tag? Der achte?«

»Der neunte«, sagte Sebastian.

»Sind Sie verheiratet?«

Er dachte kurz nach; eine Antwort auf eine derartige Frage mußte wohlüberlegt werden. »Auf dem Papier«, sagte er. »Lotta und ich haben uns getrennt.« Es stimmte. Auf dem Papier.

»Ich frage nur«, fuhr Miss Fisher fort, »weil ich ein Problem habe.« Sie seufzte.

Jetzt kam es heraus. Der Grund, warum sie bei ihm geblieben war. Er sah sie von der Seite her an, erneut sich ihrer Attraktivität bewußt werdend, erstaunt über das Maß an Vertrautheit, das sich bereits zwischen ihnen entwickelt hatte. »Erzählen Sie. Vielleicht kann ich Ihnen helfen.«

»Nun, sehen Sie ... vor etwa neun Monaten war da dieses süße kleine Baby namens Arnold Oxnard Ford. Sie verstehen die Situation?«

»Ja«, nickte er.

»Er war so herzig.« Sie schürzte die Lippen, als wolle sie mit einem Baby schmusen, mütterlich. »Und er lag da in dieser Säuglingsstation, im Krankenhaus, und er suchte nach einem Mutterschoß, und ich hatte für die Stadtverwaltung von San Bernadino hier und da ehrenamtlich gearbeitet, und ich hatte sie wirklich satt, diese ehrenamtliche Arbeit, und ich dachte mir, wäre das nicht wundervoll, ein süßes kleines Geschöpf wie Arnold Oxnard Ford in meinem Bauch zu haben?« Sie klopfte auf ihren flachen Bauch, während sie ziellos weiterschlenderten. »Also ging ich zur Oberschwester der Säuglingsstation und fragte: Kann ich Arnold Oxnard Ford haben? Und sie sagte: Ja, Sie sehen gesund aus, und ich bestätigte es ihr, und sie sagte: Für ihn ist es jetzt Zeit; er braucht einen Mutterschoß – er war bereits im Brutkasten –, und ich unterschrieb die Papiere und . . .« Sie lächelte Sebastian an. »Ich bekam ihn. Neun Monate lang wurde er mit jedem Tag immer mehr ein Teil von mir; es ist ein herrliches Gefühl – Sie können es sich nicht vorstellen – wie es ist, ein anderes Geschöpf zu spüren, eins, das man liebt, wie es Molekül für Molekül mit den eigenen Molekülen verschmilzt. Jeden Monat wurde ich untersucht und geröntgt, und es gab keine Komplikationen. Natürlich ist jetzt alles vorbei.«

»Man sieht es Ihnen jedenfalls nicht an«, stimmte er zu; ihr Leib war nicht mehr gewölbt.

Miss Fisher seufzte: »Jetzt ist Arnold Oxnard Ford ein Teil von mir, und er wird es immer sein, solange ich lebe. Ich stelle mir gern vor – viele Mütter denken so – daß die Seele des Babys noch immer hier ist.« Sie tippte an ihren schwarzen Pony, ihre Stirn. »Ich glaube, daß es stimmt; ich glaube, seine Seele ist dort hingewandert. Aber . . .« Erneut verzog sie wehmütig das Gesicht. »Wissen Sie was?«

»Ich weiß«, sagte er.

»Es ist wirklich so. Bis zum elften – der Arzt sagt, auf keinen Fall später – muß ich den letzten körperlichen Rest von ihm hergeben. An einen *Mann.*« Sie schnitt eine spöttische, aber nicht feindselig wirkende Grimasse. »Ob es mir nun gefällt oder nicht, ich muß mit einem Mann ins Bett gehen; es ist eine medizinische Notwendigkeit. Sonst ist der Prozeß nicht abgeschlossen, und ich werde meinen Schoß nie wieder anderen Babys anbieten können. Und – es ist seltsam; in den letzten beiden Wochen, sogar schon länger, ist es für mich wie ein Drang, ein biologischer Trieb. Mit einem Mann zu schlafen; mit irgendeinem Mann.« Sie sah ihn forschend an. »Oder schockiert Sie das? Es war nicht meine Absicht.«

»Dann wird Arnold Oxnard Ford auch ein Teil von mir sein«, stellte Sebastian fest.

»Gefällt Ihnen der Gedanke? Ich hatte Bilder von ihm, aber natürlich haben die Löscher sie eingezogen. Es wäre ideal gewesen, wenn Sie ihn gekannt hätten; wären wir verheiratet, hätten sie ihn gekannt. Aber man hat mir gesagt, daß ich sehr gut im Bett bin, und vielleicht macht Ihnen dieser Teil allein Freude; würde das genügen?«

Er dachte nach. Wieder mußte jeder Schritt sorgfältig überlegt werden. Wie würde sich Lotta fühlen, wenn sie davon erfuhr? Würde sie es erfahren? *Sollte* sie es erfahren? Und es kam ihm seltsam vor, daß

Miss Fisher ihn auf diese Weise auswählte, praktisch durch Zufall. Aber was sie sagte, stimmte; neun Monate, nachdem ein Baby in den Schoß eingekehrt war, wurde es bei der Mutter zu einem – Bedürfnis. Wie Miss Fisher sagte, es war eine biologische Notwendigkeit; die Zygote mußte sich in Samenzelle und Ei trennen.

»Wo könnten wir hingehen?« fragte er listig.

»In meine Wohnung«, bot sie an. »Sie ist hübsch, und Sie könnten die ganze Nacht bleiben; ich würde Sie hinterher nicht hinauswerfen.«

Wieder dachte er: Ich muß zurück ins Institut. Aber – diesmal war es reiner Zufall. Er brauchte dieses Erfolgserlebnis; eine Frau hatte ihn – wahrscheinlich zu recht – verlassen, und jetzt hatte eine andere ein Auge auf ihn geworfen. Er konnte nicht verhindern, daß er sich geschmeichelt fühlte.

»Einverstanden«, sagte er.

Ann Fisher winkte ein vorbeifliegendes Taxi heran, und einen Moment später waren sie auf dem Weg zu ihrer Wohnung.

Sie war wunderschön eingerichtet; er schlenderte durch das Wohnzimmer, betrachtete hier eine Vase, dort einen Wandteppich, Bücher, eine kleine Jadefigur von Li Po. »Hübsch«, sagte er. Aber er war allein; Miss Fisher war ins Nebenzimmer geschlüpft, um sich dort, ähem, zu übergeben.

Schließlich kam sie zurück und strahlte ihn mit einem warmen, fröhlichen Lächeln an. »Ich habe einen sehr guten alten importierten Siddon's Einlauf da«, sagte sie und hielt die Flasche hoch. »Möchten Sie etwas davon?«

»Nein, danke.« Er griff nach einer Langspielplatte mit Beethoven-Sonaten für Cello und Klavier. Man stelle sie vor, dachte er. Eines Tages, in ein paar Jahrhunderten, wird man sie löschen; die Bibliothek in Wien wird die vollgekritzelten, zerknitterter Blätter mit den Originalnoten erhalten, die Beethoven unter mörderischen Mühen und Qualen von der letzten gedruckten Ausgabe der Partitur übertragen hat. Aber, durchfuhr es ihn, Beethoven wird ebenfalls wiederkehren; eines Tages wird er furchtsam aus seinem Sarg um Hilfe rufen. Aber wozu? Um einige der schönsten Kompositionen zu löschen. Was für ein grausiges Schicksal.

»Soll ich sie auflegen?« fragte Ann Fisher.

»Wunderbar«, nickte er.

»Sie ist so schön.« Sie legte das Opus Fünf Nummer Eins auf den

Plattenteller; beide hörten zu, aber nach wenigen Augenblicken wurde sie unruhig; offensichtlich war konzentriertes Zuhören nicht nach ihrem Geschmack. »Glauben Sie, daß die Hobart-Phase irgendwann enden wird?« fragte sie, während sie im Wohnzimmer umherging. »Und daß sich die normale Zeit wieder durchsetzt?«

»Ich hoffe es«, sagte er.

»Aber für Sie ist es von Vorteil. Sie waren schon tot, nicht wahr?«

»Sieht man mir das an?« fragte er verärgert.

»Ich wollte Sie nicht beleidigen. Aber Sie sind um die Fünfzig, nicht wahr? Auf diese Weise hat sich Ihr Leben verlängert; genauer gesagt, Sie haben zwei ganze Leben. Gefällt Ihnen dieses mehr als das erste?«

»Mein Problem«, sagte er freimütig, »ist meine Frau.«

»Ist sie viel Jünger als Sie?«

Er schwieg und betrachtete eine in venusisches Schnoffelfell gebundene Ausgabe englischer Gedichte aus dem siebzehnten Jahrhundert. »Mögen Sie Henry Vaughn?« fragte er sie.

»Hat er nicht das Gedicht über die Ewigkeit geschrieben? ›Ich sah die Ewigkeit vergang'ne Nacht‹?«

Sebastian schlug das Buch auf. »Andrew Marvell. *An sein scheues Weib*. ›Doch hinter mir hör ich den Wagen / der eilig' Zeit auf Schwingen nahen / und vor uns allen ausgebreit' / Wüsten unermeßlicher Ewigkeit.‹« Abrupt schloß er das Buch. »Ich sah sie, diese Ewigkeit / jenseits von Raum, jenseits der Zeit / wandelnd zwischen Dingen so groß . . .« Er verstummte; es kam ihm noch immer sinnlos vor, seine Erfahrungen im Jenseits beschreiben zu wollen.

»Ich glaube, Sie versuchen nur, mich so schnell wie möglich ins Bett zu bekommen«, bemerkte Ann Fisher. »Der Titel des Gedichts – ich habe ihn schon richtig verstanden.«

Er zitierte: »Sollen sich die Würmer laben an dieser langbewahrten Jungfräulichkeit.« Lächelnd drehte er sich zu ihr um; vielleicht hatte sie recht. Aber das Gedicht dämpfte seine Erregung; er kannte es zu gut – das Gedicht und die Erfahrung, die dahinterstand. »Das Grab ist ein schöner und trauter Ort«, knurrte er halb, und er spürte, wie alles zurückkehrte, der Geruch des Grabes, die Kälte, die erdrückende, böse Finsternis. »Aber niemand, denk ich, umarmt sich dort.«

»Dann laß uns ins Bett gehen«, sagte Miss Fisher praktisch. Und sie führte ihn in ihr Schlafzimmer

Nachher lagen sie nackt da, nur mit dem Bettuch zugedeckt; Ann

Fisher rauchte schweigend, nur die rote Glut verriet ihre Gegenwart. In ihn war Frieden eingekehrt; seine grimmige Anspannung war verschwunden.

»Aber für dich war es nicht die Ewigkeit«, sagte Ann Fisher abwesend, als wäre sie tief in Gedanken versunken. »Du bist nur eine begrenzte Zeit tot gewesen. Wie lange, fünfzehn Jahre?«

»Man empfindet es aber so«, erwiderte er brüsk. »Ich versuche es allen begreiflich zu machen, aber niemand, der es nicht selbst erfahren hat, versteht es. Wenn man sich außerhalb der Kategorien von Wahrnehmung, Zeit und Raum befindet, dann währt es endlos; *es vergeht keine Zeit*, ganz gleich, wie lange man wartet. Und es kann unendliches Glück oder unendliche Qual bedeuten, je nachdem, welche Beziehung man zu ihm hat.«

»Zu wem? Gott?«

»Der Anarch Peak nannte es Gott?«, sagte er nachdenklich, »als er zurückkam.« Und dann, wie betäubt, begriff er – vollständig und unwiderruflich – was er gesagt hatte.

Nach einer Weile sagte Ann Fisher: »Ich erinnere mich an ihn. Es ist Jahre her. Er hat Udi gegründet, diesen großen Gruppengeist-Kult. Ich wußte nicht, daß er wieder lebt.«

Was konnte er sagen? Worte, dachte er von Entsetzen erfüllt, die sich nicht wegerklären ließen. Sie ließen nur eine Deutung zu; sie verrieten alles, daß Peak auferstanden und daß er, Sebastian Hermes, dabeigewesen war. Folglich befand sich der Anarch im Vitarium Flasche des Hermes. Nachdem er soviel gesagt hatte, konnte er ebensogut offen darüber reden.

»Wir haben ihn heute wiederbelebt«, erklärte er, und er fragte sich, welche Bedeutung das für sie hatte; er kannte sie nicht, so gut wie überhaupt nicht, und vielleicht war es ihr gleichgültig, ein müßiges Thema, oder nur von theologischem Interesse, oder andererseits . . . Er mußte es einfach darauf ankommen lassen. Mathematisch gesehen, war es unwahrscheinlich, daß Ann Fisher irgendwelche Verbindungen zu einer der am Anarchen interessierten Gruppe hatte; von jetzt an mußte er das Risiko eingehen. »Er ist drüben im Vitarium; deshalb kann ich nicht bei dir bleiben – ich habe ihm versprochen, daß ich heute abend noch mit ihm reden werde.«

»Kann ich mitkommen?« fragte Ann Fisher. »Ich habe noch nie einen Altgeborenen in den ersten Stunden nach seiner Rückkehr gesehen . . . Man sagt, daß sie einen gewissen, einzigartigen Ausdruck im

Gesicht haben. Von dem, was sie gesehen haben. Sie sollen noch immer etwas anderes sehen, etwas Ungeheures. Und sie sollen manchmal geistreiche, rätselhafte Dinge sagen, wie: Ich bin du. Oder: Nichts ist. Hintergründige Zen-Satori-Aussprüche, die für sie völlig klar sind, aber für uns . . .« Im Dämmerlicht der Nacht gestikulierte sie heftig, offenbar vom Thema mitgerissen. »Für uns sind sie bedeutungslos . . . ja, du hast recht; man muß es selbst erfahren.« Sie sprang aus dem Bett, ging barfuß zum Schrank, nahm BH und Höschen heraus und zog sich rasch an.

Schließlich zog er sich ebenfalls an, und er fühlte sich alt und müde. Ich habe einen Fehler gemacht, erkannte er. Ich werde sie jetzt nie mehr los; etwas an ihrer Hartnäckigkeit ist tödlich. Wenn ich die Zeit nur zurückdrehen, meine Worte zurücknehmen könnte . . . Er sah zu, wie sie in einen Angorapullover und eine enge Röhrenhose schlüpfte, dann zog er sich weiter an. Sie ist klug; sie ist attraktiv; und sie weiß, daß sie einer großen Sache auf der Spur ist, dachte er. Ich habe es geschafft, ihr unterhalb der verbalen Ebene zu enthüllen, daß dieser Fall *anders* ist.

Gott weiß, dachte er, wie weit sie gehen wird, ehe ihr Interesse befriedigt ist.

11. Kapitel

> *Nichts kann über Gott ausgesagt werden, weder im Wortsinn, noch bejahend. Im Wortsinn ist Gott nicht, weil Er das Sein transzendiert.*
>
> – *Eriugena*

Sie flogen mit einem Taxi über Burbank zum Vitarium Flasche des Hermes.

Von außen wirkte das Institut leer und geschlossen und dunkel, völlig verlassen in der Nacht. Als er es sah, konnte er kaum glauben, daß im Innern der Anarch Peak in einem provisorischen Bett lag, umsorgt zumindest von Dr. Sign.

»Wie aufregend«, sagte Ann Fisher, preßte ihren schlanken Körper an ihn und fröstelte. »Es ist kalt; beeilen wir uns und gehen wir hinein. Ich kann es kaum erwarten, ihn zu sehen; du kannst dir gar nicht vorstellen, wie gespannt ich bin.«

»Wir können nicht lange bleiben«, erklärte Sebastian, als er die Tür aufschloß.

Die Tür schwang auf. Und vor ihnen stand, eine Pistole in der Hand, Bob Lindy, blinzelnd und wachsam wie eine Eule.

»Ich bin es«, sagte Sebastian; er war überrascht, aber es befriedigte ihn, daß seine Mitarbeiter so auf der Hut waren. »Und eine Freundin.« Er schloß die Tür und sperrte sie von innen ab.

»Diese Pistole macht mir Angst«, sagte Ann Fisher nervös.

»Stecken Sie sie weg, Lindy«, befahl Sebastian. »Damit können Sie sowieso niemanden aufhalten.«

»Vielleicht doch«, widersprach Lindy. Er führte sie nach hinten; die Innentür öffnete sich, und plötzlich fiel Licht heraus. »Es geht ihm schon viel besser; er hat Cheryl bereits diktiert.« Er warf Ann Fisher einen kritischen Blick zu und fragte mit zynischer Vorsicht: »Wer ist sie?«

»Eine Kundin«, sagte Sebastian. »Wir verhandeln über Mrs. Tilly M. Benton.« Er trat ans Bett; Ann Fisher folgte ihm atemlos. »Eure Heiligkeit«, begann er förmlich, »wie ich höre, haben Sie sich erholt.«

Mit wesentlich kräftiger klingender Stimme antwortete der Anarch: »Es gibt so vieles, das ich festhalten möchte; warum haben Sie kein Tonbandgerät? Jedenfalls, ich kann Ihnen gar nicht sagen, wie dankbar ich für Miss Vales Dienste als Stenotypistin bin. Wie überhaupt für die Gastfreundschaft und Aufmerksamkeit, die Sie mir erweisen.«

»Sind Sie wirklich der Anarch Peak?« fragte Ann Fisher ehrfürchtig. »Es ist so lange her . . . Empfinden Sie es auch so?«

»Ich weiß nur«, sagte der Anarch verträumt, »daß mir eine unschätzbare Gnade erwiesen wurde. Gott hat mir – und anderen – mehr offenbart, als er Paulus zuteil werden ließ. Ich *muß* alles festhalten.«

Er wandte sich an Sebastian. »Können Sie mir ein Tonbandgerät besorgen, Mr. Hermes? Ich fühle, wie ich vergesse . . . Es entgleitet mir, schwindet dahin.« Er ballte krampfhaft die Fäuste.

Sebastian sah Bob Lindy an. »Es muß doch möglich sein, ein Tonband aufzutreiben. Wir hatten doch ein Gerät; was ist damit?«

»Es ist defekt«, erklärte Lindy. »Ich habe es zur Reparatur gebracht.«

»Schon vor Monaten«, sagte Cheryl Vale kritisch.

»Nun«, brummte Lindy, »bisher hat niemand Zeit gehabt, sich darum zu kümmern. Wir können es morgen abholen.«

»Aber es entgleitet mir«, klagte der Anarch. »Bitte, helfen Sie mir.«

»Ich habe ein Tonband«, warf Ann Fisher ein. »In meiner Wohnung. Kein besonders gutes . . .«

»Beim Diktieren«, sagte Sebastian, »spielt die Aufnahmequalität keine große Rolle.« Er traf eine schnelle Entscheidung. »Kannst du es hierherbringen?«

»Vergessen Sie die Bänder nicht«, sagte Lindy. »Wir brauchen etwa zwölf Achtzehn-Zentimeter-Spulen.«

»Liebend gern«, versicherte Ann Fisher mit leuchtenden Augen. »Daß ich bei so etwas Wundervollem helfen kann . . .« Sie drückte kurz Sebastians Arm und wandte sich dann zum Ausgang. »Du läßt mich doch herein, wenn ich mit dem Gerät zurückkomme, nicht wahr?«

»Wir brauchen es«, beruhigte Bob Lindy sie. Er sah Sebastian an. »Der Alte redet so schnell, daß Cheryl beim besten Willen nicht mitkommen kann; wie ein Wasserfall.« Verwundert fügte er hinzu: »Keiner von den anderen hat soviel geredet. Die meisten stottern eine Weile herum und geben dann auf.«

»Er möchte verstanden werden«, sagte Sebastian. Er will erreichen, erkannte er, was ich erreichen wollte – und was ich, wie die anderen, schließlich aufgegeben habe. Er wird uns so lange umschmeicheln und bedrängen, bis wir es festhalten *können.* Es beeindruckte ihn. Und als er Ann Fisher hinaus auf die Straße führte, sah er an ihrem fiebrigen, leuchtenden Gesichtsausdruck, daß auch sie beeindruckt war.

»In einer halben Stunde«, verabschiedete sie sich und ging davon; ihre hohen Absätze klapperten auf dem Asphalt; er sah, wie sie ein Schwebetaxi heranwinkte, und dann schloß er die Tür und sperrte sie wieder ab.

Dr. Sign saß in einer Ecke und ruhte sich aus. »Ich bin überrascht«, sagte er zu ihm, »daß Sie diese Frau hiergebracht haben.«

»Sie ist eine Frau«, erklärte Sebastian, »die vor neun Monaten ein Baby empfangen hat und heute mit mir ins Bett gegangen ist. Sie wird ihr Tonband holen, es hier lassen, und wir werden sie wahrscheinlich nie wiedersehen.«

Das Vidfon klingelte.

Sebastian hob eine Braue und griff nach dem Hörer. Vielleicht war es Lotta. »Auf Wiedersehen«, meldete er sich hoffnungsvoll.

Auf dem Bildschirm erschien das Gesicht eines unbekannten Mannes »Mr. Hermes?« Er sprach langsam, extrem methodisch. »Ich werde mich nicht vorstellen, da dies nicht notwendig ist. Mein Kollege und ich überwachen von der anderen Straßenseite aus Ihr Vitarium.«

»Oh?« machte Sebastian; er zwang sich zur Ruhe. »Und?«

»Wir haben das Mädchen fotografiert, als Sie mit ihr das Haus betreten haben«, fuhr der Mann fort. »Die junge Frau, die soeben mit einem Taxi davongeflogen ist. Wir haben das Foto nach Rom übermittelt und es durch unser Archiv überprüfen lassen. Das Ergebnis wurde uns soeben aus Rom durchgegeben.« Der Mann blickte auf ein Blatt Papier; es verbarg sein Gesicht, während er vorlas. »Sie heißt Ann McGuire; sie ist die Tochter der Chefbibliothekarin der Stadtbibliothek. Der Löschungsrat setzt sie von Zeit zu Zeit in diesem Gebiet ein.«

»Ich verstehe«, sagte Sebastian mechanisch.

»Man ist Ihnen also auf die Spur gekommen«, schloß der Mann. »Sie müssen den Anarchen sofort wegschaffen und woanders unterbringen. Bevor sie eine Blitzrazzia durchführen können. Die Löschungsräte, meine ich. In Ordnung, Mr. Hermes?«

»In Ordnung«, nickte er und legte auf.

Schließlich sagte Dr. Sign: »Vielleicht in mein Haus.«

»Vielleicht ist es hoffnungslos«, murmelte Sebastian.

Bob Lindy, der das Vidfongespräch ebenfalls mitangehört hatte, sagte: »Schafft den alten Mann in einen Schwebewagen; es stehen drei davon auf dem Dach. *Schafft ihn hier weg* – sofort!« schrie er.

»Übernehmen Sie das«, sagte Sebastian mit belegter Stimme.

Dr. Sign und Bob Lindy verschwanden im Hinterzimmer; Sebastian stand reglos da und hörte, wie sie den Anarchen aus dem Bett holten; er hörte den Anarchen protestieren – er wollte weiterdiktieren –, und dann hörte er, wie sie die Treppe hinauf zum Dach polterten.

Das Dröhnen eines Schwebewagenmotors. Dann Stille.

Cheryl Vale kam auf ihn zu. »Sie sind fort. Alle drei. Glauben Sie . . .«

»Ich glaube«, erklärte Sebastian, »daß ich ein Maulloch bin.«

»Dann können Sie sie ja heiraten«, sagte Cheryl. »Diese süße kleine Frau.«

Sebastian ignorierte sie. »Dieser Interessent aus Italien. Giacometti. Ich denke, daß wir an ihn verkaufen werden.«

»Ja, Sie schulden ihm etwas.«

Und ich war gerade im Bett mit ihr, dachte er. Vor einer Stunde. Wie kann jemand so etwas tun? Sich selbst so benutzen? »Sie sehen, warum Lotta mich verlassen hat«, sagte Sebastian. Er fühlte sich vollkommen nutzlos. Und besiegt, auf eine für ihn neuartige Weise. Es war keine normale Niederlage, sondern sie betraf seinen intimsten und persönlichsten Bereich; etwas in seinem tiefsten Innern, als Mann und als Mensch.

Eines Tages werde ich diese Frau wiedersehen, sagte er sich. Und dann werde ich ihr etwas antun. Zum Ausgleich.

»Gehen Sie nach Hause«, forderte er Cheryl auf.

»Das hatte ich auch vor.« Sie griff nach ihrem Mantel und ihrer Handtasche, schloß die Tür auf und verschwand in der Dunkelheit der Nacht. Er war allein.

An einem Tag, dachte er, haben sie uns beide erwischt; sie haben Lotta erwischt und sie haben mich erwischt.

Er suchte in allen Räumen, bis er Lindys Pistole fand, die er zurückgelassen hatte, und setzte sich an das Empfangspult, von wo aus er die Tür im Auge behalten konnte. Zeit verging. Dafür bin ich von den Toten auferstanden, dachte er. Um unendlichen Schaden in einer endlichen Welt anzurichten. Er wartete weiter.

Zwanzig Minuten später klopfte es an der Vordertür. Er erhob sich, schob die Pistole in die Manteltasche und ging mit steifen Schritten zur Tür, um zu öffnen.

»Wiedersehen«, sagte Ann Fisher keuchend, als er sie hereinließ, und drängte sich mit dem Tonbandgerät und einem Stapel Bänder in den Händen an ihm vorbei. »Soll ich alles nach hinten bringen?« fragte sie. »Zu ihm?«

»Sicher«, nickte er und ließ sich wieder an der Rezeption nieder. Ann Fisher schleppte ihre Last an ihm vorbei; er traf keine Anstalten, ihr zu helfen. Er saß nur da und wartete, wie er es die ganze Zeit getan hatte.

Einen Moment später kam sie zurück; er spürte, daß sie neben ihm stand, groß und geschmeidig, schweigend.

»Er ist fort«, sagte Ann schließlich.

»Er ist nie hiergewesen. Es war ein Schwindel. Für dich inszeniert.« Er mußte improvisieren. Seltsamerweise fürchtete er sich. Er fühlte sich schwach und verängstigt.

»Ich verstehe nicht«, sagte Ann.

»Wir haben einen Tip bekommen«, erklärte er. »Über dich.«

»Oh?« Ihre Stimme klang plötzlich scharf; sie machte eine fundamentale, fast metabolische Veränderung durch. »Und was sagt man so über mich?« Er antwortete nicht. »Ich möchte es gern wissen«, sagte Ann. »Anonyme Hinweise – ich habe ein Recht darauf, es zu erfahren.« Er sagte noch immer nichts. »Nun«, seufzte sie, »ich schätze, du brauchst mein Tonband nicht mehr. Oder mich. Wenn du mir nicht vertraust.«

Ohne aufzublicken, fragte er: »Was hat deine Mutter heute in der Bibliothek mit meiner Frau gemacht?«

»Nichts«, sagte sie sachlich; sie ließ sich in einem der Gästesessel nieder und schlug die Beine übereinander. Schließlich zog sie eine Packung Zigarettenstummel heraus und zündete einen an, atmete ein, blies Rauch aus, atmete ein.

»Es reichte«, stellte er fest, »um sie dazu zu bringen, mich zu verlassen.«

»Ah, sie bekamen Angst, sie und ihr Bullenfreund. Sie hat dich nicht verlassen, weil Mutter ihr irgend etwas angetan hat; dieser Bulle versucht schon seit Monaten, sie ins Bett zu kriegen. Wir wissen, wo sie sind; sie verstecken sich in einem Hotel irgendwo in San Fernando.«

»Wo wir beide waren«, bemerkte er. »Vor kurzem.«

Sie gab darauf keine Antwort; sie rauchte lediglich weiter; die Zigarette wurde länger und länger. »Und was jetzt?« fragte Ann schließlich. »Ihr habt ihn fortgebracht; wir werden ihn finden. Es gibt nur eine begrenzte Anzahl von Plätzen, wo er sein kann. Und der Schwebewagen, der eben von hier gestartet ist, wird beschattet; ich nehme an, ihr habt ihn mit ihm fortgeschafft.«

»Es gab keinen Arnold Oxnard Ford, oder?« fragte er.

»In gewissem Sinne, ja. Das war der Name meines ersten Mannes. Er hat mich letztes Jahr verlassen.« Ihre Stimme klang neutral, als ob nichts Wichtiges geschehen wäre. Und vielleicht, dachte er, hat sie recht. Er erhob sich und trat auf sie zu. Sie sah zu ihm auf und fragte: »Und jetzt?«

»Verschwinde aus meinem Haus«, sagte er.

»Schau«, sagte Ann, »laß uns vernünftig miteinander reden. Wir sind Kunden. Wir wollen die Möglichkeit haben, alles zu löschen, was er sagt; mehr wollen wir nicht ... Wir werden ihm nichts antun. Wir brauchen das nicht; es ist dein Bullenfreund, der mit einer Waffe herumläuft, und dein Techniker. Wo ist seine Waffe jetzt?«

»Ich habe sie«, erklärte er. »Also verschwinde.« Er hielt die Tür zur Straße auf. Er wartete.

Ann seufzte. »Ich sehe kein Hindernis für unsere Beziehung. Lotta hat sich mit einem anderen Mann eingelassen; du bist allein. Ich bin allein. Wo ist das Problem? Wir haben nichts Verbotenes getan; deine Frau ist ein phobisches Kind, das vor allem Angst hat – du machst einen Fehler, wenn du ihre neurotischen Ängste ernst nimmst; du solltest ihr sagen, friß oder stirb. Ich würde es tun.« Sie zündete eine weitere Kippe an. »Du solltest auf deinen Bullenfreund wütend sein, auf diesen Joe Tinbane; läßt es dich denn völlig kalt, daß er mit deiner Frau schläft? Genau das machen Sie jetzt, und du bist wütend auf mich.« Ihre Stimme klang spröde und anklagend, blieb aber kühl und flach. Sie stellte lediglich Tatsachen fest. Niederschmetternd, dachte er. Ich kann es nicht mehr länger ertragen; das ist nicht die Frau, mit der ich geschlafen habe; niemand kann sich so verändern. »Ich denke«, erklärte Ann, »wir beide sollten diesen Streit vergessen – es ist für uns beide nicht gut, und dann ...« Sie zuckte die Schultern. »Da weitermachen, wo wir aufgehört haben. Wir könnten eine sehr befriedigende Beziehung haben, sehr gesund und erfüllend. Trotz deines Alters.«

Er versetzte ihr einen brutalen, heftigen Schlag auf den Mund.

Ungerührt bückte sie sich und hob die Zigarette auf; aber sie zitterte. »Deine Ehe«, fuhr sie fort, »ist gescheitert, ob es dir nun gefällt oder nicht. Dein altes Leben ist vorbei, und ein neues ...«

»Mit dir?« fragte er.

»Es wäre denkbar. Ich finde dich anziehend – auf gewisse Weise. Wenn wir die Sache mit dem Anarchen klären können, dann ...« Sie gestikulierte. »Ich weiß nicht, was dann gegen eine einträgliche, für beide Seiten befriedigende Beziehung zwischen uns sprechen würde. Abgesehen von diesem einen Problem, das des Anarchen, das dich mit soviel Feindseligkeit und Mißtrauen erfüllt, haben wir meiner Meinung nach einen guten Anfang gemacht. Auch wenn du mich geschlagen hast. Ich kann selbst darüber hinwegsehen; ich glaube nicht, daß du wirklich so bist; das ist nicht deine Art.«

Das Vidfon klingelte.

»Willst du nicht abnehmen?« fragte Ann Fisher.

»Nein«, sagte er.

Ann ging zum Vidfon und nahm den Hörer ab. »Vitarium Flasche des Hermes«, meldete sie sich mit routinierter, klangvoller Stimme. »Wir haben jetzt geschlossen; können Sie morgen früh noch einmal anrufen?«

Eine fremde Männerstimme sagte: »Mrrrr.« Er hörte die Stimme, aber die Worte blieben unverständlich; er saß reglos da, bedrückt, geistesabwesend. Es ist nicht Lotta, dachte er. Das Problem ist, daß Ann Fisher recht hat; meine Ehe ist gescheitert, weil sie sie scheitern *lassen kann.* Sie braucht nur Lotta aufzutreiben und ihr zu erzählen, daß wir miteinander ins Bett gegangen sind. Und sie wird es so darstellen, wie sie es gerade getan hat: als den Beginn von etwas Dauerhaftem.

An einem Abend, dachte er, hat dieses Mädchen mein Unternehmen und mein bisheriges Leben zerstört. Noch vor einem Tag hätte ich so etwas nicht für möglich gehalten.

»Es ist ein Mr. Carl Gantrix«, sagte Ann Fisher zu ihm.

»Ich kenne ihn nicht«, erwiderte er.

Sie legte die Hand auf den Hörer. »Er weiß, daß Sie den Anarchen Peak haben; es geht um ihn. Ich glaube, er ist ein Kunde.« Sie hielt ihm den Hörer des Vidfons entgegen.

Er hatte keine Wahl. Er stand auf, ging zu ihr, nahm den Hörer. »Auf Wiedersehen«, sagte er. Lustlos.

»Mr. Hermes«, sagte Mr. Gantrix. »Freut mich, Sie kennengelernt zu haben.«

»Mich auch.«

»Ich rufe Sie im Auftrag Seiner Heiligkeit Ray Roberts an«, sagte Mr. Gantrix, »der sich in diesem Moment, wie ich zu meiner Freude sagen kann, an Bord eines Jets auf seiner Pilgerfahrt in die W.U.S. befindet; er wird in zehn Minuten in Los Angeles landen.«

Sebastian sagte nichts. Er hörte lediglich zu.

»Mr. Hermes«, fuhr Gantrix fort, »ich hatte gehofft, Sie in Ihrem Institut zu erreichen, obwohl ich nur auf gut Glück zu dieser ungewöhnlichen Stunde angerufen habe. Ich vermute sogar, daß Sie damit beschäftigt sind, den Anarchen wiederzubeleben und zu pflegen; habe ich recht?«

»Wer hat Ihnen gesagt, daß wir den Anarchen haben?« fragte Sebastian.

»Ah ... das zu verraten, wäre unklug.« Gantrix' Gesicht auf dem Bildschirm bekam einen verschlagenen Ausdruck.

»Ihr Informant hat sich geirrt«, behauptete Sebastian.

»Nun, das glaube ich nicht.« Erneut dieser fast amüsiert und spöttisch wirkende, verschlagene Gesichtsausdruck, als ob Gantrix mit ihm spielen würde. Als ob Gantrix alle Trümpfe in der Hand hätte und dies auch wüßte. »Ich bin bereits in den W.U.S.«, erklärte Gantrix, »in Los Angeles, wo ich mich in Kürze wieder Mr. Roberts anschließen werde. Ich habe aber Zeit, diese geschäftliche Angelegenheit mit Ihnen zu klären; Seine Heiligkeit Ray Roberts hat mich beauftragt, mit Ihnen über den Kauf des Anarchen zu verhandeln, und das tue ich auch. Zu welchem Preis wird er in ihrem Katalog angeboten?«

»Vierzig Milliarden Poskreds«, sagte Sebastian.

»Das ist sehr viel.«

»Fünfundvierzig Milliarden«, fügte Sebastian hinzu, »mit der Provision des Verkäufers.«

Ann Fisher, die hinter ihm stand, beugte sich vor und sagte: »Es war ein Fehler, einen Preis zu nennen.«

»Es ist ein absurder Preis‹, entgegnete Sebastian. »Niemand könnte ihn aufbringen. Nicht einmal die Uditen.«

»Das stimmt nicht«, widersprach Ann. »Nicht in ihrem Fall. Nicht in Anbetracht dessen, was sie dafür bekommen.«

»Ich bin in Kürze bei Ihnen«, sagte Gantrix, »und vielleicht können wir über den Preis noch einmal reden.« Er machte nicht den Eindruck, als wäre er aus dem Gleichgewicht gebracht. Ann hatte recht. »Also, hallo, Mr. Hermes, bis gleich.«

»Hallo«, verabschiedete sich Sebastian und legte auf.

»Du hast dermaßen starke Schuldgefühle, weil du mich geschlagen hast«, sagte Ann, »daß du dich jetzt selbst bestrafen willst. Indem du aufgibst.«

»Vielleicht stimmt das«, sagte er. Aber dieser Preis; er konnte kaum glauben, daß die Uditen ihn aufbringen konnten. »Ich werde den Preis erhöhen«, erklärte er, »wenn Gantrix kommt.«

»Nein, das wirst du nicht«, sagte Ann. »Du wirst kapitulieren. Außerdem weißt du nicht, ob du den Anarchen noch hast. Ich glaube, es ist besser, wenn du mir das überläßt, Sebastian; du bist erledigt.«

»Du willst alles übernehmen«, stellte er fest.

»Warum nicht? Ich bin intelligent. Ich bin erstklassig ausgebildet. Ich kenne mich im Geschäftsleben aus. Du bist fertig. Geh nach hinten und lege dich hin; ich wecke dich, wenn Gantrix eintrifft, und du kannst als mein Berater fungieren. Du brauchst jemanden, der die Sache in die Hand nimmt, wenn du so entmutigt bist wie jetzt. Ich glaube nicht, daß Lotta es für dich tun konnte. Deshalb hat sie den kürzeren gezogen.«

Er stand auf, verließ das Institut und überquerte die dunkle Straße. Suchend sah er sich nach seinen Überwachern um. Eine Weile stand er da, ruderte mit den Armen, und dann tauchte aus einem Gebäude zu seiner Rechten ein Mann auf, der Mann, der ihn angerufen hatte, um ihn vor Ann zu warnen. »Ich brauche Hilfe«, sagte Sebastian.

»In welcher Beziehung?« fragte der dunkelhaarige Italiener. »Um mit dieser McGuire fertig zu werden?«

»Sie haben wahrscheinlich beobachtet, daß der Schwebewagen vor einer Weile von unserem Dach gestartet ist.«

»Ja, nickte der Mann, »und wir haben beobachtet, wie der Bibliothekbus die Verfolgung aufgenommen hat.«

»Ich weiß nicht, ob wir den Anarchen noch haben oder nicht«, gestand Sebastian.

»Wir warten noch auf eine Nachricht«, sagte der Mann. »Für uns sah es so aus, als hätte der Schwebewagen einen Vorsprung gehabt. Und er flog wirklich schnell. Ihr Fahrer muß ein Könner sein.«

Es kann sich nur um Bob Lindy handeln, dachte Sebastian. Er rast wie ein Verrückter. »Wann werden Sie es wissen?« fragte er den Mann. »Ich muß es herausfinden, weil ein Kunde, der Ray Roberts vertritt, auf dem Weg hierher ist.«

»Gantrix«, sagte der Mann und nickte. »Wir haben Ihr Vidfongespräch mit Gantrix abgehört; wir wissen darüber Bescheid. Sie haben wirklich einen stolzen Preis verlangt. Ist er ernst gemeint? Oder wollten Sie die Uditen damit nur hinhalten?«

»Ich hatte keine Ahnung, daß sie ihn aufbringen können«, sagte Sebastian.

»Sie können es nicht. Nicht in W.U.S.-Poskreds jedenfalls. Gantrix wird versuchen, Ihnen F.N.G.-Kröten anzudrehen; wie Sie wissen, sind die so gut wie wertlos.« Er fügte hinzu: »Sie haben sich nicht festgelegt.«

»Wenn wir den Anarchen nicht mehr haben«, entgegnete Sebastian, »spielt es keine Rolle.«

»Ich kann Sie benachrichtigen, sobald wir etwas erfahren. Wir haben einen unserer Wagen hinter den Bus der Bibliothek hergeschickt; wir müßten jetzt jeden Augenblick Bescheid bekommen. Halten Sie Gantrix hin, bis wir Sie anrufen.«

»In Ordnung.« Sebastian nickte. Dann sagte er verlegen: »Vielen Dank für Ihre Hilfe.«

»Sie müssen diese McGuire loswerden«, drängte der Mann. »Werden Sie nicht fertig mit ihr? Sie ist zäh; sie ist ein Profi – aber Sie sind stärker als *sie*.«

»Was hätte es für einen Sinn, sie hinauszuwerfen?« Es erschien ihm nutzlos. Sinnlos. »Sie hat die Bibliothek bereits über das informiert, was sie herausgefunden hat; mehr Schaden kann sie nicht anrichten.«

»Sie wird Sie an Gantrix ausliefern; das ist es, was sie tun wird.« Die Stimme des Mannes hob sich vor Entrüstung. »Sie wird die Verhandlungen an sich reißen, und ehe Sie sich versehen, wird sie den Anarchen verkauft haben, und alles ist vorbei.«

Eine zweite dunkle Gestalt tauchte aus dem Gebäude zur Rechten auf; die beiden Überwacher des römischen Syndikats besprachen sich.

»Sie ruft von ihrem Vidfon aus die Bibliothek an«, wandte sich der erste Mann an Sebastian. »Sie informiert den Löschungsrat über Gantrix, daß er sich mit Ihnen im Vitarium treffen will.«

Der andere Mann, der noch Kopfhörer trug, fügte hinzu: »Und sie informiert die Bibliothek, daß sie eine Bombe – als Teil ihres angeblichen Tonbands hereingeschmuggelt – irgendwo im Ihrem Institut deponiert hat. Die sie jederzeit, wenn sie will, fernzünden kann.«

»Was soll das für einen Sinn haben«, fragte ihn der ersten Mann. »Wen will sie in die Luft jagen? Sich selbst?«

»Sie hat es nicht gesagt. Der Löscher in der Bibliothek, der ihren Anruf entgegengenommen hat, schien es zu wissen. Warte.« Er tippte an seinen Kopfhörer. »Sie führte ein zweites Gespräch.« Er schwieg und erklärte dann: »Diesmal mit ihrem Mann.«

»Mit ihrem Mann«, wiederholte Sebastian. Also stimmte nicht einmal das. Er empfand abgrundtiefen, brennenden Haß für sie.

»Das ist sehr interessant«, sagte der Mann mit dem Kopfhörer nach einer Weile. »Sie hat eine ganze Reihe Anweisungen gegeben. Erstens will sie, daß Ihre Frau, Mrs. Hermes, aufgespürt und beschattet wird. Wissen Sie, wo Ihre Frau ist, Mr. Hermes?«

»Nein«, sagte er.

»Zweitens«, fuhr der Mann fort, »will sie, daß jemand namens Joe Tinbane getötet wird. Und schließlich, wenn das geschehen ist, sollen die Löscher Ihre Frau festnehmen, damit sie nicht zu Ihnen zurückkehren kann. Annie McGuire will bei Ihnen bleiben, bis die Bibliothek in Besitz des Anarchen ist, und dann . . .« Er sah Sebastian an. »Sie sagt, daß sie vorhat, Sie umzubringen. Für das, was Sie ihr angetan haben. Was haben Sie ihr getan, Mr. Hermes.«

»Ich habe Sie geschlagen«, sagte er.

»Nicht hart genug«, bemerkte der Mann mit dem Kopfhörer.

Sebastian drehte sich um und ging über die Straße zurück ins Vitarium. Als er eintrat, saß Ann weit vom Vidfon entfernt; sie lächelte ihn heiter an. »Und wo bist du gewesen?« fragte sie. »Ich habe hinausgeschaut, aber es war zu dunkel; ich konnte nichts sehen.«

»Ich bin spazieren gegangen und habe nachgedacht«, erklärte er.

»Und wofür hast du dich entschieden?«

»Ich versuche noch immer, mich zu entscheiden«, sagte er.

»In Wirklichkeit gibt es für dich nichts mehr zu entscheiden«, entgegnete Ann.

»Doch, es gibt etwas«, widersprach er. »Was ich mit dir machen soll. Das muß ich entscheiden.«

»Ich helfe dir«, bot sich Ann schmeichlerisch an. »Lege dich hin und ruhe dich aus. Ich wecke dich, wenn Gantrix eintrifft. Und . . .« Sie stand auf, legte ihre Hand auf seinen Arm, streichelte ihn. »Mach dir nicht soviel Sorgen. Wenn du den Anarchen verloren hast, dann hat ihn die Bibliothek, und das ist nicht schlimm; man weiß dort, was man zu tun hat. Und wenn du ihn immer noch hast . . .« Sie zögerte, dachte nach; in ihren leuchtend blauen Augen glitzerte es. »Ich komme gut damit zurecht. Den Verhandlungen mit Carl Gantrix.«

Er ging nach hinten und legte sich auf das Bett des Anarchen; blicklos starrte er an die Decke. Mein ganzes Unternehmen, dachte er. Sie kann es und mich, einfach alles vernichten; es gibt nichts an mir, was sie nicht kontrollieren kann. Warum kann ich sie nicht aufhalten? fragte er sich. Ich habe jetzt eine Waffe; ich könnte sie töten.

Aber er hatte nur gelernt, Menschen ins Leben zurückzuholen, nicht, sie zu töten; seine ganze Einstellung, alles, woran er glaubte, drehte sich darum, Leben zu schenken. Jedem einzelnen, ohne Unterschied; das Vitarium fragte nicht nach dem Stammbaum der von ihm ausgegrabenen Altgeborenen; es fragte nicht danach, ob sie wieder leben *sollten.*

Es ist nicht so einfach, einen Menschen zu töten, dachte er. Menschen machen so etwas nicht; es muß eine andere Lösung geben. Aber sie zu schlagen, hatte nichts genutzt – abgesehen davon, daß sie ihn auf ihre schwarze Liste gesetzt hatte, um es ihm eines Tages heimzuzahlen. Ich glaube nicht, daß ich sie mit Gewalt vertreiben kann, entschied er. Nicht, wenn sie vorhat, hierzubleiben; weder Worte noch Drohungen, ihr etwas anzutun, haben irgendeinen Einfluß auf sie. Wo ist die Bombe? fragte er sich. Hier in diesem Raum? Gott, dachte er, ich muß etwas unternehmen; ich kann hier nicht liegenbleiben; ich muß etwas tun.

Im Empfangsraum klingelte das Vidfon.

Er sprang auf, dachte: Ich kann nicht zulassen, daß sie an den Apparat geht. Keuchend lief er in den Empfangsraum; dort saß sie, den Hörer bereits an ihrem Ohr – er entriß ihn ihr.

»Sie wollten sowieso nicht mit mir sprechen«, sagte Ann philosophisch. »Sie sagten, sie wollen nur mit dir sprechen, wer auch immer sie sein mögen.« Sie fügte hinzu: »Mir gefällt weder ihr Tonfall noch ihre Stimmen; du hast wirklich ein paar sehr merkwürdige Freunde, wenn es Freunde von dir sind.«

Es war Bob Lindy. »Kann sie mich hören?« fragte Lindy.

»Nein.« Er trug das Gerät und den Hörer so weit von ihr fort, wie das Kabel reichte. »Sprechen Sie«, sagte er.

»Können Sie sie nicht loswerden?« fragte Lindy.

»Sprechen Sie nur«, knurrte er.

»Wir haben ihn abgehängt«, berichtete Lindy. »Den Wagen, der uns verfolgt hat. Es war ein richtiger Luftkampf, wie im Ersten Weltkrieg. Ich machte einen Looping, und dann machten sie einen Looping; mehrfach habe ich es mit einem Sturzflug à la Immelmann probiert . . . schließlich flogen sie nach Norden, während ich nach Süden floh. Als sie beidrehten, war ich auf und davon. Wir sind soeben gelandet; er ist noch immer im Wagen.«

»Sagen Sie mir nicht, wo Sie sind«, befahl Sebastian.

»Teufel, nein, nicht solange dieses verrückte Weib da ist. Sie hat nicht die geringste Angst vor Ihnen, nicht wahr? Frauen haben nie Angst vor den Männern, mit denen sie im Bett gewesen sind. Aber sie hat Angst vor mir; ich habe es in ihren Augen gesehen, als ich mit dieser Pistole auf sie gezielt habe. Soll ich zurückkommen? Ich kann Sign beim Anarchen lassen und zu Ihnen ins Institut kommen, sagen wir in etwa vierzig Minuten.«

»Ich muß allein damit fertig werden«, lehnte Sebastian ab. »Danke. Rufen Sie mich in zwei Stunden wieder an. Hallo.« Er legte auf.

Ann stand mit verschränkten Armen am Fenster und bemerkte: »Also bist noch immer im Besitz des Anarchen. So, so.«

»Woher weißt du das?« entgegnete er.

»Weil du zu ihm gesagt hast: Sagen Sie mir nicht, wo Sie sind.« Sie wandte sich vom Fenster ab und sah ihn an. »Womit mußt du allein fertig werden?«

»Mit dir«, sagte Sebastian.

12. Kapitel

Wir wissen nicht, was Gott ist . . . weil Er unendlich und damit objektiv unbegreiflich ist. Gott selbst weiß nicht, was Er ist, weil Er nicht Etwas ist.
– Eriugena

Sie starrten sich an.

»Ich habe hier im Vitarium eine Bombe versteckt«, sagte Ann. »Also laß die Finger von dieser Pistole. Und selbst wenn du mich fortschaffst, kann ich die Bombe immer noch zünden; ich kann dich und Carl Gantrix töten, und wenn ich das tue, werden sich die Uditen an deine Frau halten; sie werden dir die Schuld geben, und sie sind sehr rachsüchtig.«

Nachdenklich murmelte er: »Du wirst die Bombe nicht zünden, solange du hier bist. Weil du dann auch sterben würdest, und du bist zu vital, zu aktiv, um freiwillig zu sterben.«

»Danke.« Sie lächelte ihr verkniffenes Lächeln. »Das ist schmeichelhaft.«

Es klopfte an der Tür.

»Das ist Mr. Gantrix«, sagte Ann; sie ging zur Tür. »Soll ich ihn hereinlassen?« Sie beantwortete die Frage selbst. »Ja, ich glaube, es wird die Atmosphäre entspannen, wenn eine dritte Person hier ist. Dann wirst du wenigstens keine gewalttätigen Drohungen mehr ausstoßen.« Sie öffnete die Tür.

»Warte«, sagte er.

Sie sah fragend zu ihm auf.

»Laß Lotta in Ruhe«, sagte er, »und ich gebe dir den Anarchen.«

Ihre Augen leuchteten auf, glitzerten wild, triumphierend.

»Aber zuerst will ich sie zurückhaben«, fügte er hinzu. »Sie muß wieder in meinem Besitz sein, ehe ich dir den Anarchen gebe. Dein Wort allein genügt nicht.« Für sie waren Worte bedeutungslos.

Ein lässig gekleideter, recht hagerer und hochgewachsener Farbiger stieß die halb geöffnete Tür auf und sagte zögernd: »Mr. Hermes? Sebastian Hermes?« Er spähte in den Empfangsraum des Vitariums. »Schön, Sie endlich persönlich kennenzulernen. Auf Wiedersehen, Mr. Hermes.« Er ging mit ausgestreckter Hand auf Sebastian zu.

»Einen Moment, Mr. Gantrix«, wehrte Sebastian ab und ignorierte die angebotene Hand. Zu Ann sagte er: »Bist du mit der Vereinbarung einverstanden?« Er sah sie durchdringend an, versuchte, ihren Gesichtsausdruck zu deuten; es war unmöglich zu erraten, was in ihrem Kopf vorging; er konnte ihre Antwort nicht erahnen.

»Ich sehe, daß ich störe«, warf Gantrix jovial ein. »Ich werde Platz nehmen« – er ging auf einen der Sessel zu »und lesen, bis Sie fertig sind.« Er schaute auf seine Armbanduhr. »Aber ich habe in einer Stunde eine Verabredung mit Seiner Heiligkeit Ray Roberts.«

Ann sagte: »Niemand ›besitzt‹ irgend jemand.«

»Worte«, entgegnete Sebastian. »Du gebrauchst sie sadistisch; du weißt, was ich meine. Ich will sie nur zurückhaben, hier, nicht irgendwo anders, etwa in einem Hotel oder in der Bibliothek, sondern hier im Vitarium.«

»Ist der Anarch Peak im Haus?« fragte Gantrix. »Könnte ich hineingehen und ihn mir kurz ansehen, während Sie Ihre Diskussion fortsetzen?«

»Er ist nicht im Haus«, erwiderte Sebastian. »Wir waren gezwungen, ihn zu verlegen. Aus Sicherheitsgründen.«

»Aber er ist tatsächlich ihr legales Mündel«, sagte Gantrix.

»Ja«, nickte Sebastian. »Das garantiere ich.«

»Wie kommst du darauf«, fragte Ann, »daß ich Lotta zu dir zurückbringen kann? Sie hat dich freiwillig verlassen. Ich habe keine Ahnung, wo sie ist, außer irgendwo in San . . .«

»Aber du wirst das Hotel finden«, unterbrach er. »Früher oder später. Du hast mit der Bibliothek telefoniert und den Löschern befohlen, solange zu suchen, bis sie sie aufgespürt haben.«

Das Mädchen wurde blaß.

»Ich kenne den Inhalt beider Gespräche«, fuhr Sebastian fort. »Das mit der Bücherei und das mit deinem Mann.«

»Sie waren absolut privater Natur«, sagte Ann beleidigt und verärgert – und, wie er bemerkte, voller Furcht. Zum ersten Mal hatte sie die Kontrolle verloren; sie hatte Angst vor ihm. Und mit Grund. Daß er von den Anrufen wußte, ihre wahren Absichten kannte, hatte ihn verändert; er spürte die Veränderung in sich, und offenbar konnte Ann sie sehen. »Ich war nur wütend«, verteidigte sie sich. »Niemand wird Joe Tinbane umbringen; das war nur Gerede. Du hast mich schrecklich wütend gemacht, als du mich geschlagen hast; in meinem ganzen Leben hat mich noch kein Mann geschlagen. Und was dich betrifft . . .« Sie wählte sorgfältig ihre Worte. Er konnte spüren, wie sie die Möglichkeiten abwägte. »Offen gestanden möchte ich bei dir bleiben, weil ich mich von dir angezogen fühle. Ich mußte mir für meinen Mann einen Vorwand einfallen lassen; ich mußte *irgend etwas* sagen.«

»Hol die Bombe«, verlangte er.

»Hmm«, machte sie nachdenklich und verschränkte erneut ihre Arme. »Ich frage mich, ob ich das wirklich tun soll.« Sie wirkte jetzt weniger ängstlich.

Aufmerksam geworden, meldete sich Carl Gantrix wieder zu Wort. »Bombe? Was für eine Bombe?« Nervös stand er auf.

»Übergib uns den Anarchen«, sagte Ann, »und ich werde die Bombe entschärfen.«

Eine Pattsituation.

Ann wandte sich an Carl Gantrix. »Ich habe die Bombe mitgebracht, als der Anarch noch hier war. Um ihn zu töten.«

Gantrix starrte sie entsetzt an und fragte: »W-warum?«

»Ich bin von der Bibliothek«, erklärte Ann. Von seiner Reaktion verwirrt, fügte sie hinzu: »Will Ray Roberts den Anarchen denn nicht töten?«

»Oh, mein Gott, nein!« stieß Gantrix hervor.

Sebastian und Ann Fisher starrten ihn an.

»Wir verehren den Anarchen«, erklärte Gantrix stammelnd vor Erregung und Entrüstung. »Er ist unser *Heiliger* – der einzige, den wir haben. Wir haben jahrzehntelang auf seine Wiederkehr gewartet; der Anarch wird die ultimate Weisheit des Lebens nach dem Tode haben; das ist der ganze Zweck von Roberts' Wallfahrt: dies ist eine heilige Reise mit dem Ziel, zu Füßen des Anarchen zu sitzen und seine frohe Botschaft zu hören.« Er ging jetzt auf Ann Fisher zu, die Finger verkrümmt; sie trat zurück, wich ihm aus. »Die *Botschaft*«, sagte Gantrix. »Die glorreiche Botschaft über die Verschmelzung aller Seelen in der Ewigkeit. *Nichts außer dieser Botschaft spielt eine Rolle.*«

»Die Bibliothek . . .« begann Ann leise.

»Ihr Löscher«, sagte Gantrix mit vor Abscheu rauh und barsch klingender Stimme. »Tyrannen. Engstirnige Herrscher dieser Erde. Was geht euch das an? Wollt ihr die Botschaft löschen, die er mitgebracht hat?« Er wandte sich an Sebastian. »Sie sagen, daß der Anarch jetzt in Sicherheit ist?«

»Ja«, bestätigte Sebastian. »Man hat versucht, ihn zu fassen; um ehrlich zu sein, es wäre ihnen fast gelungen.« Hatte er sich in Roberts getäuscht? Konnte das wahr sein? Er litt unter einem seltsamen, unheimlichen Gefühl der Unwirklichkeit, als ob Carl Gantrix nicht wirklich hier wäre, nicht wirklich mit ihm sprach; es war wie in einem Traum, Gantrix' Worte, seine Abscheu und seine Entrüstung, seine erklärte Gegnerschaft zur Bibliothek. Aber wenn es stimmt, dachte er, können wir ins Geschäft kommen; wir können weitermachen und den Anarchen an ihn verkaufen. Alles hat sich verändert.

Carl Gantrix wandte sich an Sebastian. »Hat sie den Zünder der Bombe bei sich?«

»Die Bibliothek kann die Bombe zünden«, sagte Ann heiser.

»Nein«, widersprach Sebastian. »Sie hat ihn bei sich.« Zu Ann sagte er: »Das hast du in deinem Vidgespräch mit der Bibliothek zugegeben.«

»Glauben Sie, daß sie bereit ist, sich selbst zu töten?« fragte Gantrix.

»Nein«, erklärte Sebastian. »Ich bin mir sicher; sie wollte vorher das Haus verlassen.«

»Dann«, sagte Gantrix, »können wir folgendes machen: Ich werde ihre Arme festhalten, während Sie nach dem Zünder suchen.«

Dann packte er das Mädchen mit eisernem Griff. Zu eisern, dachte Sebastian; es fiel ihm auf. Und dann begriff er, woher das Gefühl der Unwirklichkeit rührte, das ihn in Gantrix' Nähe befallen hatte; er war ein Roboter, der ferngesteuert wurde.

Kein Wunder, daß sich »Gantrix« nicht vor der Bombe fürchtete, jetzt, wo er – oder besser sein Kontrolleur – wußte, daß der Anarch fort und in Sicherheit war. Nur ich werde sterben, erkannte Sebastian; ich und Ann Fisher McGuire.

»Ich schlage vor«, erklärte der Roboter, »daß Sie sie so schnell wie möglich durchsuchen.« Seine Stimme klang befehlend.

»Annie, zünde sie nicht«, bat Sebastian. »Um deinetwillen. Du kannst damit nichts erreichen; das da ist kein Mensch – es ist nur ein Roboter. Die Uditen werden wegen der Zerstörung eines Roboters keine Rache nehmen.«

»Stimmt das?« fragte sie. »Gantrix?«

»Ja«, bestätigte er. »Ich bin Carl Junior. Bitte, Mr. Hermes; nehmen Sie ihr den Auslöser ab. Wir müssen verhandeln, und ich habe weniger als eine Stunde Zeit.«

Er fand den Auslöser in ihrer Handtasche. Nachdem er fünfzehn Minuten lang danach gesucht hatte. Dank des festen Griffs, mit dem der Roboter das Mädchen hielt, hatte sie keine Chance, die Bombe zu zünden; sie waren keinen Moment in echter Gefahr gewesen.

»Jetzt hast du ihn also«, sagte Ann mit gespreizter Beherrschung, »aber meine Anweisungen an die Bibliothek gelten immer noch. Was Joe Tinbane und deine Frau betrifft.« Trotzig sah sie ihn an, als der Roboter sie losließ.

»Und was mich betrifft, auch?« fragte Sebastian. »Wirst du dich weiter an mich hängen, bei mir bleiben, um . . .«

»Ja, ja, ja«, sagte sie und massierte ihre Arme. Sie strich ihr Haar zurück, ordnete es, schüttelte heftig ihren Kopf. »Ich glaube, daß er lügt«, fügte sie mit einer schnellen, verstohlenen Geste auf Carl Junior hinzu. »Wenn du ihm den Anarchen übergibst, wirst du nichts außer wertlosen F.N.G-Poskreds dafür bekommen, und in ein paar Wochen werden sie bekanntgeben, daß der Anarch erkrankt ist, und dann wird er verschwinden. Er wird sterben. Vor einer kleinen Weile, bevor *er* kam, hast du mir ein Tauschgeschäft angeboten. Ich bin einverstanden; du wirst Lotta zurückbekommen – wie du verlangt hast, hier im Vitarium. Und wir bekommen den Anarchen.« Sie musterte ihn, wartete auf seine Antwort.

»Aber wenn die Uditen den Anarchen bekommen . . .« begann er.

»Oh, es ist durchaus denkbar, daß du Lotta ohnedies wiedersiehst. Ich drohe dir nicht; ich biete dir eine eindeutige Garantie an.« Erneut wirkte Ann selbstsicher, schien sich voll unter Kontrolle zu haben. »Wir werden alle Mittel der Bibliothek einsetzen, um sie dazu zu bringen, Joe Tinbane zu verlassen und zu dir zurückzukehren; wir werden keinen Zwang ausüben; es geht nur darum, ihr bewußt zu machen, wieviel sie dir bedeutet. Wieviel du für sie aufgegeben hast. Du hast fünfundvierzig Milliarden Poskreds aufgegeben, um sie zurückzubekommen; sie wird das verstehen . . . Ein paar von den Löschungsräten sind sehr geschickt darin, komplizierte Angelegenheiten zu verdeutlichen.«

»Ich werde Sie woanders hinbringen«, wandte sich Sebastian an den Roboter Carl Junior. »Wo wir das Geschäft perfekt machen können.« Er ergriff Ann Fishers Arm und führte sie rasch aus dem Institut und hinaus auf den Bürgersteig. Der Roboter Carl Junior folgte schweigend.

Als er das Vitarium zusperrte, sagte Ann: »Du blöder Speiskerl. Du blöder, blöder Speiskerl.« Ihre Stimme bekam einen schneidenden Tonfall, als er und Carl Junior sich der wackligen Außentreppe näherten, die hinauf zum Dach und zu seinem geparkten Wagen führte.

»Wir haben uns immer gegen die Bibliothek gestellt«, erklärte Carl

Junior, während sie die nackten Holzstufen hinaufstiegen. »Sie wollen die neuen Lehren des Anarchen löschen; sie wollen jede Spur seiner transzendentalen Doktrin beseitigen, die er mit zurückgebracht hat. Von der ich *annehme*, daß er sie mit zurückgebracht hat. Trifft das zu, Mr. Hermes? Geht aus seinen bisherigen Aussagen hervor, daß er eine große, tiefgreifende religiöse Erfahrung gemacht hat?«

»Auf jeden Fall«, versicherte Sebastian. »Er hat sofort nach seiner Wiederbelebung diktiert und berichtet.« Sie erreichten seinen geparkten Wagen; er schloß die Tür auf, und der Roboter stieg ein.

»Welche Macht hat die Bibliothek über Ihre Frau?« fragte Carl Junior, als der Wagen hinauf in die Nacht schoß. »Soviel wie dieses Mädchen behauptet hat?«

»Ich weiß es nicht«, gestand Sebastian. Er fragte sich, wie gut Joe Tinbane sie beschützen konnte, während sie bei ihm blieb. Wahrscheinlich sehr gut, entschied er. Joe Tinbane hatte sie schließlich aus der Bibliothek befreit ... Deshalb war durchaus zu erwarten, daß er ihre erneute Gefangennahme verhinderte. Wie hartnäckig würde die Bibliothek wirklich sein? Immerhin war dies ein nebensächliches Problem, ein Rachefeldzug Ann Fishers, nicht ein grundsätzlicher Aspekt der Bibliothekspolitik.

Und es schien der Löschungsrat zu sein, der diese Politik bestimmte, nicht Ann.

»Eine Drohung«, sagte er laut zu dem Roboter. »Ein Einschüchterungsversuch. Eine machtorientierte Frau droht immer mit Gewalt, sofern man nicht tut, was sie sagt.« Er dachte an Lotta und wie anders sie war; wie unmöglich es für sie wäre, durch Einschüchterung ihre Ziele zu erreichen.

Ich kann mich glücklich schätzen, dachte er, eine Frau wie sie zu haben. Oder ich *konnte* mich glücklich schätzen. Je nachdem, was dabei herauskommt. Mit Gottes Hilfe.

»Falls die Bibliothek Ihrer Frau etwas antut«, sagte der Roboter an seiner Seite, »werden Sie wahrscheinlich Vergeltung üben. An diesem Mädchen persönlich. Irre ich mich, oder habe ich recht? Wählen Sie.«

Sebastian sagte gepreßt: »Sie haben recht.«

»Diesem Mädchen muß das klar sein. Wahrscheinlich wird sie das davon abhalten.«

»Wahrscheinlich«, stimmte er zu. Ein Bluff, dachte er; darum handelt es sich; Ann Fisher muß wissen, was ich dann mit ihr machen werde. »Unterhalten wir uns über ein anderes Thema«, sagte er zu dem Roboter; er hatte Angst davor, in diese Richtung weiterzudenken. »Ich bringe Sie in meine Wohnung«, erklärte er. »Der Anarch ist nicht dort, aber wir können den Preis und die Übergabemodalitäten aushandeln. Wir haben ein Standardverfahren; ich sehe keinen Grund, in diesem Fall davon abzuweichen.«

»Wir vertrauen Ihnen«, sagte der Roboter mit warmer Stimme. »Aber natürlich müssen wir den Anarchen sehen, bevor wir den Kaufpreis zahlen. Um uns zu vergewissern, daß er sich tatsächlich in Ihrem Besitz befindet und am Leben ist. Und wir würden gern kurz mit ihm sprechen.«

»Nein«, sagte Sebastian. »Sie können ihn sehen, aber nicht mit ihm sprechen.«

»Warum nicht?« Der Roboter sah ihn neugierig an.

»Was der Anarch zu sagen hat«, erklärte Sebastian, »ist für den Verkauf ohne Bedeutung. Es ist nie von Bedeutung; das Vitarium macht auf dieser Basis keine Geschäfte.«

Nach einem Moment des Schweigens sagte der Roboter: »Also müssen wir auf Ihr Wort vertrauen, daß der Anarch etwas von Wert mitgebracht hat.«

»Das ist richtig«, bestätigte er.

»Bei dem Preis, den Sie verlangen . . .«

»Das spielt keine Rolle«, unterbrach Sebastian. Was diesen Teil des Geschäfts betraf, war er eisern; er ließ sich nie herunterhandeln.

»Die Bezahlung erfolgt in unserer eigenen Währung«, erklärte der Roboter. »In Banknoten der Freien Negergemeinde.«

Wie Ann Fisher gesagt hat, dachte Sebastian mit einem Frösteln. In dieser Hinsicht hat sie die Wahrheit gesagt. Und die römischen Interessenten – sie haben mich ebenfalls gewarnt. »In W.U.S.-Banknoten«, beharrte er.

»Wir zahlen nur in unserer eigenen Währung.« Die Stimme des Roboters klang bestimmt. Endgültig. »Ich bin nicht ermächtigt, auf einer anderen Basis zu verhandeln. Falls Sie auf W.U.S.-Banknoten bestehen, lassen Sie mich aussteigen. Ich werde dann Seiner Heiligkeit Mr. Roberts berichten müssen, daß wir zu keiner Einigung gelangen konnten.«

»Dann geht er an die Stadtbibliothek«, sagte Sebastian. Und, dachte er, ich bekomme meine Frau zurück.

»Der Anarch würde das nicht wollen«, bemerkte Carl Junior.

Richtig, erkannte Sebastian. Dennoch sagte er: »Die Entscheidung liegt bei uns; wir verfügen in solchen Fällen über die Rechte.«

»Es hat noch nie einen vergleichbaren Fall gegeben«, widersprach der Roboter, »in der ganzen Weltgeschichte nicht. Mit einer Ausnahme«, fügte er hastig hinzu. »Aber das ist lange her.«

»Können Sie mir nicht helfen, meine Frau zurückzubekommen?« fragte Sebastian. »Haben die Uditen keine Spezialtruppen für derartige Fälle?«

»Die Jünger sind nur für Vergeltungsmaßnahmen da«, sagte der Roboter leidenschaftslos. »Und außerdem sind wir in den W.U.S. nicht stark genug. Bei uns zu Hause wäre es etwas anderes.«

Lotta, dachte er. Habe ich dich verloren? An die Bibliothek?

Und dann ertappte er sich seltsamerweise dabei, daß er nicht an seine Frau, sondern an Ann Fisher dachte. An die ersten Stunden, in denen sie durch die abendlichen Straßen gebummelt waren und sich die Schaufenster angesehen hatten. An die heftige Vereinigung im Bett. Ich sollte nicht daran denken, erkannte er. Es war nur vorgetäuscht; es gehörte zu ihrem Job.

Aber für eine Weile war es schön gewesen. Bevor der Machtkampf begann und der schöne weiche Schein der harten Wirklichkeit wich.

»Ein attraktives Mädchen, diese Bibliotheksagentin«, sagte der Roboter scharfsinnig.

»Die Larve täuscht«, erwiderte er barsch.

»Ist es nicht immer so? Man kauft die Verpackung. Es ist immer eine Überraschung. Ich persönlich finde sie typisch für die Leute von der Bibliothek, von ihrem Aussehen her und auch in anderer Hinsicht. Haben Sie sich entschieden, ob Sie mich aussteigen lassen oder die F.N.G.-Währung akzeptiere?«

»Ich akzeptiere sie«, sagte er. Im Grunde spielte es keine Rolle; das Ritual des Geschäfts, das er so viele Jahre lang zelebriert hatte, war jetzt bedeutungslos. In Anbetracht des Gesamtzusammenhangs.

Vielleicht kann ich Joe Tinbane über Polizeifunk erreichen, überlegte er. *Ihn warnen.* Das würde genügen; wenn Joe Tinbane weiß, daß die Bibliothek ihn sucht, wird er sich schützen können . . . sich und Lotta. Und ist das nicht das Wichtigste? Nicht, daß ich sie zurückbekomme?

Er nahm den Hörer des Autovidfons ab und wählte die Nummer von Joe Tinbanes Polizeirevier. »Ich muß mit Tinbane sprechen«, erklärte er dem Beamten der Funkzentrale. »Er ist nicht im Dienst, aber es handelt sich um einen Notfall; es geht um seine persönliche Sicherheit.«

»Ihr Name, Sir.« Der Polizeibeamte wartete.

Essen, dachte Sebastian. Joe wird denken, daß ich versuche, ihn aufzuspüren, um Lotta zurückzuholen; er wird meinen Anruf nicht beantworten. Es gibt keine Möglichkeit, ihn zu erreichen, zumindest nicht über die Polizei. »Sagen Sie ihm«, bat er den Beamten, »daß Agenten der Bibliothek hinter ihm her sind. Er wird wissen, um was es geht.« Er legte auf. Und fragte sich bedrückt, ob man die Nachricht weitergeben würde.

»Ist er der Liebhaber Ihrer Frau?« fragte der Roboter.

Sebastian nickte schweigend.

»Es ist sehr christlich von Ihnen, daß Sie ihm helfen wollen«, bemerkte der Roboter. »Sehr lobenswert.«

»Das«, sagte Sebastian knapp, »ist das zweite kalkulierte Risiko, das ich innerhalb von zwei Tagen eingegangen bin.« Den Anarchen vor seiner Wiedergeburt auszugraben, war schon riskant genug gewesen; jetzt riskierte er, daß die Bibliothek Tinbane und Lotta holte und erledigte. Es machte ihn krank; er hatte nicht das seelische Stehvermögen, so kurz hintereinander zwei Wagnisse einzugehen. »Er würde das gleiche für mich tun«, sagte er.

»Hat er eine Frau?« fragte der Roboter. »Wenn ja, könnten Sie sie vielleicht zu Ihrer Geliebten machen, während er Mrs. Hermes hat.«

»Ich bin an niemandem sonst interessiert. Nur an Lotta.«

»Dieses Mädchen von der Bibliothek gefällt Ihnen. Obwohl es Sie bedroht hat.« Die Stimme des Roboters klang allwissend. »*Wir wollen den Anarchen haben, bevor Sie ihr wieder begegnen.* Ich habe über Funk mit seiner Heiligkeit Ray Roberts gesprochen; ich bin angewiesen worden, ihn heute nacht in meine Obhut zu nehmen. Ich werde bei Ihnen bleiben, statt mich mit Seiner Heiligkeit zu treffen.«

»Sie glauben also«, sagte Sebastian, »daß ich Ann Fisher wehrlos ausgeliefert bin?«

»Seine Heiligkeit glaubt es.«

Ich wäre nicht überrascht, dachte Sebastian unglücklich, wenn Seine Heiligkeit recht hätte.

In seiner Wohnung schaltete er die Vidfonanlage um, damit Bob Lindys Rückruf vom Vitarium weitergeleitet wurde. Alles, was er zu tun hatte, war zu warten. In der Zwischenzeit bereitete er sich einen erstklassigen Sogum-Einlauf aus seinen Vorräten zu, eine Spezialsorte, um sich körperlich und moralisch wieder aufzurichten.

»Ein seltsamer Brauch«, sagte der Roboter, während er zusah. »Vor der Hobart-Phase hätten Sie so etwas nie vor den Augen anderer Menschen gemacht.«

»Du bist nur ein Roboter«, erwiderte er.

»Aber ein menschlicher Kontrolleur sieht durch mein Sensorsystem.«

Das Vidfon klingelte. So früh? dachte er mit einem Blick auf seine Uhr. »Auf Wiedersehen«, sagte er gepreßt in den Hörer.

Auf dem Monitor erschien ein Gesicht. Es war nicht Bob Lindy; er sah vor sich den Unterhändler der römischen Interessengruppe, Tony Giacometti. »Wir sind Ihnen zu Ihrer Wohnung gefolgt«, erklärte Giacometti. »Hermes, Sie stehen tief in unserer spirituellen Schuld; wenn wir Sie nicht überwacht hätten, hätte Miss Fisher den Anarchen mit ihrer Bombe in die Luft gejagt.«

»Das ist mir bewußt«, sagte er.

»Außerdem«, fuhr Giacometti fort, »hätten Sie nichts vom Inhalt der beiden Vidfonate erfahren, die sie von Ihrem Vitarium aus geführt hat. Dadurch haben wir vielleicht das Leben Ihrer Frau gerettet und mit Sicherheit Ihres.«

»Das ist mir bewußt«, wiederholte er. Der römische Käufer hatte ihn in der Hand. »Was verlangen Sie von mir?«

»Wir wollen den Anarchen. Wir wissen, daß er bei Ihrem Techniker ist, Bob Lindy. Als sich Lindy mit Ihnen in Verbindung gesetzt hat, haben wir das Gespräch zurückverfolgt; wir wissen, wo er und der Anarch sind. Wenn wir wollten, könnten wir uns den Anarchen mit Gewalt holen, aber das ist nicht unser Stil. Dieser Kauf muß auf einer ethisch korrekten Basis abgewickelt werden; Rom ist nicht die Stadtbibliothek oder die Uditen – wir wollen uns unter keinen Umständen ihrer Methoden bedienen. Sie verstehen?«

»Ja.« Er nickte.

»Moralisch«, fuhr Giacometti fort, »sind Sie deshalb verpflichtet, an uns statt an Carl Gantrix zu verkaufen. Dürfen wir unseren Vertreter in Ihre Wohnung schicken, um den Handel abzuwickeln? Wir können in zehn Minuten bei Ihnen sein.«

»Ihre Arbeitsweise ist effektiv«, gab er zu. Was konnte er sonst tun? Giacometti hatte recht. »Schicken Sie Ihren Vertreter her«, sagte er und legte auf.

Der Roboter Carl Junior hatte das Gespräch verfolgt und die Entscheidung gehört. Aber seltsamerweise wirkte er nicht beunruhigt.

»Ihr Anarch«, wandte sich Sebastian an ihn, »wäre jetzt tot. Wenn sie nicht . . .«

»Sie vergessen«, sagte der Roboter, geduldig wie zu einem naiven Kind, »daß die Wünsche des Anarchen maßgeblich sind. *Das* ist die bindende moralische Verpflichtung. Sie müssen folgende Entscheidung treffen: Verschieben Sie die Verhandlungen, bis Ihr Techniker anruft, und dann fragen Sie den Anarchen, an wen er verkauft werden möchte.« Er schloß zuversichtlich: »Wir sind sicher, daß wir es sein werden.«

»Giacometti ist damit vielleicht nicht einverstanden«, wandte Sebastian ein.

»Die Entscheidung liegt nicht bei ihm«, erklärte der Roboter. »In Ordnung; die Römer haben das Ganze zu einer ethischen Frage gemacht; wir sind hocherfreut. Denn unsere Ethik ist höherwertiger als ihre.« Er strahlte.

Religion, dachte Sebastian müde. Noch mehr Fallen und Fallstricke, noch mehr Winkelzüge als im normalen Geschäftsleben. Die Kontrolle war ihm bereits entglitten; er gab auf. »Ich werde dafür sorgen, daß Sie Giacometti Ihren Standpunkt erklären können, wenn sein Käufer eintrifft«, sagte er. Und er machte sich, um sich zu stärken, einen weiteren Einlauf mit einem Pfund Sogum.

»Die Römer«, sagte der Roboter, »haben viele Jahrhunderte mehr Erfahrung als wir. Der Käufer wird geschickt sein. Ich bitte Sie dringend, allen Fallstricken auszuweichen, die er Ihnen legt, wie man so sagt.«

»Sie reden mit ihm«, sagte Sebastian müde. »Wenn er eintrifft. Erklären Sie ihm, was Sie mir gesagt haben.«

»Gern.«

»Sie glauben, ihn mit Ihren Argumenten überzeugen zu können?«

»Gott ist auf unserer Seite«, erwiderte der Roboter.

»Wollen Sie ihm das sagen?«

Nachdenklich entschied der Roboter: »Er würde die apostolische Nachfolge ins Spiel bringen. Freier Wille, glaube ich, ist das beste Argument. Das Gesetz sieht einen Altgeborenen als bewegliche Habe jenes Vitariums, das ihn wiederbelebt hat. Dies steht allerdings im Widerspruch zu den theologischen Überzeugungen; ein Mensch, ob nun ein altgeborener oder nicht, kann keine Habe sein, da er eine Seele hat.

Ich werde deshalb zunächst feststellen, daß der altgeborene Anarch eine Seele hat, was der römische Käufer zugeben wird, und dann aufgrund dieser Prämisse die Schlußfolgerungen ziehen, daß nur der Anarch über sich verfügen kann, was auch unser Standpunkt ist.« Erneut überlegte er. Eine ganze Weile. »Seine Heiligkeit Mr. Roberts«, erklärte er schließlich, »ist mit dieser Argumentation einverstanden. Ich stehe in Kontakt mit ihm. Falls der römische Käufer sie widerlegen kann – was unwahrscheinlich ist –, wird Mr. Roberts persönlich und nicht ich, Carl Gantrix, Carl Junior steuern; er wird dann Ray Junior werden. Sie sehen, daß wir von Anfang an auf diese Entwicklung vorbereitet waren; deshalb ist Seine Heiligkeit Mr. Roberts an die Westküste gereist. Er wird nicht mit leeren Händen in die Freie Negergemeinde zurückkehren.«

»Ich frage mich, was Ann Fisher treibt«, sagte Sebastian grüblerisch.

»Die Bibliothek ist kein Faktor mehr. Die Auseinandersetzung, wer der rechtmäßige Käufer ist, wird nur noch zwischen zwei Interessenten ausgetragen: uns und Rom.«

»Sie wird nicht aufgeben.« Sie konnte gar nicht anders. Er trat ans Wohnzimmerfenster und schaute hinunter zur dunklen Straße. Oft hatten er und Lotta das getan; alles in der Wohnung erinnerte ihn an sie, jedes Objekt und jeder Fleck.

Es klopfte an der Tür.

»Lassen Sie ihn herein«, befahl Sebastian dem Roboter. Er setzte sich, nahm einen Zigarettenstummel aus dem Aschenbecher, zündete ihn an und wappnete sich für die bevorstehende Auseinandersetzung.

»Auf Wiedersehen, Mr. Hermes«, sagte Anthony Giacometti beim Eintreten; er war persönlich gekommen . . . aus dem gleichen Grund, der Carl Gantrix veranlaßt hatte, *seinen* Auftraggeber ins Spiel zu bringen. »Auf Wiedersehen, Gantrix«, grüßte er säuerlich den Roboter.

»Mr. Hermes«, erklärte der Roboter, »hat mich gebeten, Sie über seinen Standpunkt zu informieren. Er ist müde und sehr besorgt um seine Frau – deshalb zieht er es vor, die Verhandlungen nicht selbst zu führen.«

Giacometti wandte sich an Sebastian, nicht an den Roboter. »Was hat das zu bedeuten? Wir hatten uns doch schon am Vidfon geeinigt.«

»Inzwischen«, sagte der Roboter, »habe ich ihn davon in Kenntnis gesetzt, daß nur der Anarch über sich verfügen kann.«

»Scott gegen Tyler«, nickte Giacometti. »Vor zwei Jahren, am Obersten Gerichtshof des Contra Costa County. Unter dem Vorsitz Richter Wilsons. Die Verfügungsgewalt über einen Altgeborenen liegt beim Besitzer des Vitariums, das ihn wiederbelebt hat, nicht beim Verkäufer, nicht beim Altgeborenen selbst, nicht . . .«

»Es handelt sich hier jedoch um ein spirituelles Problem«, unterbrach der Roboter. »Nicht um ein juristisches. Das Gesetz über die Altgeborenen ist seit zweihundert Jahren überholt. Rom – Sie selbst – erkennt an, daß ein Altgeborener eine Seele hat; der Beweis dafür ist, daß die Erste Ölung vorgenommen wird, wenn ein Altgeborener ernsthaft verletzt oder . . .«

»Das Vitarium veräußert keine Seele; es veräußert den Besitzer der Seele; den Körper.«

»Einspruch«, wehrte der Roboter ab. »Bevor die Seele in einen Toten zurückkehrt und ihn wiederbelebt, darf er nicht von einem Vitarium ausgegraben werden. Solange er nur ein Körper ist, eine fleischliche Hülle, darf ihn das Vitarium nicht verkaufen oder . . .«

»Der Anarch«, erklärte Giacometti, »wurde illegal vor seiner Rückkehr ins Leben ausgegraben. Das Vitarium Flasche des Hermes hat gegen das Gesetz verstoßen. Rechtlich gesehen ist das Vitarium nicht im Besitz des Anarchen. Johnson gegen Scruggs. Voriges Jahr am Obersten Gerichshof von Kalifornien.«

»Aber wer besitzt dann den Anarchen?« fragte der Roboter verwirrt.

»Sie haben behauptet«, erinnerte Giacometti mit einem Leuchten in den Augen, »daß es sich nicht um ein juristisches, sondern um ein spirituelles Problem handelt.«

»Natürlich ist es ein juristisches Problem! Wir müssen feststellen, wer der gesetzliche Eigentümer ist, bevor einer von uns ihn kaufen kann.«

»Dann geben Sie also zu«, sagte Giacometti leise, »daß Scott gegen Tyler ein Präzedenzfall für diese Transaktion ist.«

Der Roboter schwieg. Und dann, als er wieder das Wort ergriff, hatte sich seine Stimme auf subtile, aber merkliche Weise verändert. Sie klang kraftvoller. Seine Heiligkeit Mr. Roberts kontrollierte ihn jetzt, sagte sich Sebastian; Carl Gantrix war der Argumentation des römischen Interessenten nicht gewachsen gewesen und deshalb abgelöst worden. »Wenn das Vitarium Flasche des Hermes nicht im Besitz des Altgeborenen Anarchen Peak ist«, erklärte er, »dann ist der Anarch nach dem Gesetz herrenlos, und sein rechtlicher Status entspricht damit dem eines Altgeborenen, der, wie es manchmal vorkommt, ohne Hilfe von außen seinen Sarg geöffnet und sich durch das Erdreich an die Oberfläche gegraben hat. Er gilt dann als sein eigener Besitzer, und die Verfügungsgewalt über sich liegt allein bei ihm. Wir Uditen bleiben bei unserer Behauptung, daß der Anarch als herrenloser Altgeborener allein das Recht hat, sich zu verkaufen, und wir warten jetzt auf seine Entscheidung.«

»Sind Sie sicher, daß Sie den Anarchen zu früh ausgegraben haben?« fragte Giacometti vorsichtig Sebastian. »Wollen Sie wirklich dabei bleiben, daß Sie gegen das Gesetz verstoßen haben? Das würde eine hohe Geldstrafe bedeuten. Wenn Sie dabei bleiben, werden wir es dem Büro des Staatsanwalts von Los Angeles mitteilen.«

»Ich ... bestreite, daß wir den Anarchen vorzeitig ausgegraben haben«, sagte Sebastian hölzern. »Es gibt keinen Beweis dafür.« Er war sich dessen sicher; nur seine eigenen Leute wußten davon, und sie würden nicht gegen ihn aussagen.

»Das eigentliche Problem«, erklärte der Roboter, »ist spiritueller Natur; wir müssen uns darüber einigen, zu welchem Zeitpunkt genau die Seele in den begrabenen Leichnam fährt. In dem Moment, in dem er ausgegraben wird? Wenn man an der Oberfäche zum ersten Mal seine Hilferufe hört? Wenn man seinen ersten Herzschlag feststellt? Wenn sich das ganze Gehirngewebe gebildet hat? Nach Ansicht der Uditen fährt die Seele in den Körper, wenn die Geweberegeneration abgeschlossen ist, also unmittelbar vor dem Einsetzen der Herztätigkeit.« An Sebastian gewandt, fragte er: »Haben Sie eine Herztätigkeit festgestellt, Sir, bevor Sie den Anarchen ausgegraben haben?«

»Ja«, bestätigte Sebastian. »Unregelmäßig. Aber vorhanden.«

»Demnach«, sagte der Roboter triumphierend, »war der Anarch eine Person, als er ausgegraben wurde, mit einer Seele; demnach ...«

Das Vidfon klingelte.

»Auf Wiedersehen«, sagte Sebastian in den Hörer.

Diesmal erschien Bob Lindys ledriges, verkniffenes Gesicht. »Sie haben ihn«, sagte er. Mit zittrigen Fingern fuhr er sich durch das Haar. »Agenten der Bibliothek. Das war's dann wohl.«

»Sie können Ihre theologische Diskussion beenden«, sagte Sebastian zu dem Roboter und Giacometti.

Es war überflüssig; die Diskussion war bereits beendet.

Zum ersten Mal seit langer Zeit war es still im Wohnzimmer seiner Wohnung.

13. KAPITEL

Der Mensch ist ein Tier, das ist seine Gattung, aber der Mensch ist eine denkende Spezies, das ist der Unterschied, zum Lachen fähig, das ist seine Eigenschaft.
– Boethius

Joe Tinbane hatte es sich in dem kleinen Hotelzimmer an einem Platz gemütlich gemacht, von dem aus er nach draußen sehen konnte. Für den Fall, daß jemand auftauchte. Seine Frau Bethel, Sebastian Hermes, Kommandos der Bibliothek – er mußte auf jeden einzelnen und alle zusammen gefaßt sein. Keine Kombination würde ihn überraschen.

In der Zwischenzeit las er die neueste Ausgabe von Nordamerikas reißerischster Zeitung, den Chicagoer *Monday-Herald*.

BETRUNKENER VATER ASS EIGENES BABY

»Man weiß nie, was das Leben für einen bereithält«, sagte er zu Lotta. »Ob man nun ein Neugeborenes oder ein Altgeborener ist – ich wette, dieser Bursche hat nie damit gerechnet, auf diese Weise zu enden – als Schlagzeile im *Monday-Herald*.«

»Ich verstehe nicht, wie du so etwas lesen kannst«, sagte Lotta nervös; sie saß auf einem Stuhl am anderen Ende des Zimmers und kämmte ihr langes, dunkles Haar.

»Nun, als Polizeibeamter habe ich eine Menge davon gesehen. Nicht direkt so etwas entsetzliches – der Fall, daß ein Vater sein eigenes Baby verzehrt, ist selten.« Er blätterte weiter und las die Schlagzeile auf der zweiten Seite.

KALIFORNISCHE BIBLIOTHEK TÖTET UND KIDNAPPT
SELBSTJUSTIZ GEÜBT – DENNOCH UNANGREIFBAR

»Mein Gott«, sagte Joe Tinbane. »Das könnte über uns sein; hier ist ein Artikel über die Stadtbibliothek. Genau das gleiche, was sie mit dir versucht haben – dich als Geisel zu behalten.« Interessiert las er den Artikel.

> Wie viele Bürger von Los Angeles sind hinter den grimmigen grauen Mauern dieses düsteren Gemäuers verschwunden? Die Behörden nennen offiziell keine Zahlen, aber inoffiziell schätzt man, daß es monatlich drei unaufgeklärte Entführungsfälle gibt. Die Motive der Bibliothek sind weitestgehend unbekannt und werden für komplex gehalten. Der Wunsch, im voraus Texte zu löschen, die ...

»Ich glaube es einfach nicht«, sagte Tinbane. »Sie können damit nicht durchkommen. Nimm mich, zum Beispiel; wenn mir irgend etwas zustoßen sollte, würde mich mein Chef, George Gore, heraushauen. Oder wenn ich tot wäre, würde er mich rächen.« Der Gedanke an George Gore erinnerte ihn daran, daß Ray Roberts jede Minute eintreffen konnte; wahrscheinlich war Gore auf der Suche nach ihm, um mit ihm die Details für Roberts' Schutz durchzusprechen. »Ich rufe ihn besser an«, sagte er zu Lotta. »Ich habe ganz vergessen, daß er mich braucht.«

Vom Vidfon des Hotelzimmers aus rief er Gore an.

»Ich habe eine Nachricht für Sie hier«, informierte ihn der Beamte in der Funkzentrale, nachdem er sich identifiziert hatte. »Anonym. Agenten der Bibliothek sollen hinter Ihnen her sein. Sagt Ihnen das etwas?«

»Zum Teufel, ja«, nickte Tinbane. Er sah Lotta an. »Agenten der Bibliothek suchen uns.« Zu dem Beamten in der Funkzentrale sagte er: »Verbinden Sie mich mit Mr. Gore.«

»Mr. Gore ist am Flughafen von Los Angeles und überwacht die Sicherheitsvorkehrungen für Ray Roberts«, erwiderte der Beamte.

»Sobald er zurückkommt, richten Sie ihm folgendes aus«, bat Tinbane. »Wenn mir etwas zustoßen sollte, war es die Bibliothek, und wenn ich spurlos verschwinden sollte, hat man mich in die Bibliothek verschleppt. Und vor allem im Fall meines Todes ist sie dafür verantwortlich.« Er legte deprimiert auf.

»Glaubst du, daß sie uns hier finden werden?« fragte Lotta.

»Nein«, antwortete er. Er dachte einen Moment nach und suchte dann in den Schubladen des Kleiderschranks, bis er das Vidfonbuch fand; niedergeschlagen blätterte er die Seiten um, bis er schließlich auf Douglas Applefords Privatnummer stieß; er hatte ihn schon mehrfach angerufen und ihn meist auch erreicht.

Er wählte die Nummer.

»Auf Wiedersehen«, meldete sich Appleford, als er auf dem Bildschirm erschien.

»Tut mir leid, daß ich Sie zu Hause stören muß«, sagte Tinbane, »aber ich brauche dringend Ihre Hilfe. Können Sie Ihre Vorgesetzte, Mrs. McGuire, erreichen?«

»Möglich«, nickte Appleford. »Aber nur im Notfall.«

»Ich schätze, es handelt sich um einen Notfall«, sagte Tinbane. Er erklärte dem Bibliothekar die Situation. »Verstehen Sie?« schloß er. »Ich bin wirklich in der Klemme; sie haben allen Grund, sich an mir zu rächen. Wenn sie bei mir auftauchen, wird es Tote geben; wahrscheinlich werden sie es sein, die sterben. Ich stehe mit dem Polizeipräsidium von L. A. in Verbindung; sobald ich Schwierigkeiten bekomme, kann ich Verstärkung anfordern. Mein Vorgesetzter, Gore, ist über die Lage informiert und auf meiner Seite. In der Nachbarschaft steht ständig ein Streifenwagen – mindestens einer – bereit. Ich möchte aber auf keinen Fall, daß es Ärger gibt; ich habe eine Frau bei mir, und um ihretwillen möchte ich vermeiden, daß es zu Gewalttätigkeiten kommt – mir persönlich wäre es egal. Das gehört schließlich zu meinem Beruf.«

»Wo sind Sie?« fragte Appleford.

»Oh, nein«, wehrte Tinbane ab. »Ich wäre ja verrückt, wenn ich Ihnen das verraten würde.«

»Ich schätze, Sie haben recht«, stimmte Appleford zu. Er dachte nach; sein Gesicht blieb ausdruckslos. »Viel kann ich nicht für Sie tun, Joe. Ich habe mit der Bibliothekspolitik nichts zu tun; das ist Sache der Löschungsräte. Ich kann ein gutes Wort für Sie einlegen, wenn ich Mrs. McGuire morgen sehe.«

»Morgen«, sagte Tinbane, »ist es zu spät. Nach meiner Erfahrung wird sich die Sache heute nacht zuspitzen.« Schließlich war so gut wie jeder Polizist von Los Angeles zum Schutz von Ray Roberts eingesetzt; das war die ideale Gelegenheit für die Bibliothek, ihn auszuschalten. Es gab definitiv *keinen* Streifenwagen in der Nähe, und es würde auch keinen geben; zumindest nicht solange, bis er mit Gore gesprochen hatte.

»Ich kann mitteilen«, schlug Appleford vor, »daß Sie vorbereitet sind. Und daß Sie natürlich bewaffnet sind.«

»Nein, das würde nur dazu führen, daß sie mehr Leute schicken. Sagen Sie ihnen, sie sollen es vergessen; es tut mir leid, daß ich es getan habe – daß ich Mrs. Hermes mit Waffengewalt herausgeholt habe –, aber ich hatte keine Wahl; sie haben sie gefangengehalten.«

»Oh, haben die Löscher das tatsächlich getan?« fragte Appleford unbehaglich. »Sind sie noch immer ...«

»Sagen Sie ihnen«, unterbrach Tinbane entschlossen, »daß ich im Polizeiarsenal gewesen bin und mir eine Waffe besorgt habe, die Geschosse von der Größe einer Mine abfeuert. Und es ist eine Schnellfeuerwaffe, eine dieser leichten Skoda-Kanonen. *Ich* kann sie offen einsetzen, da ich Polizist bin; ich kann jede verfügbare Waffe einsetzen. Aber sie müssen heimlich vorgehen; sie sind ernsthaft im Nachteil und sagen Sie ihnen, daß ich das weiß. Es wird mir ein Vergnügen sein. Hallo.« Er legte auf.

Lotta kämmte noch immer ihr Haar. »Hast du wirklich eine derartige Waffe?« fragte sie.

»Nein«, gestand er. »Ich habe eine Pistole.« Er klopfte gegen sein Waffenholster. »Und zur regulären Ausrüstung meines Wagens«, fügte er hinzu, »gehört ein Gewehr. Vielleicht sollte ich es besser holen.« Er wandte sich zur Tür.

»Wer, meinst du, war der anonyme Anrufer?« fragte Lotta.

»Dein Mann.« Er humpelte aus dem Hotelzimmer, überquerte die Straße und holte sein Gewehr aus dem Wagen, der auf dem Parkplatz stand.

Die Nacht wirkte kalt und leer, ohne Leben, ohne Bewegung; er spürte keine Gefahr. Alle sind am Flughafen, dachte er. Wo auch ich sein sollte. Wahrscheinlich wird mir Gore deswegen die Hölle heißmachen, dachte er. Weil ich nicht da bin, um Roberts zu bewachen. Aber meine Karriere ist meine geringste Sorge.

Er kehrte ins Hotelzimmer zurück und verschloß die Tür hinter sich.

»Hast du jemanden gesehen?« fragte Lotta leise.

»Nichts. Beruhige dich.« Er überprüfte das Magazin des Gewehrs und überzeugte sich, daß es voll war.

»Vielleicht solltest du Sebastian anrufen.«

»Warum?« fragte er gereizt. »Ich habe seine Nachricht erhalten. Nein«, erklärte er. »Ich will nicht mit ihm sprechen. Wegen dir; ich meine, wegen unserer Beziehung.« Er war verlegen. Er hatte Schwierigkeiten, mit der Situation zurechtzukommen. In seinem ganzen Leben hatte er noch nie etwas derartiges getan – sich mit der Frau eines anderen in einem Hotelzimmer versteckt. Er dachte darüber nach, horchte in sein Inneres.

»Du schämst dich doch nicht, oder?« fragte Lotta.

»Es ist nur ...« Er gestikulierte. »Ich bin in einer heiklen Lage. Ich wüßte nicht, was ich zu ihm sagen sollte.« Er sah sie an. »Wenn du willst, kannst du ihn anrufen; ich werde zuhören.«

»Ich ... glaube noch immer, daß es besser ist, wenn ich ihm schreibe.« Sie hatte mit dem Brief bereits begonnen; anderthalb Absätze, auf ein gefaltetes Blatt gekritzelt, das auf ihrem Bett lag, daneben ein Kugelschreiber; aber sie war nicht weitergekommen. Offenbar war es zuviel für sie.

»Okay«, sagte er. »Schreib ihm; er wird den Brief nächste Woche bekommen.«

Sie sah sich unglücklich um. »Hast du in deinem Wagen irgend etwas zu lesen?« fragte sie.

»Lies das.« Er warf ihr den *Monday-Herald* zu.

Lotta fuhr zurück. »Oh, nein. Niemals.«

»Langweilst du dich schon mit mir?« fragte Tinbane, noch immer gereizt.

»Ich lese immer um diese Zeit.« Sie wanderte suchend durchs Zimmer. Auf dem Tisch neben dem Bett fand sie eine Gideon-Bibel. »Die könnte ich lesen«, sagte sie und setzte sich wieder. »Ich werde ihr eine Frage stellen und sie dann aufschlagen; man kann die Bibel auf diese Weise benutzen. Ich habe es schon oft getan.« Sie konzentrierte sich. »Ich werde sie fragen«, entschied sie, »ob die Bibliothek uns finden wird.« Sie schlug das Buch auf und legte mit geschlossenen Augen ihren Finger auf die linke obere Seite. »Wohin ist dein Liebster gegangen, oh, du Schönste unter den Frauen?« las sie laut und mit sorgfältiger Betonung vor. »Wohin hat sich dein Liebster gewandt?« Sie blickte auf und sah ihn feierlich an. »Weißt du, was das bedeutet? Du wirst mir weggenommen.«

»Vielleicht ist Sebastian damit gemeint«, sagte er, halb im Scherz.

»Nein.« Sie schüttelte den Kopf. »Ich liebe dich. Also muß es sich auf dich beziehen.« Sie befragte das Buch erneut. »Sind wir hier im Hotel in Sicherheit, oder sollen wir uns ein anderes Versteck suchen?« Sie öffnete es wieder aufs Geratewohl und deutete blind auf eine Stelle. »Psalm 91«, informierte sie ihn. »Der du wohnst im Schutze des Höchsten, weilst im Schatten des Allmächtigen.« Sie dachte nach. »Ich glaube, dieser Ort ist damit gemeint. Also sind wir hier so sicher wie anderswo . . . Aber sie werden uns trotzdem finden. Wir können nichts dagegen tun.«

»Wir können uns den Weg freischießen«, schlug Tinbane vor.

»Nicht nach der Bibel. Es ist hoffnungslos.«

Amüsiert von ihrem Fatalismus, aber auch verärgert, sagte er: »Wenn ich diese Einstellung hätte, wäre ich schon seit Jahren tot.«

»Das ist nicht meine Einstellung, sondern . . .«

»Natürlich ist es deine Einstellung. Du suchst dir die Bedeutung heraus, die du unterbewußt finden willst. Nach meiner Meinung bestimmt ein Mensch – ein Mann – sein Schicksal selbst. Vielleicht ist es bei den Frauen anders.«

»Ich glaube, im Zusammenhang mit der Bibliothek macht es keinen Unterschied«, sagte Lotta traurig.

»Das Denken der Männer unterscheidet sich in grundsätzlicher Weise vom Denken der Frauen«, erklärte Tinbane. »Um genau zu sein, es gibt einen fundamentalen Unterschied zwischen verschiedenen Frauentypen. Nehmen wir dich im Vergleich zu meiner Frau Bethel. Du bist ihr nie begegnet, aber der Unterschied zwischen euch beiden ist enorm; nehmen wir nur zum Beispiel die Art, wie du liebst. Du liebst ohne Vorbehalt – der Mann, in diesem Fall ich, muß nichts besonderes tun oder besonderes sein. Auf der anderen Seite verlangt Bethel die Erfüllung bestimmter Kriterien. Zum Beispiel, was meine Kleidung betrifft. Oder wie oft ich mit ihr ausgehe, daß ich sie beispielsweise drei Mal in der Woche in einen Einlauf-Palast ausführe. Oder daß ich . . .«

»Ich höre etwas auf dem Dach«, unterbrach Lotta mit furchtsam klingender Stimme.

»Vögel«, sagte er. »Sie laufen herum.«

»Nein. Es ist größer.«

Er lauschte. Und er hörte es auch. Getrippel auf dem Dach; jemand kletterte über etwas hinweg. Kinder. »Es sind Kinder«, sagte er.

»Warum?« fragte Lotta. Sie starrte zum Fenster. »Sie schauen herein«, sagte sie.

Er fuhr herum und sah ein schmales, kleines ernsthaftes Gesicht hinter der Fensterscheibe des Hotelzimmers. »Die Bibliothek setzt sie ein«, stieß er heiser hervor. »Sie sind von der Kinderabteilung.« Er zog seine Pistole. Dann ging er zur Tür und griff nach der Klinke. »Ich schnappe sie mir«, sagte er zu Lotta. Er öffnete die Tür.

Sein zu hoch, und auf einen Erwachsenen gezielter Schuß ging über den Kopf des kleinen Kindes hinweg, das dort lauerte. Erwachsene Agenten, die geschrumpft sind, durchfuhr es ihn, als er erneut zielte. Kann ich ein Kind töten? Aber es kehrt ohnehin in den Mutterschoß zurück; seine Zeit ist fast abgelaufen. Er legte auf die vier Kinder an, die vor dem Hotel herumflitzten ...

Lotta stieß einen kindlich klingenden Entsetzensschrei aus. »Duck dich!« brüllte er wütend. Eins der kleinen Kinder richtete ein Rohr auf ihn, und er erkannte die Waffe: ein alter Laserstrahler aus dem Krieg; nicht einmal die Polizei durfte sie benutzen. »Runter mit dem Ding«, befahl er dem Kind mit vorgehaltener Waffe. »Du bist verhaftet; du bist im Besitz einer verbotenen Waffe.« Er fragte sich, ob das Kind damit umgehen konnte; er fragte sich ...

Das vertraute rubinrote Glühen eines Laserstrahls. Der Strahl traf ihn.

Und Tinbane starb.

Lotta kauerte hinter dem großen Doppelbett des Hotelzimmers und sah, wie der Laserstrahl Joe Tinbane tötete; sie sah mehr und mehr Kinder, ein ganzes Dutzend, stumm feuernd, die Gesichter vor Freude verzerrt. Ihr gräßlichen kleinen Ungeheuer, dachte sie entsetzt. »Ich ergebe mich, bitte«, rief sie ihnen mit bebender Stimme zu, die nicht ihr zu gehören schien. »Okay?« Unsicher stand sie auf, stolperte gegen das Bett und wäre fast gestürzt. »Ich komme mit in die Bibliothek; okay?« Sie wartete. Und die Laserstrahlen flammten nicht mehr auf; die Kinder schienen zufrieden zu sein; jetzt sprachen sie in ihre Funkgeräte, mit ihren Vorgesetzten. Um ihnen mitzuteilen, was geschehen war, und neue Anweisungen einzuholen. O Gott, dachte sie und starrte auf Tinbane hinunter. Ich wußte, daß es passieren würde; er war so von sich selbst überzeugt, und das bedeutet immer das Ende. Das ist es, was zum Untergang führt.

»Mrs. Hermes?« sagte eins der Kinder mit schriller Stimme.

»Ja«, sagte sie. Warum es abstreiten? Sie wußten, wer sie war. Sie hatten gewußt, wer Joe Tinbane war – der Mann, der die Löscher angegriffen und sie aus der Bibliothek befreit hatte.

Ein Erwachsener tauchte auf. Der Hotelbesitzer, der ihnen das Zimmer vermietet hatte; ein Spitzel der Bibliothek, wie sie jetzt begriff. Der Mann sprach mit den Kindern, dann hob er den Kopf und winkte sie zu sich.

»Warum haben Sie ihn erschossen?« fragte sie benommen; sie ging an Joe Tinbane vorbei, zögerte; vielleicht sollte sie bei ihm bleiben, sich auch erschießen lassen – vielleicht war der Tod der Rückkehr in die Bibliothek vorzuziehen.

»Er hat uns angegriffen«, sagte der Hotelier. »Zuerst in der Bibliothek, dann hier. Er hat Mr. Appleford damit geprahlt, daß er mit uns fertig wird; es war eine Kriegserklärung.« Der Mann nickte in Richtung eines VW-Schwebebusses. »Würden Sie bitte einsteigen, Mrs. Hermes?« Der Bus trug an der Seite die Aufschrift: STADTBIBLIOTHEK. Ein offizieller, gekennzeichneter Bus.

Mit unsicheren Bewegungen stieg sie ein; die Kinder, schwitzend und vor Aufregung keuchend, drängten ihr nach und nahmen sie in die Mitte. Aber sie sprachen nicht mit ihr; mit gedämpften, triumphierend klingenden Stimmen redeten sie aufeinander ein. Sie freuen sich, erkannte sie. Sie sind so froh darüber, daß sie der Bibliothek noch immer von Nutzen sind, selbst in ihrem geschrumpften Zustand. Sie haßte sie.

14. Kapitel

Aber der Morgen ist noch nicht
gekommen und das Gestern verloren.
Und du lebst diesen Tag nur in diesem
vergänglichen, flüchtigen Moment.
– Boethius

Der TV-Nachrichtensprecher sagte: »Es scheint, als ob sich alle Einwohner von Los Angeles heute abend auf den Weg gemacht haben, um den Führer der Uditen, Seine Heiligkeit Ray Roberts, zu bestaunen und zu bejubeln, der kurz vor neunzehn Uhr auf dem Flughafen von Los Angeles gelandet ist. Empfangen wurde er von Bürgermeister Sam Parks und von Judd Asman, dem Abgesandten des Gouverneurs aus Sacramento.« Der Fernsehschirm zeigte eine große, dichtgedrängte Menschenmenge; viele riefen und winkten, andere schwenkten Transparente mit handgeschriebenen Parolen, die von HAU AB bis zu WILLKOMMEN reichten. Im allgemeinen machten die Zuschauer einen friedfertigen Eindruck.

Ein großes Ereignis in unserem kärglichen, armseligen Leben, dachte Sebastian säuerlich.

»Seine Heiligkeit«, fuhr der Sprecher fort, »wird mit einer Autokolonne zum Dodger Stadion fahren, wo er im Flutlicht eine Rede an die Zuschauermassen halten wird, bei denen es sich hauptsächlich um Anhänger handelt, wenngleich die Zahl der Neugierigen und Schaulustigen nicht gering ist; zum ersten Mal seit einem Jahrzehnt besucht damit ein großer religiöser Führer Los Angeles und knüpft so an die guten alten Zeiten an, in denen die Stadt zu den religiösen Zentren der Welt gehörte.« Der Sprecher wandte sich an seinen Mitmoderator. »Was meinen Sie, Chic, erinnert Sie die festliche, überschwengliche Atmosphäre im Dodger Stadion nicht auch an die Tage von Festus Crumb und Harold Agee in den achtzigern?«

»Ja, in der Tat«, bestätigte Chic. »Mit einem Unterschied. Die Massen, die Festus Crumb und – bis zu einem gewissen Grad auch Harold Agee – gefeiert haben, waren militanter; diese vier Millionen Menschen sind ins Dodger Stadtion und zum Flughafen geströmt, um sich zu unterhalten und eine Berühmtheit zu sehen; jemanden, der eine dramatische, bemerkenswerte Rede zu halten verspricht. Sie kennen ihn aus dem Fernsehen, aber das ist natürlich kein Vergleich.«

Die Autokolonne hatte inzwischen die Fahrt vom Flughafen zum Dodger Stadion angetreten; die ganze Strecke war von Menschen umsäumt. Idioten, dachte Sebastian. Da glotzen sie diese Witzfigur an, während der wahre religiöse Führer auferstanden ist und wieder unter uns weilt. Auch wenn die Bibliothek ihn hat.

»Natürlich«, fuhr der Moderator Chic fort, »erinnert einen der Besuch Ray Roberts' an seinen Vorgänger, den Anarchen Peak.«

»Gibt es nicht Gerüchte, Chic, daß die Rückkehr des Anarchen unmittelbar bevorsteht?« fragte Don. »Wie man hört, glauben viele, daß Ray Roberts hauptsächlich hier ist, um den kürzlich altgeborenen Anarchen zu besuchen und unter Umständen zu überreden, in die Freie Negergemeinde zurückzukehren.«

»Es hat solche Spekulationen gegeben«, erwiderte Chic. »Und außerdem nicht wenige Spekulationen darüber, ob es wirklich im Interesse der Uditen ist – oder besser, ob Ray Roberts meint, daß es im Interesse der Uditen ist –, wenn der Anarch ausgerechnet zu diesem Zeitpunkt zurückkehrt. Manche glauben, daß Roberts vielleicht versuchen wird, die Rückkehr des Anarchen zu verzögern, falls er tatsächlich wiederaufersteht, wie es viele offenbar erwarten.« Für eine Weile trat Schweigen ein; der Bildschirm zeigte noch immer die Autokolonne.

Der TV-Sprecher meldete sich wieder zu Wort. »Während wir darauf warten, daß Ray Roberts das Dodger Stadion erreicht, ein kurzer Überblick über die Lokalnachrichten. Ein Beamter der Polizei von Los Angeles, Joseph Tinbane, wurde ermordet im Happy Holiday Hotel in San Fernando aufgefunden, und die Polizei hat den Verdacht, daß es sich dabei um das Werk religiöser Fanatiker handelt. Andere Hotelgäste berichteten, daß sie Tinbane früher am Abend in einem nahegelegenen Einlauf-Palast in Begleitung einer Frau gesehen haben, die seitdem verschwunden ist. Mehr darüber, einschließlich eines Interviews mit dem Hotelbesitzer, in den Elf-Uhr-Nachrichten. Überschwemmungen im Norden nahe . . .«

Sebastian schaltete den Fernseher aus. »Mein Gott«, sagte er zu dem Roboter, der inzwischen wieder von Carl Gantrix gesteuert wurde. »Sie haben Lotta erwischt und Tinbane umgebracht.« Seine Warnung hatte ihn nicht erreicht; es war alles umsonst gewesen. Hoffnungslos, dachte er, während er sich setzte; er barg sein Gesicht in den Händen und starrte zu Boden. Es gibt nichts, was ich tun kann. Wenn sie einen Profi wie Tinbane erledigen können, dann habe ich keine Chance.

»Es scheint fast unmöglich«, sagte der Roboter, »in die Bibliothek einzudringen. Unser Versuch, in der Abteilung B ein Nest miniaturisierter Roboter zu deponieren, ist jämmerlich mißlungen. Wir wissen nicht, was wir sonst noch tun können. Wenn wir einen Sympathisanten in der Bibliothek hätten . . .« Der Roboter überlegte. »Wir hatten gehofft, Doug Appleford würde mit uns zusammenarbeiten; von den Bibliothekaren schien er der Vernünftigste zu sein. Aber wir wurden enttäuscht; er war es, der unser Nest zerstört hat.« Er fügte hinzu: »Schalten Sie bitte den Fernseher wieder ein; ich möchte die Fahrt der Kolonne verfolgen.«

Er zuckte die Achseln. »Schalten Sie ihn selbst ein.« Er hatte nicht die Kraft zum Aufstehen.

Der Roboter schaltete das Fernsehgerät ein, und man hörte wieder die Stimmen von Don und Chic.

». . . und auch viele Weiße«, sagte Don. »Wie Seine Heiligkeit vorhergesagt hat, entwickelt sich die Veranstaltung zu einem gemischtrassigen Spektakel, obwohl, wie wir gerade festgestellt haben, die Zahl der Farbigen die der Weißen um das Fünffache übertrifft. Was meinen Sie, Chic?«

»Ich glaube, daß die Schätzung zutrifft, Don«, erklärte Chic. »Ja, fünf Farbige kommen auf jeden . . .«

»Wir müssen einen Agenten in die Bibliothek einschleusen«, sagte Giacometti. »In die Führungsspitze.« Düster nagte er an seiner Unterlippe. »Sonst kommt der Anarch nie mehr heraus.«

»Lotta«, sagte Sebastian. Sie auch.

»Dieses Problem ist von wesentlich geringerer Bedeutung«, entgegnete der Roboter. »Obwohl es Ihnen persönlich, Mr. Hermes, sehr wichtig erscheinen muß.« Er wandte sich an Giacometti. »Könnte Rom uns gefälschte Pässe besorgen, mit denen einer von uns in die Bibliothek eindringen könnte? Wie man hört, sollen Ihre Leute in dieser Hinsicht sehr tüchtig sein.«

»Unser Ruf ist unverdient«, sagte Giacometti spöttisch.

»Wenn wir die nötige Zeit hätten«, fuhr Carl Junior fort, »könnten wir ein Simulacrum von, zum Beispiel, Miss Ann Fisher bauen. Aber das würde Wochen dauern. Vielleicht können wir uns mit Gewalt Zutritt verschaffen, wenn wir unsere Kräfte vereinigen, Mr. Giacometti.«

»Meine Auftraggeber lehnen derartige Methoden ab«, erklärte Giacometti. Und das war es dann. Sein Tonfall klang bestimmt und endgültig.

»Fragen Sie Ray Roberts, was ich tun kann«, bat Sebastian den Roboter. »Um in die Bibliothek einzudringen.«

»In diesem Moment kann seine Heiligkeit . . .«

»Fragen Sie ihn!«

»In Ordnung.« Der Roboter nickte und schwieg einige Minuten lang. Sebastian und Giacometti warteten. Schließlich sagte der Roboter mit fester Stimme: »Geben Sie an, daß eine Miss Charise McFadden Sie geschickt hat. Sie treten als Lance Arbuthnot auf, der eine verrückte Abhandlung über die psychogenen Ursprünge des Todes durch Meteoreinschläge geschrieben hat. Sie sind ein Spinner aus der F.N.G., der wegen seiner absurden Ansichten ausgewiesen wurde. Mr. Appleford erwartet Sie; Charise McFadden hat bereits mit ihm über Sie und Ihre verquere Abhandlung gesprochen. Er wird nicht erfreut sein, Sie zu sehen, aber das gehört zu seinem Beruf.«

»Ich sehe nicht, was mir das nutzen soll«, sagte Sebastian.

»Es dient Ihnen als Tarnung und Vorwand«, erklärte der Roboter. »Ihr Kommen und Gehen, Ihre Anwesenheit in der Bibliothek ist damit gerechtfertigt. Es ist üblich, daß sich verrückte Erfinder in der Abteilung B herumtreiben; Appleford ist an ihre Besuche gewöhnt.« Er richtete seine Aufmerksamkeit auf den Anwalt der römischen Interessengruppe. »Sind Sie und Ihre Leute bereit, mit den Uditen zusammenzuarbeiten, um Mr. Hermes eine Überlebensausrüstung für seinen Einsatz in der Bibliothek zur Verfügung zu stellen? Wir müssen unsere Kräfte koordinieren.«

Nach einer nachdenklichen Pause nickte Giacometti. »Ich glaube, wir können Ihnen helfen. Vorausgesetzt, daß dadurch kein menschliches Leben gefährdet wird.«

»Mr. Hermes wird nur defensiv agieren«, versicherte der Roboter. »Eine aggressive Vorgehensweise ist nicht geplant. Ein Mann, der allein gegen die Bibliothek steht, kann sich keine offensive Taktik erlauben. Er könnte niemals Erfolg haben.«

»Was passiert, wenn Lance Arbuthnot tatsächlich auftaucht?« fragte Sebastian.

»Es gibt keinen ›Lance Arbuthnot‹«, sagte der Roboter knapp. »Miss McFadden gehört zu den Uditen; ihre Bitte an Mr. Appleford war von Anfang an ein Trick von uns. Um offen zu sein, die Idee entstammt der übersprudelnden, fruchtbaren Phantasie von Ray Roberts persönlich. Wir haben sogar seine aberwitzige Abhandlung über die psychosomatischen Ursachen des Todes durch Meteoreinschläge vorbereitet; morgen wird sie, brandneu und jungfräulich, in Ihre Wohnung geliefert. Durch einen uditischen Boten.« Der Roboter strahlte.

Auf dem Fernsehschirm sagte Don: »... endlich. Es hat hier im Dodger Stadion eine bemerkenswerte Offenbarung gegeben, was das Wetter betrifft. Oh, wir hören gerade, daß Seine Heiligkeit Ray Roberts jeden Augenblick erwartet wird.« Der Menschenlärm, bis jetzt gedämpft, schwoll plötzlich zu ohrenbetäubender Lautstärke an. »Mr. Roberts ist soeben eingetroffen.« Man hörte, wie Don sagte: »Wir machen eine Nahaufnahme von ihm; ich glaube, wir können ihn mit der Kamera erreichen.« Die Kamera fuhr näher heran, und auf dem Bildschirm wurden vier Gestalten sichtbar, die über das Spielfeld zur improvisierten Tribüne schritten.

»Ich verlange absolute Stille in diesem Raum, während Mr. Roberts spricht«, sagte der Roboter.

»Können Sie erkennen, was er im Moment macht, Don?« fragte Chic.

»Er scheint die Menschen vor der Tribüne zu segnen«, antwortete Don. »Er läßt die Hand über ihren Köpfen kreisen, als würde er sie mit Weihwasser benetzen. Ja, er segnet sie; alle knien jetzt.« Die Menge jubelte weiter.

»Heute nacht können wir also nichts mehr unternehmen«, sagte Sebastian zu dem Roboter. »Um in die Bibliothek einzudringen.«

»Wir müssen warten, bis sie morgen früh wieder öffnet«, bestätigte der Roboter. Dann legte er einen Finger an die Lippen, um ihn zum Schweigen zu bringen.

Ray Roberts stand vor dem Mikrofon und musterte die Menge.

Seine Heiligkeit war ein schmächtiger Mann, stellte Sebastian fest. Feingliedrig, mit schmalem Brustkorb, dünnen Armen – ungewöhnlich großen Händen. Seine Augen waren von auffallender Leuchtkraft; sie glitzerten hell, während er die Menge abschätzend musterte, vor der er sprechen würde. Roberts trug eine einfache dunkle Robe, ein Scheitelkäppchen und an der rechten Hand einen Ring. Einen Ring, sie alle zu beherrschen, dachte er in Erinnerung an Tolkien. Einen Ring, um sie zu finden. Einen Ring, um – wie hieß es doch gleich? – sie zu holen und in der Dunkelheit zu binden. Im Land Mordor, wo die Schatten wohnen. Der Ring irdischer Macht, dachte er. Wie jener aus dem Rheingold, der jeden, der ihn trägt, mit einem Fluch belegt. Vielleicht liegt es an dem Fluch, durchfuhr es ihn, daß der Anarch in der Gewalt der Bibliothek ist.

»*Sum tu*«, sagte Ray Roberts und hob die Hände. »Ich bin ihr, und ihr seid ich. Unterschiede zwischen und unter uns sind Illusion. Wat hat'n dat zu bedeuten?, um es mit den Worten des alten schwarzen Hausmeisters in dem uralten Scherz zu sagen. Es bedeutet . . .« Er hob die Stimme, daß sie dröhnte und hallte; er sah nach oben, den Blick starr auf einen Punkt am Himmel über dem Dodger Stadion gerichtet. »Der Neger kann dem weißen Mann nicht unterlegen sein, weil er der weiße Mann *ist.* Wenn der weiße Mann in früheren Zeiten dem Neger Gewalt antat, zerstörte er damit sich selbst. Wenn heute ein Bürger der Freien Negergemeinde einen Weißen verletzt und belästigt, dann verletzt und belästigt auch er sich selbst. Ich sage euch: Schlagt nicht das Ohr des römischen Legionärs ab; es wird von selbst abfallen, wie ein welkes Blatt.«

Die Menge jubelte.

Sebastian ging in die Küche und zündete einen Zigarettenstummel an, blies zornig Rauch hinein. Er wurde schnell länger. Vielleicht kann mir Bob Lindy helfen, heute nacht in die Bibliothek einzudringen, sagte er sich. Lindy ist einfallsreich; er kann alles erreichen, was sich mit mechanischen und elektrischen Mitteln erreichen läßt. Oder R. C. Buckley; mit seinem Gerede kommt er jederzeit überall hinein. Meine

Leute, dachte er. Ich sollte mich auf sie verlassen, und nicht auf die Uditen. Auch wenn die Uditen einen Plan entwickelt haben, der morgen in die Tat umgesetzt werden kann.

»Das erinnert mich«, protestierte Roberts im Wohnzimmer, »an die kleine alte Dame, die kürzlich altgeboren wurde und deren größte Angst es war, nicht korrekt angezogen zu sein, wenn man sie ausgrub.« Das Publikum kicherte. »Aber neurotische Ängste«, fuhr Roberts ernster fort, »können einen Menschen und eine Nation vernichten. Die neurotische Furcht Nazi-Deutschlands vor einem Zweifrontenkrieg ...« Er redete weiter, aber Sebastian hörte nicht mehr hin.

Vielleicht werde ich mich nach dem Plan des Roboters richten und bis morgen warten müssen, sagte er sich. Joe Tinbane hat sich den Weg in die Bibliothek freigeschossen, Lotta geholt und sich nach draußen geschossen, und was hat es ihm genutzt? Tinbane ist tot und Lotta ist wieder in der Bibliothek; nichts hat sich verändert.

Der Bibliothek, erkannte er, *muß man sich auf bestimmte Weise nähern* – auf eine Weise, die den Bibliothekaren bekannt und vertraut ist. Die Uditen haben recht; die Bibliothek muß mich freiwillig hineinlassen.

Aber wie kann ich verhindern, fragte er sich, daß ich Amok laufe, wenn ich dort bin? Wenn ich ihnen gegenüberstehe ... die Anspannung wird unerträglich sein. Ungeheuer. Und ich werde dort sitzen und mit Appleford über ein verrücktes Pseudomanuskript schwatzen müssen ...

Er kehrte ins Wohnzimmer zurück. Über den Lärm von Ray Roberts' Tirade hinweg schrie der dem Roboter zu: »Ich kann es nicht!«

Verärgert hielt sich der Roboter die Ohren zu.

»Ich gehe heute nacht in die Bibliothek«, schrie Sebastian, aber der Roboter beachtete ihn nicht; sein Kopf hatte sich wieder gedreht, und er trank wieder den Lärm aus dem Fernsehgerät.

Giacometti stand auf, ergriff seinen Arm und führte ihn zurück in die Küche. »In diesem Fall haben die Uditen recht. Wir müssen langsam vorgehen, Schritt für Schritt; wir – und vor allem Sie – müssen Geduld haben. Sonst wird man Sie töten, wie den Polizeibeamten. Wir müssen ...« – er gestikulierte – »... indirekt vorgehen. Sogar – taktvoll. Sie verstehen?« Er musterte Sebastians Gesicht.

»Heute nacht«, bekräftigte Sebastian. »Ich gehe jetzt.«

»Sie gehen, aber Sie werden nicht mehr zurückkommen.«

Sebastian legte die fertige Zigarre zur Seite und sagte: »Guten Tag. Wir sehen uns später; ich gehe jetzt.«

»Versuchen Sie nicht, in die Bibliothek einzudringen! Versuchen Sie nicht . . .« Giacomettis Worte wurden vom Lärm des Fernsehers verschluckt, und dann schloß Sebastian die Wohnungstür hinter sich; er war draußen, im Treppenhaus, und genoß die Stille.

Er streifte durch die dunklen Straßen, stundenlang, wie ihm schien, die Hände tief in den Hosentaschen vergraben, an Geschäften vorbei, an Häusern vorbei, die mit fortschreitender Stunde immer dunkler wurden, bis er schließlich vor einem Wohnblock stand, in dem kein Licht mehr brannte. Niemand kam ihm auf dem Bürgersteig entgegen; er war ganz allein.

Plötzlich sah er sich drei Udi-Anhängern gegenüber, zwei Männern und einer jungen Frau. Jeder trug das *Sum-tu*-Abzeichen; das Mädchen hatte ihres an der Spitze ihrer rechten Brust befestigt, so daß es wie eine vergrößerte, blitzende Metallwarze aussah.

Sie grüßten ihn fröhlich. »Valé, amicus«, riefen sie. »Was halten Sie von der Rede Seiner Heiligkeit?«

»Wundervoll«, sagte Sebastian. Er versuchte, sich an den Inhalt zu erinnern: nur ein Satz fiel ihm ein. »Die Stelle über das Ohr des römischen Legionärs fand ich besonders gut«, erklärte er. »Das hat mich richtig gepackt.«

»Wir haben etwas Seelen-Sogum«, informierte ihn der größere der beiden Uditen. »Wollen Sie sich uns anschließen? Auch wenn Sie nicht zur Bruderschaft gehören, können Sie mit uns feiern.«

Er konnte ein solches Angebot nicht ablehnen. »Gern«, nickte er. Es war Jahre her, daß er Seelen-Sogum genommen hatte; die Wirkung ähnelte der von alkoholischen Getränken, die früher in Spirituosenläden und Kneipen verkauft worden waren – er fühlte sich um Jahre zurückversetzt, in die Zeit vor der Hobart-Phase.

Schließlich hatten sich alle in einen geparkten Schwebewagen gezwängt und ließen die Flasche mit dem langen Schlauch kreisen. Die Stimmung hob sich.

»Was treiben Sie so spät auf der Straße?« fragte das Udimädchen. »Suchen Sie eine Frau?«

»Ja«, sagte Sebastian. Das Seelen-Sogum hatte ihm die Zunge gelöst; er hatte das Gefühl, unter Freunden zu sein. Und wahrscheinlich war er es auch.

»Nun, wenn es das ist, was Sie wollen, können wir . . .«

»Nein«, fiel ihr Sebastian ins Wort. »Es ist nicht so, wie Sie denken. Ich suche nach meiner Frau. Und ich weiß, wo sie ist, aber ich kann sie nicht herausholen.«

»Wir holen sie heraus«, rief der kleinere der beiden Männer fröhlich. »Wo ist sie?«

»In der Stadtbibliothek«, erwiderte Sebastian.

»Essen«, riefen alle drei Uditen begeistert, »also los.« Einer von ihnen, der am Steuer, ließ den Wagen an.

»Sie ist jetzt geschlossen«, sagte Sebastian.

Das dämpfte – vorübergehend – ihre Begeisterung. Die drei diskutierten, und schließlich machte ihm ihr Sprecher einen Vorschlag. »Die Bibliothek hat einen Nachteinwurf für Bücher, die ihr Löschdatum überschritten haben. Der Schließmechanismus gehört zu der Sorte, die keine Fragen stellen. Können Sie sich nicht durch die Öffnung zwängen?«

»Zu schmal«, wehrte Sebastian ab.

Auch das dämpfte ihre neu aufkeimende Begeisterung. »Dann müssen Sie bis morgen warten«, meinte das Mädchen. »Sofern Sie nicht die Polizei rufen wollen. Aber Essen – ich glaube, an die Bibliothek wagt sie sich nicht heran. Leben und leben lassen ist ihre Devise.«

»Davon abgesehen«, sagte Sebastian, »daß die Bibliothek heute einen Beamten der Polizei von Los Angeles umgebracht hat.« Aber er konnte nicht beweisen, daß es die Bibliothek gewesen war; er hatte bereits im Fernsehen gehört, daß man »religiöse Fanantiker« dafür verantwortlich machte.

»Vielleicht könnten Sie Ray Roberts bitten, Ihre Frau in seine Gebete einzuschließen«, schlug das Udimädchen schließlich vor. Hoffnungsvoll.

»Ich bin noch immer dafür«, sagte der größere der beiden Männer, »daß wir vier irgendwo hingehen und eine Orgie veranstalten.«

Er dankte ihnen, verließ den Wagen und ging weiter.

Aber der Wagen folgte ihm. Als er an seiner Seite war, kurbelte einer der Uditen das Fenster herunter, beugte sich nach draußen und rief: »Wenn Sie einbrechen wollen, helfen wir Ihnen. Wir haben keine Angst vor der Stadtbibliothek.«

»Du hast verdammt recht damit«, stimmte das Udimädchen fröhlich zu.

»Nein«, entschied Sebastian. Er mußte das allein erledigen; die drei Uditen konnten ihm nicht helfen, so gut sie es auch meinten.

»Gehen Sie nach Hause, Mann«, riet ihm jetzt der Wortführer. »Heute nacht können Sie nichts mehr ausrichten; versuchen Sie es morgen noch mal.«

Sie hatten recht; er nickte. »Okay«, sagte er. Er spürte unendliche Erschöpfung, nachdem ihm diese Tatsache bewußt geworden war; sobald sein Wille nachgab, folgte ihm auch der Körper. Er winkte den dreien zum Abschied zu und näherte sich dann einer beleuchteten Kreuzung, auf der Suche nach einem Taxi.

Er hatte sich noch nie in seinem Leben so niedergeschlagen gefühlt.

15. Kapitel

Gottes Wissen reicht auch über alle
Zeitläufe hinaus, die in der Schlichtheit
Seiner Gegenwart verharren.
–Boethius

Als er eine halbe Stunde später in seine Wohnung zurückkehrte, war sie zu seiner Erleichterung leer; Giacometti und der Roboter Carl Junior hatten sie endlich verlassen. Alle Aschenbecher waren voller fertig gerauchter Zigaretten; er ging herum, stopfte sie in Packungen, gab dann in müder Verzweiflung auf und legte sich ins Bett. Zumindest roch die Luft im Schlafzimmer sauber und frisch; das Zurauchen so vieler Zigaretten hatte sie gereinigt.

Er wurde von einem lauten Klopfen an der Tür geweckt. Benommen stand er auf, stellte fest, daß er noch vollständig angezogen war, und stolperte zur Tür. Niemand da; er hatte zu lange gebraucht. Aber vor der Tür fand er ein hellblaues, sorgfältig verpacktes Päckchen. Die gefälschte Abhandlung von Lance Arbuthnot.

Gott, dachte er gequält; er hatte Kopfschmerzen und jeder Teil seines Körpers tat ihm weh. Es war neun Uhr, verriet ihm ein Blick auf die Uhr an der Küchenwand. Ein neuer Morgen. Die Bibliothek hatte bereits geöffnet.

Er setzte sich ins Wohnzimmer und öffnete das Päckchen. Hunderte von maschinengeschriebenen Seiten mit sorgfältigen handschriftlichen Anmerkungen; eine völlig überzeugende Arbeit ... Er war beeindruckt von diesem Werk der Uditen. Jede Stelle, in die er sich vertiefte, ergab einen Sinn; die Arbeit hatte eine eigene überspannte Logik – und genau das war es, was die Situation verlangte. Zweifellos würde sie der Überprüfung durch die Bibliothek standhalten.

Ohne sich Sogum eingeführt oder seine morgendlichen Bartstoppeln angeklebt zu haben, rief er die Bibliothek an und fragte nach Douglas Appleford.

Das Gesicht eines wichtigtuerischen, vertrockneten kleinen Bürokraten tauchte auf. »Ich bin Mr. Appleford.« Er musterte Sebastian.

»Mein Name«, sagte Sebastian, »ist Lance Arbuthnot. Miss McFadden hat mit Ihnen über mich gesprochen.«

»Oh, ja.« Appleford nickte angewidert. »Ich habe Ihren Anruf erwartet. Der Mann mit dem Meteortod.«

Sebastian hielt das Manuskript vor den Bildschirm. »Darf ich Ihnen meine Abhandlung im Lauf des Morgens vorbeibringen?«

»Ich kann Sie – aber nur kurz – um zehn Uhr dazwischenschieben.«

»Ich werde da sein«, versicherte Sebastian und legte auf. Ich habe jetzt Zutritt zu allen Abteilungen mit Ausnahme der Abteilung A im obersten Stockwerk, erkannte er. Die Uditen sind erfahrene Leute ... Es machte schon etwas aus, sie auf seiner Seite zu haben.

Das Vidfon klingelte; er hob ab und sah sich Seiner Heiligkeit Ray Roberts gegenüber. »Auf Wiedersehen, Mr. Hermes«, grüßte Roberts salbungsvoll. »In Anbetracht der Bedeutung Ihrer Aufgabe in der Bibliothek halte ich es für angemessen, mich persönlich an Sie zu wenden. Um mich zu vergewissern, daß keine Mißverständnisse entstehen. Sie haben das Manuskript von Arbuthnots Abhandlung erhalten.«

»Ja«, bestätigte Sebastian. »Und es wirkt überzeugend.«

»Sie werden, was die Gegenseite angeht, nur ein paar Minuten in der Bibliothek sein; Douglas Appleford wird das Manuskript an sich nehmen, Ihnen danken und es archivieren. Im Höchstfall dauert es zehn Minuten. Das genügt natürlich nicht; Sie müssen sich in dem verwirrenden Labyrinth der Büros, Lesesäle und Lagerräume für den Großteil des Tages verirren. Dazu brauchen Sie einen Vorwand.«

»Ich könnte ...« begann Sebastian, aber Seine Heiligkeit unterbrach ihn.

»Hören Sie zu, Mr. Hermes. Ihre Ausrede ist von langer Hand vorbereitet worden. Es handelt sich um einen Langzeitplan. Während Sie in Mr. Applefords Büro sitzen und das Manuskript noch in Händen halten, werden Sie es durchblättern und unvermittelt auf Seite 173 stoßen. Sie werden einen gravierenden Fehler entdecken und Mr. Appleford bitten, Ihnen einen der Leseräume im Sperrbereich zu überlassen, um einige handschriftliche Änderungen vorzunehmen. Sie sagen ihm, daß er das Manuskript erhält, sobald Sie es korrigiert haben; die Zeit, die Sie für die Änderung benötigen, geben Sie mit fünfzehn bis fünfundvierzig Minuten an.«

»Ich verstehe«, sagte Sebastian.

»Die Leseräume im Sperrbereich werden nicht überwacht«, erklärte Ray Roberts, »weil sie außer langen Hartholztischen nichts enthalten. Niemand wird Sie bemerken, wenn Sie den Leseraum verlassen. Falls man Sie aufhält, sagen Sie, daß Sie sich auf dem Weg zu Mr. Applefords Büro verirrt haben. Wir müssen uns nun genau überlegen, wo der Anarch sein könnte. Nach unserer Analyse der Bibliothek befindet er sich wahrscheinlich im obersten Stockwerk, oder zumindest in einem der beiden oberen Stockwerke. Also müssen Sie die oberen Etagen durchsuchen . . . Und es wird natürlich äußerst schwierig sein, sich zu ihnen Zutritt zu verschaffen. Die Bibliotheksangestellten in diesen Stockwerken tragen Armbänder von einer speziellen Farbe, die von tragbaren Radargeräten geortet werden kann. Es handelt sich um ein leuchtendes, auffälliges Blau – was äußerst nützlich ist, da ein Bibliothekswächter schon von weitem mit einem Blick feststellen kann, wer eins trägt und wer nicht. Das Papier, in dem das Manuskript eingepackt war – es besteht aus diesem speziell behandelten blauen Material. Sie werden sich aus dem Packpapier ein Armband ausschneiden und dabei den vorgegebenen gestrichelten Linien folgen; tragen Sie es in der Tasche, bis Sie Appleford verlassen, und legen Sie es dann um Ihren linken Arm.«

»Um den linken«, wiederholte Sebastian. Er fühlte sich erschöpft und müde; er brauchte Sogum, eine kalte Dusche und neue Kleidung.

»Wenn Sie einen Blick in Ihren Kühlschrank werfen, wo Sie Ihre ausgeschiedenen Lebensmittel aufbewahren«, fuhr Ray Roberts fort, »finden Sie die Überlebensausrüstung, die der Roboter Carl Junior und Mr. Giacometti vorbereitet haben. Sie werden Sie brauchen.« Er machte eine Pause. »Noch etwas, Mr. Hermes. Sie lieben Ihre Frau, und sie bedeutet Ihnen alles . . . aber im Rahmen der Geschichte zählt sie nicht – *wohl aber der Anarch.* Halten Sie immer im Auge, daß Ihre persönlichen Wünsche bedeutungslos sind, während der Anarch Peak von ungeheurer Bedeutung ist. Der Instinkt wird Sie dazu veranlassen, Ihre Frau zu suchen . . . also müssen Sie diesen fast biologischen Trieb unter Kontrolle bringen. Verstehen Sie?«

»Ich werde Lotta finden«, stieß Sebastian mit zusammengebissenen Zähnen hervor.

»Vielleicht gelingt Ihnen das. Aber das ist nicht Ihre Hauptaufgabe in der Bibliothek; wir haben Sie nicht ausgerüstet, damit Sie *sie* finden. Nach meiner Meinung . . .« Ray Roberts beugte sich nach vorn, so daß seine Augen auf dem Bildschirm größer wurden und ihn mit hypnotischer Kraft fixierten. Sebastian saß still und reglos da, wie ein Kaninchen, das auf die Schlange starrt, und hörte zu. »Sie werden Ihre Frau unversehrt freilassen, sobald wir den Anarchen zurückhaben. Sie sind nicht an ihr interessiert.«

»Oh, und ob sie das sind«, widersprach Sebastian. »Sie wollen sich an mir rächen, für das, was zwischen mir und Ann Fisher geschehen ist.« Er konnte Ray Roberts' Logik in diesem Punkt nicht folgen – oder glauben; er spürte, daß Roberts selbst nicht daran glaubte. »Sie sind Ann nie begegnet. Gehässigkeit, Haß und Groll sind ihre vorherrschenden Charaktermerkmale . . .«

»Ich habe sie mehrmals getroffen«, sagte Ray Roberts. »Um genau zu sein, der Löschungsrat hatte sie als eine Art Emissär ohne Portefeuille nach Kansas City zu unserer Regierung geschickt. Zeitweise verfügt sie in der Bibliothek über großen Einfluß, bis sie ihre eigene Macht überschätzt und ihn wieder verliert. Möglicherweise schlägt der Mord an den Polizisten Tinbane auf sie zurück; wir haben die Polizei von Los Angeles wissen lassen, daß Agenten der Bibliothek und nicht irgendwelche ›religiösen Fanatiker‹ Tinbane getötet haben.« Sein Gesicht verzerrte sich in brennendem Haß. »Immer werden wir Uditen für Gewalttaten verantwortlich gemacht; das ist die bewährte Politik unserer Gegner in der Regierung und den Medien.«

»Glauben Sie, daß sich Lotta ebenfalls in einem der beiden obersten Stockwerke befindet?« fragte Sebastian.

»Höchstwahrscheinlich.« Seine Heiligkeit sah Sebastian forschend an. »Ich stelle fest, daß Sie trotz meiner Ermahnung den Großteil Ihrer knapp bemessenen Zeit damit verbringen werden, sie zu suchen.« Er zuckte in philosophischer Ergebenheit die Schultern; die Geste verriet Einfühlungsvermögen, sie drückte Verständnis aus, keine Ablehnung. »Nun, Hermes; überprüfen Sie Ihre Überlebensausrüstung und begeben Sie sich dann zur Bibliothek. Es war angenehm, mit Ihnen zu sprechen. Ich nehme an, wir werden uns wiedersehen, vielleicht sogar heute noch. Guten Tag.«

»Guten Tag, Sir«, sagte Sebastian und legte auf.

Er öffnete den Kühlschrank, der mit seinen diversen Lieblingsspeisen gefüllt war, die er zum Supermarkt bringen mußte, und inspizierte den kleinen weißen Karton, den Giacometti und der Roboter dort deponiert hatten. Zu seiner Enttäuschung enthielt er nur drei Gegenstände. Eine LSD-Gasgranate. Ein orales Gegenmittel gegen das LSD – wahrscheinlich Phenothiazin –, das er während der Suche in der Bibliothek in einer Plastikkapsel im Mund tragen konnte; das waren zwei von den drei Gegenständen. Und der dritte. Er betrachtete ihn einige Minuten lang und erkannte zunächst nicht, um was es sich handelte. Eine Injektionspistole, die mit einer kleinen Menge einer hellen Flüssigkeit gefüllt war; in der Verpackung befand sich eine Gebrauchsanweisung, und er zog sie heraus und las sie.

Wenn er sich die Lösung injizierte, würde sie ihn für eine begrenzte Zeit von der Wirkung der Hobart-Phase befreien.

Er würde in der Zeit stillstehen, erkannte er; er würde sich praktisch weder vorwärts noch rückwärts bewegen. Paradoxerweise war der Stillstand nicht von Dauer; nach höchstens sechs Minuten objektiver Zeit würde sich die Wirkung verflüchtigen. Aber für ihn würden Stunden vergehen.

Dieser letzte Ausrüstungsgegenstand, wurde ihm klar, stammte aus Rom; er erinnerte sich, daß das Mittel in der Vergangenheit zur Verlängerung spiritueller Meditation verwendet worden war, allerdings nur mit begrenztem Erfolg. Inzwischen war es offiziell verboten worden und nicht mehr erhältlich. Aber hier hielt er es in der Hand.

Bei seiner Suche nach spiritueller Erfahrung verschmähte der römische Auftraggeber auch keine Dinge von praktischem Wert.

Eine Kombination der Gegenstände, das LSD für die Bibliothekswächter, die Injektion für ihn – und er würde in Bewegung sein und sie nicht; so einfach war das. Und in Übereinstimmung mit Giacomettis Wünschen würde niemand verletzt werden.

Für eine subjektive Zeitspanne von ein bis drei Stunden würde er sich wahrscheinlich in den oberen Stockwerken der Bibliothek frei bewegen und alles tun können. Die Überlebensausrüstung erschien ihm trotz aller Einfachheit hervorragend zusammengestellt.

Er nahm rasch eine Dusche, zog schmutzige Kleidung an, klebte sich Bartstoppeln ins Gesicht, nahm einen Sogumeinlauf, würgte verschiedene Speisen in die rituellen Schüsseln und verließ dann, mit dem Manuskript unter dem Arm, die leere, einsame Wohnung und trat hinaus auf die Straße, wo er in der vergangenen Nacht seinen Wagen abgestellt hatte. Das Herz klopfte ihm bis zum Hals, Furcht schnürte ihm die Kehle zu. Meine einzige Chance, meine *letzte* Chance, erkannte er. Um Lotta herauszuholen. Und mit ihr, wenn möglich, den Anarchen. Wenn ich versage, ist sie wirklich verloren. Fort. Für immer.

Einen Moment später brauste er mit seinem Wagen hinauf in den hellen Morgenhimmel.

16. Kapitel

Diese Gedanken wälzte ich in meinem unglücklichen Herzen, von der bohrenden Sorge gequält, daß ich sterben könnte, bevor ich die Wahrheit gefunden hatte.
– Augustinus

»Ein Mr. Arbuthnot ist hier«, meldete sich Doug Applefords Sekretärin über die Wechselsprechanlage in seinem Büro.

Er gähnte. Nun, da war sie also; die Last, die ihm die stets begeisterte Charise McFadden aufgebürdet hatte. »Schicken Sie ihn herein«, befahl Appleford. Er schob seinen Sessel zurück, faltete die Hände und wartete.

Ein großer, eindrucksvoller, elegant gekleideter Mann mittleren Alters erschien in der Tür seines Büros. »Ich bin Lance Arbuthnot«, murmelte er; seine Augen wanderten unbehaglich umher, wie die eines gefangenen Tieres.

»Lassen Sie sehen«, sagte Appleford ohne Umschweife.

»Natürlich.« Arbuthnot ließ sich unsicher auf dem Stuhl vor Doug Applefords Schreibtisch nieder und reichte ihm ein umfangreiches, eselsohriges maschinengeschriebenes Manuskript. »Die Arbeit eines ganzen Lebens«, sagte er undeutlich.

»Sie behaupten also«, begann Appleford brüsk, »wenn ein Mensch von einem Meteor getötet wird, dann deshalb, weil er seine Großmutter gehaßt hat. Schöne Theorie. Aber Sie sind realistisch genug, sie löschen zu wollen.« Neugierig blätterte er in dem Manuskript und las hier und dort eine Zeile. Abgenutzte Phrasen. Fachjargon, langatmige Sätze voller ins Gegenteil verkehrter Klischees, fantastische Behauptungen . . . es war ihm vertraut. Die Bibliothek bekam von diesen wertlosen Manuskripten zehn Stück am Tag vorgelegt. Sie gehörten in der Abteilung B zur Routine.

»Kann ich es noch einmal für einen Moment zurückhaben?« fragte Arbuthnot heiser. »Um einen letzten Blick hineinzuwerfen. Bevor ich es Ihrem Büro für immer übergebe.«

Appleford warf das umfangreiche Manuskript auf seinen Schreibtisch. Lance Arbuthnot griff danach, blätterte, stutzte dann, verharrte bei einer bestimmten Seite und bewegte beim Lesen die Lippen.

»Was ist los?« fragte Appleford.

»Ich . . . ich scheine auf Seite 173 einen wichtigen Absatz völlig verpfuscht zu haben«, murmelte Lance Arbuthnot. »Ich muß ihn berichtigen, bevor Sie das Manuskript löschen.«

Appleford drückte eine Taste an seiner Wechselsprechanlage und sagte zu Miss Tomsen, seiner Sekretärin: »Bringen Sie Mr. Arbuthnot bitte zu einem Leseraum in den gesperrten Etagen, wo er ungestört arbeiten kann.« Er wandte sich an Arbuthnot. »Wann werden Sie es mir zurückbringen?«

»In fünfzehn, zwanzig Minuten. Auf jeden Fall dauert es keine Stunde.« Arbuthnot erhob sich und umklammerte sein kostbares, schmuddeliges Manuskript. »Sie nehmen es zur Löschung an?«

»Und ob ich es tun werde. Bringen Sie es in Ordnung und kommen Sie später wieder.« Er stand ebenfalls auf; Arbuthnot zögerte, dann stolperte er wieder aus Applefords Büro in das Wartezimmer nebenan.

Und Appleford wandte sich anderen Dingen zu; er vergaß den verrückten Erfinder Lance Arbuthnot fast augenblicklich.

Allein im Leseraum zog Sebastian Hermes mit zitternden Fingern das Armband heraus und befestigte es an seinem Ärmel. Er griff in seine Manteltasche, brachte die Überlebensausrüstung zum Vorschein und schob die Kapsel mit dem LSD-Gegenmittel in den Mund. Er achtete sorgfältig darauf, sie nicht zu zerbeißen. Die Granate hielt er unbeholfen in der linken Hand, und er dachte: Das bin ich nicht. Ich weiß nicht, wie ich das schaffen soll. Joe Tinbane hätte es schaffen können. Er war dafür ausgebildet.

Kaum dazu in der Lage, Hand und Arm zu bewegen, injizierte er sich die helle Flüssigkeit. Nun, er hatte es getan; es ging los. Und es würde – zumindest für ihn – mehrere Stunden dauern.

Er öffnete die Tür des Leseraums und blickte den Korridor hinunter. Nichts. Er huschte weiter; er entdeckte ein Schild mit der Aufschrift TREPPE und ging darauf zu.

Es war kein Problem, der Treppe zu folgen; noch immer war niemand zu sehen. Aber als er die Tür zum – wie er glaubte – vorletzten Stockwerk öffnete, stand er einem kaltäugigen uniformierten Bibliothekswächter gegenüber.

Der Wächter begann sich in Zeitlupe auf ihn zuzubewegen.

Mühelos wich er dem Wächter aus; er duckte sich an ihm vorbei und lief den Korridor hinunter.

Aus einer Seitentür trat Ann Fisher, ein dickes Bündel Unterlagen unter dem Arm, mit verschwommenen, zeitlupenhaften Bewegungen wie der Wächter. Sie entdeckte ihn, drehte sich ganz allmählich und, wie ihm schien, minutenlang zu ihm um; ihre Kinnlade fiel mit unendlicher Verzögerung nach unten, bis ihre Miene nach quälend langer Zeit, Verblüffung ausdrückte.

»Was – machst – du . . .« begann sie. Aber er konnte nicht warten bis sie den ungeheuer in die Länge gezogenen Satz zu Ende geführt hatte; er wußte, daß alles schiefgegangen war. Er hätte ihr nie begegnen dürfen und auf keinen Fall so bald. Er lief an ihr vorbei und weiter den Korridor hinunter, während ihm zu spät dämmerte, daß er lange genug stehengeblieben war, daß sie ihn trotz der Zeitdifferenz zwischen ihnen hatte erkennen können. Ich hätte immer in Bewegung bleiben müssen, dachte er. In ständiger, schneller Bewegung. Aber jetzt war es zu spät.

Er wartete auf das Schrillen er Alarmglocke; nach seinem Zeitmaßstab würden bis dahin noch Minuten vergehen. Aber es ließ sich nicht verhindern. Es war unausweichlich.

Vor ihm standen zwei uniformierte, bewaffnete Wächter reglos an einer Tür. Er hetzte auf sie zu, bewegte sich so schnell wie möglich. Die Wächter schienen seine Gegenwart zu erahnen; sie drehten ruckartig die Köpfe – aber da war er schon an ihnen vorbei und drückte die Türklinke nach unten.

Die Alarmglocke läutete. Ring – Ring – Ring, mit deutlichen Abständen zwischen den Tönen. Wie ein Tonband, dachte er, das mit der falschen Geschwindigkeit abgespielt wird, das zu langsam läuft. Er öffnete die Bürotür.

Vier Löschungsräte – er erkannte sie an ihren Neontogen – befanden sich in dem Büro. Auf einem Stuhl in der Mitte saß der Anarch Peak.

»Ich will nicht Sie«, entschied Sebastian spontan. »Ich will meine Frau; wo ist Lotta?« Niemand verstand ihn; für sie war es nur ein undeutliches Geräusch. Geduckt verschwand er aus dem Zimmer, ließ die vertrocknete, verschrumpelte kleine Gestalt des Anarchen zurück; im Korridor stieß er erneut auf die beiden bewaffneten Wächter, die soeben im Begriff waren, ihm ins Büro zu folgen . . . Er zwängte sich zwischen ihnen durch, riß sich los, als sie langsam ihre Arme hoben, und lief zum nächsten Büro.

Nur ein leerer Schreibtisch. Aktenschränke.

Er versuchte es im dritten Büro. Jemand – ein Unbekannter – telefonierte; er eilte weiter.

Im vierten Raum Regale mit Vorräten. Tot und kalt.

Zur nächsten Etage, sagte er sich; vor sich sah er erneut ein Schild mit der Aufschrift TREPPE, und er lief in diese Richtung.

Im obersten Stockwerk angelangt, stieß er im Korridor auf eine Anzahl von Männer und Frauen, und alle trugen, wie er, das leuchtend blaue Armband. Er glitt an ihnen vorbei und öffnete wahllos eine Tür.

Hinter sich hörte er, wie jemand eine Waffe spannte; er wirbelte herum und sah, wie sich der Lauf eines Gewehrs hob.

Ungeschickt warf er die LSD-Handgranate. Im gleichen Moment zerbiß er die Kapsel mit dem Gegenmittel.

Der Lauf hob sich nicht mehr. Das Gewehr fiel dem Wächter aus der Hand; der Wächter sank auf dem Boden zu einem Häufchen Elend zusammen, die Hände abwehrend erhoben, als würde ihn etwas angreifen. Halluzinationen.

Das LSD quoll wie Rauch hoch und breitete sich im Korridor aus. Er watete hindurch, vorbei an sich zeitlupenhaft bewegenden Gestalten, probierte Tür um Tür aus. Weitere Angestellte der Bibliothek bei der Arbeit; mehrfach sah er die Insignien des Löschungsrats . . . Er sah, wie sich die Hierarchie der Bibliothek auflöste, und es war sein Werk. Aber Lotta fand er nicht.

Endlich stellte er eine schmächtige, ältere Löschungsrätin allein in ihrem Büro. Mit großen Augen starrte er sie an. »Wo«, fragte er langsam, um sich ihrer Zeitphase anzugleichen, »ist – Mrs. – Hermes? – In – welchem – Stockwerk?« Drohend ging er auf sie zu.

Aber schon hatte das LSD sie erreicht; sie kauerte sich zusammen, mit einem ehrfürchtigen Gesichtsausdruck. Er bückte sich, packte sie an den Schultern und wiederholte seine Frage.

»Im – Keller«, antwortete sie schließlich mit quälender Verzögerung. Und dann zog sich die Löschungsrätin in eine private Welt aus Farben zurück; er ließ sie allein und hastete wieder hinaus in den Korridor.

Der Korridor war voller Lärm und Menschen. Aber jeder lebte in seiner privaten Welt; sie arbeiteten nicht zusammen, koordinierten ihre Anstrengungen nicht. Also hatte er keine Schwierigkeiten, zum Aufzug zu gelangen; niemand kümmerte sich um ihn.

Er drückte den Knopf, und nach einer fantastisch langen Zeitspanne kam der Aufzug herauf.

Die Kabine war voller schwerbewaffneter, kampfbereiter Bibliothekswächter. Sie trugen Gasmasken; sie verfolgten, wie er – für ihre Augen – davonflitzte, und einem von ihnen gelang es, nach einem Moment seine Pistole abzufeuern.

Der Schuß verfehlte ihn. Aber immerhin hatten sie es doch geschafft, in seine ungefähre Richtung zu schießen. Und das LSD-Gas hatte auf diese Männer keine Wirkung.

Ich kann Lotta nicht befreien, erkannte er. Ich kann nicht den Aufzug benutzen; nicht, solange er besetzt ist. *Ray Roberts hatte recht;* ich hätte den Anarchen herausholen und Lotta vergessen sollen. Die Toten sollen leben, dachte er ironisch, die Lebenden sterben. Und Musik soll den Himmel fesseln. Ich bin gefesselt, sagte er sich. Sie haben mich. Ich habe niemanden befreien können, im Gegensatz zu Joe Tinbane. Nicht einmal vorübergehend. Es wäre alles vielleicht anders gekommen, wenn ich nicht Ann Fisher begegnet wäre.

Die Droge, die er sich injiziert hatte, erfüllte ihn jetzt mit einem seltsamen Gefühl der Zeitlosigkeit. Nahezu mit einem Gefühl der Unsterblichkeit. Aber es erfüllte ihn nicht mit Stärke, nicht mit majestätischer Macht; er fühlte sich müde, schwach und hoffnungslos. Also bekommt Ann Fisher alles, was sie wollte, dachte er. Ihre Voraussagen erfüllen sich eine nach der anderen; ich bin als letzter an der Reihe, und nach Joe Tinbane und dem Anarchen und Lotta ist nun auch meine Zeit gekommen.

Ich habe alles verdorben, erkannte er. Innerhalb von wenigen Minuten. Wenn Joe Tinbane hier wäre, sähe es anders aus; ich weiß, daß es anders aussehen würde.

Er konnte nicht aufhören, daran zu denken; das Gefühl seiner eigenen Machtlosigkeit überwältigte ihn. Er gegen Joe. Seine Mängel; Joes Fähigkeiten. Und sie haben ihn trotzdem erwischt, dachte er hoffnungslos. Joe ist tot!

Und ich werde ebenfalls sterben, dachte er. Bald.

Vielleicht hätten wir es zusammen geschafft, er und ich, durchfuhr es ihn. Wenn wir gemeinsam versucht hätten, Lotta zu befreien; wir lieben sie beide. Und allein auf uns gestellt sterben wir einer nach dem anderen. Es hat einfach nicht funktioniert. Wenn er meine Warnung erhalten hätte, wenn er mich vom Hotel aus angerufen hätte, wenn ...

Ich bin alt und machtlos, dachte er. Ich hätte in meinem Grab bleiben sollen; sie haben ein Nichts ausgegraben. Die Leere; nur den Tod; die Kälte und der Moder des Grabes kleben noch immer an mir und verseuchen alles, was ich berühre. Ich spüre, wie ich wieder sterbe, dachte er. Oder vielmehr, ich habe nie aufgehört, tot zu sein.

Er dachte: Wenn man mich tötet, spielt es keine Rolle, weil es mich nicht verändert. Aber Lotta ist anders, genau wie Tinbane anders war.

Vielleicht kann ich, selbst wenn es mir nicht gelingt, hier herauszukommen, selbst wenn ich niemand, nicht einmal mich selbst, retten kann – vielleicht kann ich Ann Fisher töten. Das wäre es wert. Um Joe Tinbanes willen.

17. Kapitel

Aber wie messen wir die gegenwärtige Zeit, wo sie doch keinen Raum hat? Sie wird im Vergehen gemessen, aber wenn sie vergangen ist, wird sie nicht gemessen; denn dann gibt es nichts, was gemessen werden kann.

– Augustinus

Sebastian Hermes nahm einem der sich zeitlupenhaft bewegenden Bibliothekswächter das Gewehr ab und stürmte zur Treppe. Als er sie erreichte, hörte er von unten hallende Stimmen heraufzönen. Vielleicht sind sie eine Etage tiefer, hoffte er; hastig stieg er hinunter. Und stieß auf keine Gegenwehr.

Wie im Stockwerk über ihm, wimmelte es auch im Korridor der nächsten Etage von erstarrten, schwerbewaffneten Männern. Er sah, deutlich wie durch ein Vergrößerungsglas, Ann Fisher in großer

Entfernung allein stehen. Er lief in ihre Richtung, wich ohne Mühe den Wächtern aus, die versuchten, ihm den Weg zu versperren ... und dann, wie schon zuvor, stand er ihr gegenüber; und wie schon zuvor, wurde sie blaß, als sie ihn erkannte.

Langsam, um seine Worte ihrem Zeitablauf anzupassen, sagte er: »Ich – kann – nicht – hinaus. – Also – werde – ich – dich – töten.« Er hob das Gewehr.

»Warte«, bat sie. »Ich – mache – dir – hier – und – jetzt – ein – Angebot.« Sie starrte ihn an, als sähe sie ihn nur undeutlich. »Du – läßt – mich – gehen«, sagte sie, »und – du – kannst – Lotta – nehmen – und – mit – ihr – die – Bibliothek – verlassen.«

Meinte sie es ehrlich? Er glaubte ihr nicht. »Hast – du – die – Autorität – das – allein – zu – entscheiden?« fragte er.

»Ja.« Sie nickte.

»Aber ich werde dich mitnehmen«, erklärte er. »Bis sie und ich in Sicherheit sind.«

»Bitte?« Sie bemühte sich, seine zu schnell gesprochenen Worte zu verstehen. »Okay«, sagte sie schließlich, als sie begriffen zu haben schien, was er von ihr wollte. Sie machte einen resignierten Eindruck; überraschend resigniert.

»Du hast Angst«, stellte er fest.

»Nun, *natürlich* habe ich Angst.« Erstaunlicherweise wirkten ihre Worte nicht mehr verlangsamt; offenbar ließ die Wirkung der Injektion nach. »Du kommst hier hereingeplatzt und läufst Amok, wirfst mit Granaten um dich und bedrohst alle. Ich will dich aus der Bibliothek herausschaffen, und mir ist es ganz gleich, auf welche Weise.« Dann sprach sie in ihr Reversmikrofon. »Bringen Sie Lotta Hermes zu einem der Schwebewagen auf dem Dach. Ich komme gleich nach oben.«

»Du hast wirklich die Macht dazu?« fragte er verblüfft.

»Mein Vater ist der derzeitige Vorsitzende des Löschungsrats. Und meine Mutter kennst du. Gehen wir aufs Dach?« Sie wirkte jetzt gelassener, schien einen Großteil ihrer alten Selbstsicherheit zurückgewonnen zu haben. »Ich möchte nicht Opfer eines Psychotikers werden«, sagte sie geduldig. »Ich kenne dich, vergiß das nicht. Ich hatte die ganze Zeit Angst davor, daß du so etwas tun würdest, genau das, was du getan hast. Ich hätte mich von der Bibliothek ferngehalten, aber die derzeitige komplizierte Lage ...«

»Gehen wir aufs Dach«, unterbrach er. »Komm.« Er führte sie, das Gewehr im Anschlag, zum nahegelegenen Aufzug.

»Beruhige dich«, sagte Ann mit einem tadelnden Stirnrunzeln. »Es wird nichts passieren; es bleibt bei unserer Vereinbarung: Lotta wird oben auf dich warten. Wenn du durchdrehst und mit dem Gewehr um dich schießt, wird man sie vielleicht töten, und ich glaube nicht, daß du das willst.«

»Nein«, stimmte er zu. Sie hatte recht; er mußte sich jetzt zusammenreißen. Der Aufzug kam, und Ann Fisher winkte die bewaffneten Wachen heraus. »Verschwindet«, befahl sie ihnen barsch. »Waffen«, wandte sie sich verächtlich an Sebastian, während sie nach oben fuhren. »Und die Leute, die sie benutzen. Ausgleich für ein schwaches Ich. Schau dich an, du mit diesem Ding; plötzlich hast du vor nichts mehr Angst, weil du jeden dazu bringen kannst, das zu tun, was du willst. Vox dei, wie die Udi-Kommandos ihre Waffen nennen. Die Stimme Gottes.« Sie überlegte. »Ich schätze, es war ein Fehler, deine Frau gefangenzunehmen und sie ein zweites Mal einzusperren; wir haben unser Glück überstrapaziert.«

»Der Mord an Joe Tinbane«, erklärte Sebastian, »war ein schrecklicher Akt unverantwortlicher Grausamkeit. Was hat der euch getan?«

»Er hat das gleiche getan wie du«, sagte Ann Fisher. »Er ist hier mit einer Waffe eingedrungen und hat auf wehrlose alte Löschungsräte geschossen – auf unbewaffnete Löschungsräte.«

»Ihr habt euch dafür gerächt«, sagte Sebastian bitter. »Ich nehme an, für das, was ich heute getan habe, werdet ihr mich jagen. Bis ihr mich ebenfalls erwischt.«

»Wir werden sehen«, sagte Ann Fisher gelassen. »Der Rat wird zusammentreten und darüber entscheiden müssen. Er kann die Entscheidung natürlich auch mir überlassen.« Sie beobachtete ihn.

»Die Bibliothek«, erklärte Sebastian, »respektiert Gewalt.«

»O ja; wir respektieren sie. Um genau zu sein, wir haben großen Respekt vor ihr; wir wissen, was man damit erreichen kann. Wir wenden selbst Gewalt an, nicht gern, sondern weil wir um ihre Wirksamkeit wissen. Schau dir an, was *du* heute vollbracht hast.« Sie hatten das Dach erreicht; der Aufzug hielt an und die Türen glitten lautlos zur Seite. »Woher hast *du* dieses Gewehr?« fragte sie neugierig. »Es sieht wie eins von unseren aus.«

»Ist es auch«, bestätigte er. »Ich bin unbewaffnet hergekommen.«

»Nun«, sagte Ann resignierend, »Waffen kennen keine Loyalität; sie sind nicht wie Hunde.« Beide betraten das Landedach der Bibliothek. »Dort ist sie«, sagte Ann, spähte angestrengt zu ihr hinüber. »Sie lassen sie gerade frei. Komm.« Mit großen Schritten ging sie ihm voraus; er mußte sich beeilen, um zu ihr aufzuschließen. Die Wächter, die Lotta aufs Landedach gebracht hatten, stahlen sich davon und verschwanden. Er schenkte ihnen keine Aufmerksamkeit: für ihn zählten nur Ann Fisher und seine Frau.

Sobald er und Ann den geparkten Schwebewagen erreicht hatten, sagte Lotta: »Hast du den Anarchen befreit, Sebastian? Ich habe gehört, wie sie über ihn gesprochen haben; er ist auch irgendwo dort unten.«

»Das gehört nicht zur Abmachung«, sagte Ann Fisher barsch.

Stoisch drängte er sie auf den Beifahrersitz, schob sich hinter das Steuer und gab Lotta das Gewehr. »Ziel damit auf Miss Fisher«, befahl er ihr.

Lotta zögerte. »Ich . . .«

»Dein Leben«, erklärte er, »hängt davon ab, und meins ebenfalls. Hast du vergessen, was sie mit Joe Tinbane gemacht haben? Diese Frau war dafür verantwortlich; sie hat den Befehl gegeben. Wirst du jetzt mit dem Gewehr auf sie zielen?«

»Ja«, flüsterte Lotta; er sah, wie sich der Gewehrlauf hob; die Erinnerung an Joe Tinbane hatte sie dazu gebracht. »Aber was ist mit dem Anarchen?« fragte sie erneut.

»Ich kann ihm nicht helfen«, sagte Sebastian heiser. »Ich kann keine Wunder vollbringen. Ich bin heilfroh, daß ich dich und mich retten kann. Wirst du jetzt also still sein?«

Hinter ihm nickte Lotta in stummem Gehorsam.

Er ließ den Motor des Wagens an, und einen Moment später waren sie in der Luft und fädelten sich in den vormittaglichen Berufsverkehr ein.

Sebastian Hermes landete kurz auf dem Dach eines innerstädtischen Verwaltungsgebäudes und ließ Ann Fisher aussteigen – nachdem er ihr das Kragenmikrofon abgenommen hatte. Dann stieg er wieder in die Höhe; er und Lotta waren eine Weile still, bis Lotta schließlich sagte: »Danke, daß du gekommen bist, um mich zu holen.«

»Ich hatte Glück«, erwiderte er kurzangebunden. Er erzählte ihr nicht, daß er aufgegeben und nur noch vorgehabt hatte, Ann Fisher zu töten. Daß es ihm gelungen war, seine Frau zu retten, war purer Zufall gewesen. Allerdings ein willkommener Zufall; er war glücklich darüber. »Im Fernsehen wurde über Joe Tinbane berichtet«, erklärte er.

»Deshalb wußten wir Bescheid. Und im Fernsehen hieß es auch, daß er in Begleitung einer Frau war, die nach dem Mord verschwand.«

»Ich werde nie über seinen Tod hinwegkommen«, sagte Lotta matt.

»Das erwarte ich auch nicht. Oder erst nach langer Zeit.«

»Sie haben ihn direkt vor meinen Augen umgebracht«, sagte Lotta. »Ich habe alles mitansehen müssen. Die Kinder von der Bibliothek ... Es war grotesk, wie ein Traum. Er hat auf sie geschossen, aber er war gewöhnt, höher zu zielen, auf Erwachsene; seine Schüsse gingen über sie hinweg.« Sie versank wieder in Schweigen.

Bemüht, sie aufzumuntern, sagte er rauh: »Jedenfalls bist du aus der Bibliothek entkommen. Diesmal für immer.«

»Werden die Uditen nicht wütend auf dich sein?« fragte sie. »Weil du den Anarchen nicht befreit hast? Es ist wirklich unfair ... Er ist ein so wichtiger Mensch, und ich nicht; es kommt mir so ungerecht vor.«

»Du bist mir wichtiger«, erklärte Sebastian.

»Wo hast du all die Sachen her, die du eingesetzt hast? Diesen Zeitbeschleuniger und diese LSD-Rauchbombe; ich habe gehört, wie sie darüber gesprochen haben; sie waren völlig überrumpelt. Du hast doch sonst kein LSD und ...«

»Ich habe alles von den Uditen bekommen«, unterbrach er barsch. »Sie haben mich ausgerüstet. Und dafür gesorgt, daß ich unter einem Vorwand die Abteilung B betreten konnte.«

»Dann *werden* sie wütend sein«, sagte sie ahnungsvoll. »Sie haben erwartet, daß du den Anarchen herausholst, nicht wahr?«

Er gab keine Antwort; er konzentrierte sich auf die Steuerung des Wagens und achtete darauf, ob sie verfolgt wurden.

»Du brauchst es mir nicht zu sagen«, erklärte Lotta. »Ich weiß es auch so. Haben die Uditen nicht diese Jünger der Macht, diese Mordkommandos? Ich habe einiges über sie gelesen ... gibt es sie wirklich?«

»Es gibt sie«, bestätigte er. »In einem bestimmten Rahmen, nehme ich an.«

»Vielleicht wird Mr. Roberts sie auf die Bibliothek ansetzen statt auf dich«, sagte sie nachdenklich. »Das hätte er von Anfang an tun sollen; es ist nicht deine Aufgabe, den Anarchen zu befreien. Du bist kein Kommando.«

»Ich wollte es«, erklärte er.

»Wegen mir?« Sie musterte ihn; er konnte die Intensität ihres prüfenden Blickes spüren. »Weil du mich nicht beim ersten Mal herausgeholt hast? Jetzt hast du es wieder gutgemacht, nicht wahr?«

»Ich habe es versucht«, sagte Sebastian. Das war seine Absicht gewesen.

»Liebst du mich?« fragte Lotta.

»Ja.« Sehr. Mehr als je zuvor; er erkannte es jetzt, wo er neben ihr im Schwebewagen saß. Allein mit ihr.

»Bist du . . . böse? Weil ich Joe Tinbane besucht habe?«

»Wegen dem Hotel?« fragte er. »Nein.« Es war schließlich seine eigene Schuld gewesen. Und außerdem war da noch sein Abenteuer mit Ann Fisher. »Es tut mir leid, daß Joe getötet wurde«, fügte er hinzu.

»Ich werde nie darüber hinwegkommen«, sagte Lotta. Es klang wie ein Versprechen.

»Was haben sie mit dir in der Bibliothek gemacht?« erkundigte er sich, auf alles vorbereitet.

»Nichts. Man wollte mich zu einem ihrer Psychiater bringen; er hätte irgend etwas mit meinem Gehirn gemacht. Und diese Frau, diese Miss oder Mrs. Fisher – sie tauchte kurz auf und sprach mit mir.«

»Worüber?«

»Über dich.« Mit ihrer charakteristisch leisen Stimme fuhr Lotta fort: »Sie behauptete, ihr beide wärt miteinander intim gewesen. Daß ihr miteinander geschlafen hättet. Sie behauptete eine Menge derartiger Dinge.« Sie fügte hinzu: »Aber natürlich habe ich ihr kein Wort geglaubt.«

»Sehr vernünftig von dir«, sagte er, und er spürte die Bürde der Lügen – *seiner* Lügen – schwer auf sich lasten. Die Lügen, die er seiner Frau erzählte, und jene, die er in Kürze Ray Roberts erzählen würde; auch für ihn mußte er sich eine Geschichte ausdenken. Alle mußte er beschwichtigen . . . das gehört zu dem Leben, erkannte Sebastian, das ich zu führen begonnen habe. Ich bin so schlimm wir R. C. Buckley, für den es völlig natürlich ist. Aber für mich, dachte er, ist es nicht natürlich. Und trotzdem – ich kann nicht anders.

»Es hätte mich auch nicht gestört«, erklärte Lotta, »wenn es gestimmt hätte, was sie über euch beide erzählt hat. Schließlich war ich auch nicht besser . . . im Hotel, meine ich. Ich würde dir keine Vorwürfe machen; ich könnte es nicht.«

»Nun, es stimmt nicht«, sagte er lakonisch.

»Sie ist sehr hübsch mit ihrem lackschwarzen Haar und den blauen Augen. Viel hübscher als ich.«

»Ich verabscheue sie«, sagte Sebastian.

»Wegen Joe?«

»Deswegen und aus anderen Gründen.« Er ging nicht näher darauf ein.

»Wohin fliegen wir?« fragte Lotta.

»Zurück in unsere Wohnung.«

»Wirst du die Uditen anrufen? Und ihnen berichten . . .«

»Sie werden mich anrufen«, sagte Sebastian in stoischer Resignation.

18. Kapitel

Ich werde dann auch die Macht meiner Natur überwinden und zu Ihm aufsteigen, der mich geschaffen hat. Und ich werde die Felder und großen Paläste meiner Erinnerung betreten.

– Augustinus

Von ihrer Wohnung aus rief er das Vitarium an, um sich zu vergewissern, daß die Arbeit weiterging. Cheryl Vale meldete sich. »Flasche des Hermes«, sagte sie gutgelaunt.

»Ich komme heute nicht«, sagte Sebastian. »Sind sonst alle anderen da?«

»Alle, außer Ihnen«, antwortete Cheryl. »Oh, Mr. Hermes – Bob Lindy möchte Sie sprechen; er möchte Ihnen in allen Einzelheiten erzählen, wie es der Bibliothek gelungen ist, den Anarchen zu entführen. Haben Sie Zeit . . .«

»Ich werde später mit ihm sprechen«, unterbrach Sebastian. »Das kann warten. Hallo.« Er legte auf und fühlte sich elend.

»Ich habe nachgedacht«, sagte Lotta und setzte sich ihm gegenüber auf die Couch. »Wenn die Bibliothek an Joe Tinbane Rache genommen hat, wird sie es auch bei dir tun wollen.«

»Ich habe daran gedacht«, nickte Sebastian.

»Und dann die Jünger der Macht«, fuhr Lotta fort. »Ich habe Angst, daß . . .«

»Ja«, sagte er brüsk. Alle, dachte er. Die römische Interessengruppe, die Bibliothek, die Uditen – er hatte es geschafft, alle – *wirklich alle* – gegen sich aufzubringend. Sogar die Polizei von Los Angeles, dachte er; vielleicht glaubt sie, daß ich Joe Tinbane umgebracht habe, weil er mit meiner Frau in einem Hotel abgestiegen ist; ich hatte ein überzeugendes Motiv.

»An wen kannst du dich wenden?« fragte Lotta.

»An niemanden«, antwortete er. Es war ein schreckliches, furchterregendes Gefühl. »An niemanden außer dir«, korrigierte er sich; immerhin war Lotta wieder bei ihm. Und das war einiges wert.

Aber es genügte nicht.

»Vielleicht«, fuhr Lotta fort, »sollten wir uns beide verstecken. Irgendwo hingehen. Was sie Joe angetan haben – ich habe alles noch so deutlich vor Augen. Ich kann nicht vergessen, was ich gesehen habe. Ich erinnere mich an das Trippeln ihrer Schritte auf dem Dach, und dann blickte eins dieser Kinder durch das Fenster. Joe war bewaffnet und wußte, daß sie kamen – aber es hat ihm nichts genutzt. Ich denke, wir sollten Los Angeles und vielleicht auch die Westlichen Vereinigten Staaten verlassen. Vielleicht sogar die Erde.«

»Zum Mars auswandern?« fragte er grüblerisch.

»Dort haben die Uditen keine Macht«, sagte Lotta. »Die UNO ist dort die einzige Autorität, und es heißt, daß die Koloniekuppeln sehr gut geführt werden. Und Freiwillige werden immer gesucht. Jeden Abend wird im Fernsehen dafür geworben.«

»Man kann nicht mehr zurückkehren«, bemerkte er, »wenn man einmal ausgewandert ist. Man wird darüber informiert, bevor man unterschreibt. Es ist eine Reise ohne Wiederkehr.«

»Das weiß ich. Aber zumindest würden wir leben. Wir würden nicht eines nachts Geräusche auf dem Dach oder vor der Tür hören. Ich glaube wirklich, du hättest den Anarchen befreien sollen; dann würden dir wenigstens die Uditen helfen. Aber so . . .«

»Ich habe es versucht«, wiederholte er mechanisch. »Du hast gehört, was Ann Fisher gesagt hat; ich konnte nichts für ihn tun. Ich habe genommen, was ich kriegen konnte – dich –, und dann nichts wie weg. Ray Roberts wird sich damit abfinden müssen; es ist die Wahrheit.« Aber tief im Innern wußte er, daß er nie ernsthaft versucht hatte, den Anarchen zu befreien. Er hatte nur an Lotta gedacht. Wie Roberts gesagt hatte, es war ein fast biologischer Trieb gewesen. Ein Trieb, den Roberts gefürchtet, den er erwartet, der sich letztlich durchgesetzt hatte. Sobald er in der Bibliothek gewesen war, hatte sich all das Gerede über den »transzendentalen Wert der Geschichte« im Rauch der LSD-Granate aufgelöst.

»Ich würde sehr gern zum Mars gehen«, sagte Lotta. »Wir haben darüber gesprochen, weißt du noch? Es muß faszinierend sein ... Man bekommt eine Art unbestimmtes Gefühl für den Kosmos, für die ehrfurchtgebietende Tatsache, daß der Mensch die anderen Planeten erreicht hat. Es heißt, daß man es selbst erleben muß, um es zu verstehen.«

»Alles, was ich habe«, gestand Sebastian, »ist meine Spürnase.«

»Um jene Toten zu finden, die vor der Rückkehr ins Leben stehen?«

»Du weißt, daß das mein einziges Talent ist.« Er gestikulierte. »Was würde es mir auf dem Mars nützen? Auf dem Mars ist die Hobart-Phase so gut wie wirkungslos.« Und er hatte auch noch einen anderen Grund. Dort würde er wieder normal altern, was sich bei ihm bald als tödlich erweisen mußte; in dieser Richtung lagen Krankheit und Tod nur ein paar Jahre entfernt.

Für Lotta würde es natürlich anders sein. Unter dem Einfluß der Normalzeit hatte sie noch Jahrzehnte vor sich; um genau zu sein, mehr als unter dem Einfluß der Phase.

Aber was macht es schon aus, wenn ich bald sterbe? Ich habe es schon einmal durchgemacht; es ist gar nicht so schlimm. In gewisser Weise würde ich es sogar begrüßen ... die große, endlose Ruhe. Die absolute Befreiung von allen Sorgen.

»Das stimmt«, gab Lotta zu. »Es gibt keine Toten auf dem Mars. Ich habe es ganz vergessen.«

»Ich müßte Arbeiter oder Büroangestellter werden«, sagte er.

»Nein, ich glaube, daß deine Managerfähigkeiten, dein Organisationstalent viel wert wären. Zweifellos wird man dich einem Eignungstest unterziehen; ich bin fest davon überzeugt. Man würde all deine Begabungen feststellen. Du verstehst?«

»Du hast den Optimismus der Jugend«, sagte er. Und ich, dachte er, die Verzweiflung des Alters. »Warten wir ab«, entschied er, »bis ich mit Ray Roberts gesprochen habe. Vielleicht kann ich ihm eine glaubwürdige Geschichte verkaufen. Ich meine«, fügte er hinzu, »vielleicht kann ich ihm begreiflich machen, in welcher Lage ich mich befunden habe. Und wie du schon sagtest, vielleicht können seine Kommandos den Anarchen befreien. Das ist eine Aufgabe für sie, nicht für mich. Ich werde auch darauf hinweisen.«

»Viel Glück«, sagte Lotta schwermütig.

Vor Ablauf einer Stunde rief Ray Roberts an.

»Ich sehe, Sie sind zurück«, sagte Roberts und maß ihn mit nervösen – und kritischen Blicken. Er wirkte äußerst erregt, angespannt und erwartungsvoll. »Wie ist es Ihnen ergangen?«

»Nicht gut«, antwortete Sebastian vorsichtig; er mußte seine Rolle glaubwürdig spielen, durfte sich keinen Fehler erlauben.

»Der Anarch«, sagte Roberts, »wird noch immer in der Bibliothek festgehalten.«

»Ich habe ihn gefunden«, erklärte Sebastian, »aber ich konnte ihn nicht . . .«

»Was ist mit Ihrer Frau?«

Mit erstarrter, grabgleicher Ruhe antwortete er: »Ich habe sie herausgeholt. Es war reiner Zufall. Sie – die Bibliothekare – haben beschlossen, sie freizulassen. Ich habe nicht darum gebeten; es war, wie gesagt, ihre Idee.«

»Eine Détente«, nickte Roberts. »Sie haben Lotta bekommen und im Gegenzug das Bibliotheksgelände verlassen; Sie haben sich freundschaftlich mit ihnen geeinigt.«

»Nein«, sagte er.

»So sieht es aber aus.« Roberts sah ihn prüfend, mit ausdrucksloser Miene an; sein dunkles, wachsames Gesicht blieb unbewegt. »Sie haben sich kaufen lassen. Und . . .« Seine Stimme bekam einen scharfen Tonfall. »Die Bibliothek hätte das nicht getan, wenn Sie nicht die gute Aussicht gehabt hätten, den Anarchen herauszuholen.«

»Es war Ann Fishers Entscheidung«, verteidigte sich Sebastian. »Ich wollte sie töten, und sie hat sich freigekauft. Ich habe sie mitgenommen; ich habe sogar . . .«

»Ist Ihnen schon einmal der Gedanke gekommen«, unterbrach Roberts, »daß dies der eigentliche Grund dafür war, daß Ihre Frau erneut in die Bibliothek verschleppt wurde? Als Geisel? Um Sie auszuschalten?«

»Ich hatte die Wahl«, beharrte Sebastian, »zwischen . . .«

»Man hat Sie psychologisch richtig eingeschätzt«, sagte Roberts vernichtend. »Es gibt Psychiater dort; man wußte, wie man sie ködern konnte. Ann Fisher fürchtet sich nicht vor dem Tod. Sie hat Ihnen etwas vorgemacht; sie hat sich nicht ›freigekauft‹. Sie hat *Sie* aus dem Weg geschafft, fort von dem Anarchen. Wenn Ann Fisher wirklich Angst vor Ihnen gehabt hätte, wäre sie nicht in Ihre Nähe gekommen.«

Widerstrebend sagte Sebastian: »Vielleicht – haben Sie recht.«

»Sie haben den Anarchen gesehen? Er ist wirklich noch am Leben?«

»Ja«, bestätigte Sebastian. Er spürte, wie er der Luft Feuchtigkeit entzog; sie sammelte sich als Schweiß unter seinen Achseln, lief ihm den Rücken hinunter. Er spürte, wie seine Poren – vergeblich – versuchten, den Schweiß zu absorbieren. Es hatte sich zuviel angesammelt.

»Und die Löschungsräte haben sich ihn vorgenommen?«

»Es – waren Löschungsräte bei ihm. Ja.«

»Sie haben die menschliche Geschichte verändert, ist Ihnen das klar?« sagte Roberts. »Oder vielmehr *haben Sie versäumt, sie zu ändern*. Sie haben Ihre Chance gehabt und vertan. Man hätte sich für immer an Sie als Vitariumbesitzer erinnert, der den Anarchen wiederbelebt und gerettet hat; Sie wären von den Uditen und vom Rest des Planeten nie vergessen worden. *Und Sie hätten eine völlig neue Grundlage für religiösen Glauben schaffen können.* Gewißheit wäre an die Stelle bloßen Glaubens getreten, und eine absolut neuartige Form der Offenbarung hätte sich durchgesetzt.« Ray Roberts' Stimme verriet keine Spur von Zorn; er sprach ruhig, nannte lediglich Tatsachen. Tatsachen, die Sebastian nicht leugnen konnte.

»Sag ihm«, drängte Lotta hinter ihm, »daß du es noch einmal versuchen wirst. Sie legte ihm die Hand auf die Schulter und streichelte ihn ermutigend.

»Ich gehe noch einmal zurück in die Bibliothek«, erklärte Sebastian.

»Daß wir Sie geschickt haben«, sagte Roberts, »war ein Kompromiß mit Giacometti; er hatte uns gebeten, auf Gewalt zu verzichten. Jetzt ist unsere Vereinbarung nichtig; es steht uns frei, unsere Zeloten einzusetzen. Aber . . .« Er schwieg einen Moment. »Sie werden wahrscheinlich eine Leiche finden. Die Bibliothek wird die Jünger identifizieren, sobald der erste das Gebäude betritt. Wie Giacometti es gestern nacht vorhergesagt hat. Trotzdem bleibt uns keine andere Wahl. Mit der Bibliothek sind keine Verhandlungen möglich. Nichts von dem, das wir haben oder anbieten können, wird sie dazu bringen, den Anarchen freizulassen. Der Fall ist in keiner Weise mit dem von Mrs. Hermes vergleichbar.«

»Nun«, brummte Sebastian, »es war nett, mit Ihnen zu sprechen. Ich bin froh, daß Sie mir die Situation erläutert haben; vielen Dank für . . .«

Der Bildschirm wurde schwarz. Ray Roberts hatte aufgelegt. Ohne ein Abschiedswort.

Sebastian saß da, hielt den Hörer noch eine Weile in der Hand und legte ihn dann langsam zurück auf die Gabel. Er fühlte sich um fünfzig Jahre älter . . . und um hundert Jahre müder.

»Weißt du«, wandte er sich schließlich an Lotta, »wenn man in seinem Sarg erwacht, spürt man zuerst eine seltsame Müdigkeit. Dein Geist ist leer; dein Körper empfindungslos. Dann kommen die ersten Gedanken, du willst etwas sagen, etwas tun. Aber dein Körper reagiert immer noch nicht; du kannst nicht sprechen, und du kannst dich nicht bewegen. Es dauert . . .« Er überlegte. »Schätzungsweise achtundvierzig Stunden.«

»Ist es sehr schlimm?«

»Es ist das Schrecklichste, was ich je erlebt habe. Viel schlimmer als das Sterben.« Und genau so fühle ich mich jetzt, dachte er.

»Kann ich etwas für dich tun?« fragte Lotta mitfühlend. »Soll ich dir etwas warmes Sogum holen?«

»Nein«, wehrte er ab. »Danke.« Er stand auf, durchquerte langsam das Wohnzimmer und blieb vor dem Fenster stehen, von dem aus man die Straße überblicken konnte. Er hat recht, sagte er sich. Ich hätte die menschliche Geschichte verändern können, aber ich habe versagt; mein eigenes Leben war mir wichtiger – auf Kosten jedes anderen lebenden Menschen – und vor allem dem der Uditen. Ich habe die ganze neue Grundlage für eine weltumspannende Religion zerstört; *Ray Roberts hat recht!*

»Kann ich etwas für dich tun?« fragte Lotta sanft.

»Es geht schon«, sagte er und beobachtete die Straße, die Passanten und die Bodenfahrzeuge, die an Sardinenbüchsen erinnerten. »Wenn man im Sarg liegt«, fuhr er fort, »ist es das Schlimmste, daß der Geist lebt, der Körper aber nicht, und man spürt diese Dualität. Wenn man tot ist, spürt man nichts davon; man hat überhaupt keine Verbindung zu seinem Körper. Aber das . . .« Er gestikulierte wild. »Ein lebendiger Geist, der an einen Leichnam gefesselt, in ihm eingesperrt ist. Und man hat nicht das Gefühl, daß der Körper jemals wieder leben wird; man scheint ewig zu warten.«

»Aber du weißt«, erinnerte Lotta, »daß es dir nie wieder passieren kann. Es ist vorbei.«

»Aber ich erinnere mich daran«, sagte Sebastian. »Das Erlebnis ist ein Teil von mir.« Er schlug sich heftig mit der Hand gegen die Stirn.

»Es ist immer da.« Das ist es, sagte er sich, woran ich denke, wenn ich wirklich schreckliche Angst habe; es kommt dann an die Oberfläche. Ein Symptom meines Entsetzens.

»Ich veranlasse alles«, sagte Lotta; sie schien irgendwie seine Gedanken lesen zu können, ihn irgendwie verstehen zu können. »Für unsere Auswanderung zum Mars. Du gehst ins Schlafzimmer, legst dich hin und ruhst dich aus, und ich erledige die Anrufe.«

»Du weißt doch, wie sehr du es haßt, das Vidfon zu benutzen«, sagte er. »Du verabscheust es. Das Vidfon ist dir ein Greuel.«

»Diesmal kann ich es.« Sie führte ihn mit sanfter Hand ins Schlafzimmer.

19. Kapitel

Aber in diesen Dingen gibt es keinen Ort der Ruhe; sie verweilen nicht, sie fliehen; und wer kann ihnen mit den Sinnen des Fleisches folgen?

– Augustinus

Während er schlief, träumte Sebastian vom Grab; er träumte, wieder in dieser engen Plastikkiste zu liegen, der letzten Ruhestätte, in der Dunkelheit. Er rief immer und immer wieder: »Mein Name ist Sebastian Hermes, und ich möchte 'raus! Kann mich da oben irgend jemand hören?« Im Traum lauschte er. Und, weit entfernt, zum zweitenmal in seinem Leben, spürte er das Gewicht von Schritten, spürte, wie sich jemand seinem Grab näherte. »Laßt mich 'raus!« kreischte er immer und immer wieder; und er kämpfte wie ein schwitzendes Insekt gegen den Kunststoff in dem er eingesperrt war. Umsonst.

Dann begann jemand zu graben; er spürte, wie sich der Spaten in die Erde bohrte. »Ich brauche Luft!« wollte er rufen, aber da er keine Luft mehr hatte, konnte er nicht atmen; er erstickte. »Beeilt euch!« schrie er, aber in der Luftleere war sein Schrei unhörbar. Zur Bewegungslosigkeit verdammt lag er da, zusammengepreßt von einem ungeheuren Vakuum; der Druck nahm zu, bis seine Rippen lautlos brachen. Er spürte, wie auch seine Knochen nach und nach splitterten.

»Wenn Sie mich hier herausholen«, versuchte er zu sagen (wollte er sagen), »gehe ich wieder in die Bibliothek und suche den Anarchen. Okay?« Er horchte; die Grabung wurde fortgesetzt; dumpfe, regelmäßige Spatenstiche. »Ich verspreche es«, erklärte er. »Abgemacht?«

Der Spaten scharrte über seinen Sargdeckel.

Ich gebe es zu, dachte er. Ich hätte ihn herausholen können, aber ich habe lieber meine Frau befreit. *Sie* haben mich nicht daran gehindert; es war meine Schuld. Aber ich werde es nicht wieder tun; ich verspreche es. Er lauschte; mit einem Schraubenzieher wurde der Deckel geöffnet, das letzte Hindernis zwischen ihm und dem Licht, der Luft. Beim nächstenmal wird alles anders sein, versprach er. Okay?

Knirschend wurde der Deckel zur Seite geschoben. Licht flutete herein, und er blickte nach oben, sah über sich ein Gesicht, das zu ihm hinunter starrte.

Ein runzliges, dunkles, schmales altes Gesicht. Der Anarch.

»Ich habe Sie rufen hören«, sagte der Anarch. »Ich habe alles stehen und liegen gelassen und bin Ihnen zu Hilfe geeilt. Was kann ich für Sie tun? Wollen Sie wissen, welches Jahr wir haben? Vier vor Christi Geburt.«

»Warum?« fragte Sebastian. »Was bedeutet das? Er spürte, daß es von ungeheurer Tragweite war; er empfand Ehrfurcht.

»Sie sind der Erlöser der Menschheit«, sagte der Anarch. »Durch Sie wird sie von ihren Sünden befreit werden. Sie sind der wichtigste Mensch, der je geboren wurde.«

»Was muß ich tun«, fragte Sebastian, »um die Menschheit zu erlösen?«

»Sie müssen noch einmal sterben«, antwortete der Anarch, aber nun wurde der Traum ätherisch und verschwommen, und er wurde langsam wach; er spürte, daß er in seiner Wohnung war, im Bett neben Lotta; er spürte, daß er geträumt hatte, und der Traum wich – und hinterließ eine seltsame Ruhe.

Eine Botschaft, dachte er, als er sich umdrehte und aufsetzte, die Bettdecke zurückschlug und unsicher aufstand, neben dem Bett verharrte, tief in Gedanken versunken. Er versuchte, sich soviel wie möglich von dem Traum in Erinnerung zu rufen.

Was muß ich tun? fragte er sich. Was wollte mir der Anarch sagen? Daß ich sterben muß? Der Traum sagte ihm nichts, nur, daß er sich gefangen und ohnmächtig vorkam, daß er sich grenzenlos schuldig fühlte, weil er den Anarchen in der Bibliothek gelassen hatte; alles, was er auch im wachen Zustand wußte. Eine großartige Hilfe, dachte er düster.

Er stolperte in die Küche – und sah drei Männer in schwarzer Seidenkleidung am Tisch sitzen. Drei Jünger der Macht. Die drei Männer machten einen übermüdeten und besorgten Eindruck. Vor ihnen auf dem Tisch lag ein Stapel zerknitterter handschriftlicher Notizen.

»Das ist der Mann«, sagte einer von ihnen und deutete auf Sebastian, »der den Anarchen in der Bibliothek zurückgelassen hat. Obwohl er ihn hätte befreien können.«

Die drei Jünger der Macht betrachteten Sebastian mit gemischten Gefühlen.

»Wir greifen heute nacht die Bibliothek an«, erklärte der Sprecher der Jünger. »Wir gehen rücksichtslos vor; wir bringen eine Kanone in Stellung und beschießen sie mit Nukleargranaten, bis sie auseinanderfällt. Vielleicht können wir den Anarchen nicht befreien, aber zumindest können wir *sie* erledigen.« Sein Tonfall verriet Verachtung und wütende Feindseligkeit.

»Sie glauben also nicht, daß Sie eindringen und ihn herausholen können?« fragte Sebastian. Die Plumpheit ihres Plans entsetzte ihn. Der Nihilismus. Den Anarchen nicht retten, aber die Bibliothek zerstören; sie hatten gar nicht begriffen, worum es ging.

»Es besteht eine minimale Chance«, gab der Sprecher der Jünger zu. »Deshalb sind wir zu Ihnen gekommen, um mit Ihnen zu reden; wir wollen genau wissen, wo Sie den Anarchen gefunden haben und wie er bewacht wird . . . durch wieviele Männer und mit welchen Waffen. Natürlich wird sich alles geändert haben, bis wir zuschlagen – wahrscheinlich hat sich schon alles geändert –, aber vielleicht gibt es etwas, das für uns von Nutzen sein kann.« Er sah Sebastian abwartend an.

Lotta tauchte mit verschlafenen Augen in der Küchentür auf. »Sind sie hier, um uns umzubringen?« fragte sie und hakte sich bei ihm ein.

»Offenbar nicht«, beruhigte Sebastian sie; er tätschelte ihren Arm, versuchte sie zu beruhigen. »Ich erinnere mich nur an bewaffnete Bibliothekswächter«, wandte er sich an den Jünger. »Ich kann mich nicht mehr erinnern, in welchem Büro ich ihn gefunden habe, nur, daß es im vorletzten Stockwerk war. Es schien ein ganz gewöhnliches Büro gewesen zu sein, wie alle anderen; wahrscheinlich hat man es auf Geratewohl genommen.«

»Haben Sie seitdem vom Anarchen geträumt?« fragte der Sprecher der Jünger zu seiner Überraschung. »Wir haben gehört, daß der Anarch in seinem früheren Leben mit seinen Anhängern manchmal in ihren Träumen in Verbindung trat.«

»Ja«, sagte Sebastian wachsam. »Ich habe von ihm geträumt; er hat mir etwas gesagt, über mich. Daß ich etwas tun muß. Er sagte, daß man das Jahr Vier vor Christi Geburt schriebe und daß ich der Erlöser der Menschheit sei. Wenn ich tun würde, was er von mir verlangt.«

»Nicht sehr hilfreich«, bemerkte der Sprecher der Jünger.

»Aber in gewisser Hinsicht stimmt es«, meldete sich ein anderer Jünger zu Wort. »Wenn er den Anarchen herausgeholt *hätte*, dann *wäre* er zum Erlöser der Menschheit geworden. Das ist es, was der Anarch von ihm verlangt hat; wir brauchen keinen Traum, um das zu wissen.« Stirnrunzelnd machte er sich Notizen.

»Sie haben Ihre Chance verpaßt, Mr. Hermes«, sagte der erste Jünger. »Die größte Chance Ihres Lebens.«

»Ich weiß«, sagte Sebastian hölzern.

»Vielleicht sollten wir ihn töten«, schlug der dritte Jünger vor. »Sie beide töten. Jetzt, und nicht erst nach dem Angriff auf die Bibliothek.«

Sebastian blieb das Herz stehen; er spürte, wie sein Körper starb. Wie in der letzten Ruhestätte. Aber er sagte nichts; er drückte nur Lotta an sich.

»Nicht, solange er uns noch nützen kann«, sagte der Sprecher kategorisch. Erneut musterte er Sebastian. »Sind Sie auf gefährlichere Waffen als Laserstrahler und automatische Gewehre gestoßen?« fragte er.

»Nein.« Sebastian schüttelte steif den Kopf.

»Die sicherheitsempfindlichen oberen Stockwerke wurden durch kein Kraftfeld geschützt, durch keine modernen Anlagen?«

»Nur Handfeuerwaffen«, sagte Sebastian.

»Wie werden die Bibliothekswächter alarmiert? Per Funk?«

»Ja.« Er nickte erneut.

»Man hat nicht versucht, Sie mit Nervengas aufzuhalten?«

»Ich war der einzige, der Gas eingesetzt hat«, erklärte Sebastian. »Ich bekam es von Seiner Heiligkeit und der römischen Interessengruppe.«

»Ja, wir wissen, was Sie bekommen haben.« Der Sprecher der Jünger spielte mit seinem Kugelschreiber, leckte sich den Mundwinkel und konzentrierte sich. »Trugen die Wächter Gasmasken?«

»Einige.«

»Dann verfügen sie auch über irgendein Gas. Für den Fall, daß feindliche Kräfte eindringen. Und wenn unsere erste Granate das Gebäude betrifft, werden wir es vielleicht mit etwas Größerem als Handfeuerwaffen zu tun bekommen.« Er musterte Sebastian erneut. »Ich glaube es einfach nicht; ich meine, ich glaube Ihnen – aber ich weiß, daß sie besser bewaffnet sind. Man hat wirklich nicht versucht, Sie aufzuhalten; wenn man nicht einen einzigen Mann, sondern einen ganzen Stoßtrupp geschickt hätte, wäre der Anarch jetzt vielleicht frei.« Er wandte sich an seine beiden Begleiter um Rat. »Die Bibliothek ist immer noch ein Rätsel«, erklärte er. »Zweimal binnen achtundvierzig Stunden ist ein Mann dort eingedrungen und hat Lotta Hermes herausgeholt. Trotzdem wird der Anarch wie auf dem Präsentierteller angeboten; als könnte man ihn mit einem blitzartigen Stoßtruppmanöver befreien. Nach meiner Meinung ist der Anarch schon tot, und was Hermes gesehen hat, war nichts anderes als ein Simulacrum-Roboter, den man für diesen Zweck bereitgehalten hat.«

»Aber Hermes' Traum«, wandte einer seiner Gefährten ein. »Er bedeutet, daß der Anarch noch am Leben ist. Irgendwo. Vielleicht nicht unbedingt in der Bibliothek.«

Lotta löste sich von Sebastian und setzte sich an den Küchentisch, den drei Jüngern der Macht gegenüber. »Ist es den Uditen denn noch nicht gelungen, einen ...« Sie gestikulierte, fand nicht das richtige Wort. »Einen von ihren Leuten einzuschleusen – Sie wissen schon. In die Führungsspitze. Einen Spion.«

»Bewerber werden durch quasi-telepathische Sonden überprüft«, erklärte der Sprecher. »Wir haben es mehrmals versucht. Unsere Leute wurden erschossen; wir bekamen sie als Leichen zurück.«

»Können Sie nicht behaupten, Verfasser eines Buches zu sein?« fragte Sebastian.

»*Das* haben Sie unmöglich gemacht«, sagte der Sprecher schneidend. »Ein Schachzug, den wir monatelang vorbereitet haben. Nur weil sich die römische Interessengruppe eingemischt hat, sind Sie in den Genuß dieser Tarnung gekommen. Wir waren dagegen ... wir, die Jünger. Hermes, vielleicht hat es Ray Roberts überrascht, daß Sie versagt haben, aber uns überrascht es nicht. Wir haben großen Respekt vor den Mitteln, dem Einfallsreichtum der Bibliothek; wenn Ray Roberts es befiehlt, werden wir Sie töten, um den Anarchen zu retten ... aber unserer Meinung nach hatten Sie nicht die geringste Chance.«

»Aber ich habe es nicht einmal versucht«, sagte Sebastian mit belegter Stimme.

»Das spielt keine Rolle. Nicht, wenn das, was Sie gesehen haben, ein Simroboter war. Oder sie hätten hochentwickelte Waffen eingesetzt, wenn es den Anschein gehabt hätte, daß Sie Erfolg haben. Wie schnell war man zu einem Abkommen bereit? Sie am Leben und mit Ihrer Frau gehen zu lassen, aber ohne den Anarchen?«

»Das Angebot kam von Ihnen«, sagte Sebastian.

»Es ist eine Falle«, erklärte der Sprecher der Jünger. »Um uns zu einem Kamikazeangriff zu veranlassen; *alle* Jünger; unser gesamtes Korps. Der Anarch befindet sich wahrscheinlich schon viele Kilometer von hier entfernt, in einer der Zweigstellen der Bibliothek an der Küste bis nach Oregon hinauf. In irgendeiner der über achtzig Zweigstellen in den W.U.S.« Er dachte nach. »Oder er ist im Haus irgendeines Löschungsrats. Oder in einem Hotel. Kennen Sie jemand von der Führungsspitze der Bibliothek, Hermes? Einen Löschungsrat? Einen Bibliothekar? Ich meine persönlich?«

»Ich kenne Ann Fisher«, antwortete er.

»Ja. Die Tochter der Chefbibliothekarin und des derzeitigen Ratsvorsitzenden.« Der Jünger nickte. »Wie gut kennen Sie sie? Anworten Sie ehrlich; es könnte lebenswichtig sein.«

»Vergessen Sie für den Moment Ihre Frau«, warf ein anderer Jünger ein. »Diese Sache hat Vorrang.«

»Ich bin mit ihr im Bett gewesen«, sagte Sebastian.

»Oh«, keuchte Lotta. »Dann stimmt es also, was sie mir erzählt hat.«

»Dann sind wir ja quitt«, murmelte Sebastian.

»Ja, das stimmt wohl«, sagte Lotta verzweifelt. Sie vergrub ihr Gesicht in ihren Händen, rieb sich die Stirn, hob dann den Kopf und blickte zu ihm auf. »Kannst du mir verraten, warum du . . .«

»Sie haben noch Ihr ganzes Leben vor sich, um darüber zu reden«, unterbrach der Sprecher der Jünger. »Glauben Sie, daß Sie Ann Fisher aus der Bibliothek locken können?« fragte er Sebastian. »Unter einem Vorwand? Damit wir eine unserer telepathischen Sonden auf sie ansetzen können?«

»Ich denke schon«, nickte er.

»Was willst du ihr sagen«, fragte Lotta. »Daß du wieder mit ihr ins Bett gehen willst?«

»Ich werde sagen«, erklärte er, »daß die Jünger der Macht den Auftrag bekommen haben, uns zu töten. Und daß ich für dich und mich um Asyl in der Bibliothek bitte.«

Der Sprecher deutete auf das Vidfon im Wohnzimmer. »Rufen Sie sie an«, befahl er. Sebastian ging ins Wohnzimmer. »Sie hat eine Wohnung«, sagte er. »Außerhalb der Bibliothek; ich bin mit ihr dort gewesen. Wahrscheinlich werde ich mich dort mit ihr treffen, nicht hier.«

»Jeder Ort ist uns recht«, erklärte der Sprecher. »Solange wir sie in unsere Hände bekommen und eine Sonde auf sie ansetzen können.«

Er setzte sich ans Vidfon und wählte die Nummer der Bibliothek.

»Stadtbibliothek«, meldete sich die Vermittlung schließlich. Er drehte das Vidfon so, daß die Kamera nicht die vier Personen in der Küche erfassen konnte. »Verbinden Sie mich mit Miss Ann Fisher«, sagte er.

»Mit wem spreche ich, bitte?«

»Sagen Sie ihr, Mr. Hermes ist am Apparat.« Er wartete; der Bildschirm war grau geworden. Dann leuchtete er flackernd wieder auf.

Auf dem Monitor tauchte Ann Fishers hübsches Gesicht auf.

»Auf Wiedersehen, Sebastian«, sagte sie ruhig.

»Ich soll umgebracht werden«, erklärte er.

»Von den Jüngern der Macht?«

»Ja«, nickte er.

»Nun, Sebastian«, sagte Ann Fisher, »Ich denke, das hast du dir selbst zuzuschreiben. Du konntest dich nicht entscheiden, auf welcher Seite du stehst; du bist mit Gewalt in die Bibliothek eingedrungen, aber statt den Anarchen zu befreien – und du bist dafür von den Uditen ausgerüstet worden; wir wissen es –, statt also . . .«

»Hör zu«, unterbrach er barsch. »Ich muß mich mit dir treffen.«

»Ich kann dir nicht helfen.« Ihre Stimme klang neutral, keck; seine prekäre Situation berührte sie nicht. »Nach allem, was du . . .«

»Wir wollen um Asyl bitte«, sagte Sebastian. »In der Bibliothek. Lotta und ich.«

»So?« Ann hob die schmalen Augenbrauen. »Nun, ich kann den Rat fragen; ich weiß, daß man in seltenen Fällen jemandem Asyl gewährt hat. Aber mach dir nicht zu früh Hoffnungen. Ich bezweifle, daß in deinem Fall die Antwort Ja lauten wird.«

Lotta trat an Sebastians Seite, nahm ihm den Hörer aus der Hand und sagte: »Mein Mann ist ein sehr tüchtiger Organisator, Miss Fisher. Ich weiß, daß seine Fähigkeiten Ihnen nützlich sein können. Wir hatten vor, uns an die UNO zu wenden und zum Mars auszuwandern, aber die Jünger der Macht sind uns auf den

Fersen; man wird uns töten, bevor wir die medizinische Untersuchung hinter uns bringen und die Pässe beantragen können.«

»Haben die Jünger der Macht mit dir Verbindung aufgenommen?« fragte Ann; sie wirkte jetzt interessiert.

»Ja«, bestätigte Sebastian, nachdem er den Hörer wieder an sich genommen hatte.

»Weißt du«, fragte Ann mit kalter, harter Stimme, »welche Pläne sie bezüglich des Anarchen haben?«

»Sie haben etwas angedeutet«, sagte Sebastian vorsichtig.

»Oh? Und zwar?«

»Das«, erklärte Sebastian, »werde ich dir sagen, wenn wir uns treffen. Entweder hier in unserer Wohnung oder in deinem Apartment.«

Ann Fisher zögerte, überlegte und traf dann ihre Entscheidung. »Wir treffen uns in zwei Stunden. In meiner Wohnung. Du erinnerst dich an die Adresse?«

»Nein«, gestand er; einer der Jünger reichte ihm rasch Kugelschreiber und Papier.

Sie nannte ihm die Adresse und beendete das Gespräch. Sebastian blieb noch einen Moment lang sitzen und stand dann steif auf. Die drei Jünger sahen ihn schweigend an.

»Das wäre erledigt«, sagte er. Und für mich ist es nur von Vorteil, dachte er. Ganz gleich, wie es ausgeht, ob sie den Anarchen bekommen oder nicht. »Hier.« Er reichte dem Sprecher den Zettel, auf dem er Ann Fishers Adresse notiert hatte. »Was soll ich tun? Soll ich bewaffnet hingehen?«

»Wahrscheinlich ist ihre Tür durch das übliche Suchstrahlsystem gesichert«, sagte der Sprecher und las die Adresse. »Es wird Sie nach Waffen abtasten. Nein, gehen Sie einfach hin und reden Sie mit ihr. Wir werfen eine Gasgranate durch das Fenster, irgend etwas in dieser Art ... Zerbrechen Sie sich deswegen nicht den Kopf; das ist unsere Sache.« Er überlegte. »Vielleicht einen thermotropischen Pfeil. Er würde Sie beide in Mitleidenschaft ziehen, aber Sie würden sich wieder erholen; wir würden Sie beide durchbringen.«

Lotta wandte sich an den Sprecher. »Wenn mein Mann Ihnen hilft, werden Sie uns dann nicht töten?«

»Wenn Hermes uns hilft, den Anarchen zurückzubekommen«, erklärte der Sprecher der Jünger, »werden wir das Todesurteil, das Ray Roberts über ihn verhängt hat, aufheben.«

»Dann ist das Urteil also schon gefällt«, stellte Sebastian fröstelnd fest.

»Ja.« Der Sprecher nickte. »In einer offiziellen Ältestenversammlung der Uditen. Seine Heiligkeit hat seine spirituelle Pilgerfahrt unterbrochen, um daran teilnehmen zu können.«

»Glaubst du wirklich«, fragte Lotta Sebastian, »daß du Miss Fisher aus der Bibliothek locken kannst?«

»Sie wird kommen«, versicherte er. Aber ob es den Jüngern gelingt, sie in ihre Gewalt zu bringen – das ist eine andere Frage, dachte er. Er hatte großen Respekt vor Ann Fishers Umsicht; wahrscheinlich würde sie auf einen derartigen Zwischenfall vorbereitet sein. Schließlich wußte Ann, wie er zu ihr stand.

Sie werden Sie nicht verhören können, erkannte Sebastian. Irgendwie, auf irgendeine Weise, die sich keiner von uns vorstellen kann, wird sie sie töten. Und mich vielleicht auch. Aber, dachte er, Ann Fisher könnte ebenfalls ums Leben kommen. Das beruhigte ihn; mehr verlangte er nicht. Ich könnte sie nie töten, dachte er. Das steht nicht in meiner Macht; ich bin für eine derartige Tat nicht geschaffen. Aber die Jünger; sie sind wie Joe Tinbane, Töten gehört zu ihrem Beruf.

Er fühlte sich viel besser. Er hatte die Meuchelmörder der Uditen auf Ann Fisher angesetzt; eine große Leistung.

Auf Ann – und damit hatte er sie von sich und Lotta abgelenkt!

20. Kapitel

Wenn Sie also ins Sein treten wollen, so werden sie sich umso rascher dem Nichtsein nähern, je rascher sie wachsen, um zu sein.

– Augustinus

Zwei Stunden später saß er in seinem Schwebewagen, mit dem er auf dem Dach von Ann Fishers Apartmentgebäude gelandet war, und dachte über sein Leben nach.

Er schloß die Augen und stellte sich den Anarchen vor; er versuchte, den vor einigen Stunden unterbrochenen Traum zurückzuholen. *Du mußt*, hatte der Anarch gesagt. Was mußte er? fragte er sich; er versuchte, den Traum an dieser Stelle fortzusetzen. Erneut sah er das vertrocknete, runzlige schmale Gesicht, die dunklen Augen und den weisen Mund – weise sowohl in spiritueller als auch in praktischer Hinsicht. Du mußt noch einmal sterben, dachte er; war es das? Oder leben? Er fragte sich, was zutraf. Der Traum wollte sich nicht mehr einstellen, und er resignierte; er setzte sich auf und öffnete die Wagentür.

Der Anarch stand in einer weißen Baumwollrobe neben dem Wagen. Wartete darauf, daß er ausstieg.

»Mein Gott«, sagte Sebastian.

Der Anarch lächelte. »Es tut mir leid, daß mein Gespräch mit Ihnen unterbrochen wurde. Jetzt können wir fortfahren.«

»Sie – sind aus der Bibliothek entkommen?«

»Ich bin noch immer in ihrer Gewalt«, erwiderte der Anarch. »Was Sie sehen, ist mehr oder weniger eine Halluzination; die Kapsel mit dem Mittel gegen das LSD-Gas, die Sie in Ihrem Mund verborgen haben, hat das Gas nicht völlig neutralisiert; ich bin eine Folge dieses Gaseinsatzes.« Sein Lächeln wurde breiter. »Glauben Sie mir, Sebastian?«

»Es ist möglich, daß ich etwas von dem Gas abbekommen habe«, sagte Sebastian. Aber der Anarch wirkte so real. Sebastian streckte die Hand nach ihm aus.

Seine tastende Hand glitt durch den Körper des Anarchen.

»Sehen Sie?« sagte der Anarch. »Ich kann die Bibliothek geistig verlassen; ich kann in den Träumen anderer Menschen und als drogeninduzierte Halluzination auftauchen. Aber körperlich bin ich noch immer dort, *und sie können mich jederzeit töten.*«

»Haben sie es vor?« fragte er heiser.

»Ja.« Der Anarch nickte. »Weil ich nicht von meinen Offenbarungen, meinem besonderen, sicheren Wissen abrücken will; ich kann nicht vergessen, was ich im Tode erfahren habe. Mehr als man verdrängen kann, wie das Entsetzen, das einen befällt, wenn man entdeckt, daß man begraben ist; einige Erinnerungen kann man ins Leben hinüberretten.«

»Was kann ich tun?« fragte Sebastian.

»Sehr wenig«, sagte der Anarch. »Die Jünger der Macht haben recht, wenn sie sagen, daß Sie im Grund keine Chance gehabt haben, mich aus der Bibliothek zu befreien; man hatte eine Splitterbombe deponiert, und ich war die Sprengfalle. Wenn ich aufgestanden wäre, hätte die Bombe uns beide getötet.«

»Sagen Sie das nur, damit ich mich besser fühle?« fragte Sebastian.

»Ich sage Ihnen die Wahrheit«, erklärte der Anarch.

»Und was jetzt?« fragte Sebastian. »Ich tue alles, was Sie wollen. Alles, was ich kann.«

»Sie treffen sich mit Miss Fisher.«

»Ja«, bestätigte er. »Die Jünger warten auf sie. Ich bin wie Sie; ich bin eine Sprengfalle. Für sie.«

»Lassen Sie sie gehen«, sagte der Anarch.

»Warum?«

»Sie hat ein Recht, zu leben.« Der Anarch wirkte vollkommen gelassen; er lächte erneut. »Für mich gibt es keine Rettung«, erklärte er. »Die Jünger können die ganze Bibliothek in die Luft jagen, und es wird nur . . .«

»Aber«, wandte Sebastian ein, »wir können auch Ann Fisher erwischen.«

»Sie werden Sie wahrscheinlich erwischen, wenn sie die Bibliothek in die Luft jagen«, unterbrach der Anarch. »Aber es wird nichts ändern.«

»*Die Jünger* werden sie erwischen«, sagte Sebastian. »Aber auf diese Weise kann *ich* sie erwischen.«

»In Wirklichkeit hassen Sie Ann Fisher gar nicht«, erklärte der Anarch. »Im Gegenteil; Sie sind rettungslos, hoffnungslos in sie verliebt. Deshalb sind Sie so begierig darauf, sie zu töten: Ann Fisher verschlingt zuviel von Ihren Gefühlen; den Großteil, um es genau zu sagen. Sie zu töten, wird Sie Lotta nicht näherbringen; Sie müssen Ann Fisher abfangen, wenn sie auf dem Dach landet, und sie warnen, nicht ihr Apartment zu betreten. Verstehen Sie?«

»Nein«, sagte Sebastian.

»Sie müssen sie auch davor warnen, in die Bibliothek zurückzukehren; Sie müssen sie über den geplanten Angriff informieren. Sagen Sie ihr, sie muß dafür sorgen, daß die Bibliothek evakuiert wird. Der Angriff beginnt heute abend um sechs Uhr; zumindest nach dem Operationsplan der Jünger. Ich glaube, sie werden es tun; wie Sie selbst gedacht haben, Töten gehört zu ihrem Beruf.«

Seine eigenen Gedanken aus dem Mund des Anarchen zu hören, versetzte ihm einen Schock; ihm war plötzlich unbehaglich zumute. Zögernd sagte er: »Ich glaube nicht, daß Ann Fisher in irgendeiner Weise von Bedeutung ist; ich glaube, *Sie* sind wichtig – Sie und Ihre Sicherheit. Die Uditen haben völlig recht; es lohnt sich, die Bibliothek in die Luft zu jagen, wenn auch nur die geringste Chance . . .«

»Aber es gibt keine Chance«, unterbrach der Anarch. »Nicht die geringste.«

»Dann verschwinden auch Ihre Lehren, die Gewißheit, daß es ein Leben nach dem Tode gibt. Die Löschungsräte werden sie auslöschen.« Er fühlte sich hilflos.

»Ich erscheine Mr. Roberts als Vision«, sagte der Anarch mit unerschütterlicher Ruhe. »Ich spreche oft mit ihm. In gewisser, begrenzter Hinsicht inspiriere ich ihn. Die Kernpunkte meiner neuen Erkenntnisse werden deshalb durch ihn die Welt erreichen. Und Ihre Sektretärin, Miss Vale, hat viele meiner Worte mitgeschrieben.« Der Anarch wirkte nicht bekümmert; eine Aura heiliger Ergebenheit umgab ihn.

»Liebe ich Ann Fisher wirklich?« fragte Sebastian.

Der Anarch antwortete nicht.

»Eure Heiligkeit«, sagte Sebastian drängend.

Der Anarch deutete hinauf zum Nachmittagshimmel. Und dann begann er sich aufzulösen; die hinter ihm parkenden Wagen wurden sichtbar, und dann, nach und nach, verschwand er.

Ein Schwebewagen senkte sich auf das Dach und suchte nach einem Landeplatz.

Da kommt sie, erkannte Sebastian. Es konnte niemand anders sein.

Der Wagen landete, und er ging darauf zu. Als er ankam, versuchte Ann Fisher vergeblich, den Sicherheitsgurt zu lösen. »Auf Wiedersehen«, begrüßte er sie.

»Wiedersehen«, sagte sie, mit dem Gurt beschäftigt. »Dieses gottverdammte Ding; immer habe ich Schwierigkeiten damit.« Dann blickte sie auf, sah ihn mit ihren blauen Augen durchdringend an. »Du siehst seltsam aus. Als wolltest du mir etwas sagen, ohne es zu können.«

»Können wir hier oben miteinander reden?« fragte er.

»Warum hier oben?« Sie zog die Brauen zusammen. »Erkläre mir das bitte.«

»Der Anarch«, sagte er, »ist mir in einer Vision erschienen.«

»Oh, was für ein Essen! Verrate mir lieber, was die Jünger vorhaben; von mir aus auch hier. Aber rede schon!« Ihre Augen funkelten ungeduldig. »Irgend etwas ist mit dir los; ich weiß es. Ist er dir wirklich erschienen? Das ist Aberglauben; er ist in der Bibliothek und wird von einem halben Dutzend Löschungsräten bewacht. Die Uditen haben es dir eingeredet; *sie* glauben, daß sich der Anarch nach Belieben an jedem Ort manifestieren kann.«

»Laßt ihn frei«, sagte Sebastian.

Dieser Verrückte untergräbt das Fundament der Gesellschaft. Ein Affe, von den Toten zurückgekehrt, um die Heilige Schrift neu zu schreiben. Du hättest ihn erleben sollen; du hättest hören sollen, was er sagt.«

»Was sagt er?«

»Ich bin nicht hergekommen, um darüber mit dir zu sprechen«, wehrte Ann Fisher ab. »Du sagtest, du wüßtest, was die Udi-Fanatiker vorhaben.«

Sebastian ließ sich neben ihr auf dem Beifahrersitz nieder. »Ich stelle den Anarchen auf eine Stufe mit Ghandi.«

Ann seufzte. »Okay. Er sagt, es gibt keinen Tod; er ist eine Illusion. Zeit ist eine Illusion. Jeder Augenblick, der entsteht, währt ewig. Allerdings – sagt er – entsteht er nicht wirklich; es hat ihn immer schon gegeben. Das Universum besteht aus konzentrischen Ringen der Realität; je größer der Ring ist, desto mehr entspricht er der absoluten Realität. Aus diesen konzentrischen Ringen wird schließlich Gott. Er ist der Ursprung aller Dinge, und je näher sie ihm sind, desto realer sind sie. Ich glaube, das ist das Prinzip der Emanation. Das Böse ist lediglich eine geringere Wirklichkeit, ein Ring, der weiter von Ihm entfernt ist. Es ist ein Mangel an absoluter Realität und nicht die Gegenwart einer bösen Gottheit. Folglich gibt es keinen Dualismus, kein Böses, keinen Satan. Das Böse ist eine Illusion, wie der Verfall. Und ständig zitiert er Aussprüche dieser mittelalterlichen Philosophen wie Augustinus und Eriugena und Boethius und Thomas von Aquin – er behauptet, sie erst jetzt zu verstehen. Okay, genügt das?«

»Ich will alles hören, was du weißt.«

»Warum sollte ich seine Lehren verbreiten? Unsere Aufgabe ist es, sie zu löschen, nicht sie weiterzugeben.« Sie nahm einen Zigarettenstummel aus dem Aschenbecher des Wagens, zündete ihn an und blies rasch Rauch hinein. »Mal sehen.« Sie schloß die Augen. »Eidos ist Form. Wie in Platos Lehre – die absolute Realität. Sie existiert; Plato hatte recht. Eidos prägt die passive Materie; Materie ist nicht böse, sondern ungeformt, wie Lehm. Es gibt auch ein Anti-Eidos; einen form*zerstörenden* Faktor. Das ist es, was die Menschen als das Böse erleben, der Verfall der Form. Aber das Anti-Eidos ist ein Eidolon, eine Illusion; einmal geprägt, ist die Form ewig – sie unterliegt nur einer ständigen Evolution, so daß wir die Form nicht erkennen können. Ähnlich wie aus einem Kind ein Erwachsener wird, oder, wie es jetzt ist, aus einem Erwachsenen ein Kind. Der Erwachsene scheint verschwunden zu sein, aber in Wirklichkeit ist das Universelle, die Kategorie, die Form noch immer da. Es handelt sich um ein Problem der Wahrnehmung; unser Wahrnehmungsvermögen ist begrenzt, weil wir nur Teilansichten kennen. Wie Leibniz' Monadologie. Verstehst du?«

»Ja«, nickte er.

»Nichts Neues«, sagte Ann. »Nur ein Aufguß aus Plotin, Plato, Kant, Leibniz und Spinoza.«

»Wir haben nicht unbedingt etwas Neues erwartet«, sagte Sebastian. »Wir wußten nicht, was wir erfahren würden.«

»Du bist gestorben; hast du all das nicht selbst erfahren?«

»Es ist wie im Leben. Jeder Mensch erfährt andere . . .«

»Ja, wie Leibniz' Monaden.« Sie schob die fertig gerauchte Zigarette zu den anderen in die Packung. »Bist du endlich zufrieden?« Sie wartete ungeduldig, verkrampft.

»Und diese Lehre«, sagte er, »wollt ihr löschen.«

»Nun, falls die Lehre richtig ist«, erwiderte Ann, »*können* wir sie nicht auslöschen. Es gibt für dich also keinen Grund zur Aufregung.«

»Die Jünger der Macht wollen dich in eine Falle locken, sobald du dein Apartment betrittst«, sagte Sebastian.

Ihre Augen flackerten. »Wolltest du dich deshalb mit mir treffen?«

»Ja«, nickte er.

»Du hast deine Meinung geändert?«

Er nickte wieder.

Ann drückte sein Knie. »Ich danke dir dafür. In Ordnung; ich fliege zur Bibliothek zurück.«

»Ihr müßt die Bibliothek evakuieren«, sagte er. »Vollständig. Vor sechs Uhr.«

»Soll sie mit schweren Waffen aus der F.N.G. zerstört werden?«

»Sie haben eine Atomkanone. Nukleargranaten. Sie wissen, daß sie den Anarchen nicht zurückbekommen können. Sie werden deshalb die Bibliothek dem Erdboden gleichmachen.«

»Rache«, sagte Ann. »Das hat sie schon immer angetrieben. Wie in den alten Tagen der Ermordung von Malcolm X.«

Er nickte erneut.

»Nun, was meinst du zu all dem?« fragte sie.

›Ich will nichts damit zu tun haben‹, sagte er schlicht.

»Sie werden stinkwütend auf dich sein, weil du mir geholfen hast«, bemerkte Ann. »Wenn sie schon vorher wütend auf dich gewesen sind . . .«

»Ich weiß.« Er hatte daran gedacht. Während er mit dem Anarchen gesprochen hatte. Um genau zu sein, seitdem hatte er ständig daran gedacht.

»Könnt ihr nicht fliehen? Du und Lotta?«

»Vielleicht zum Mars«, sagte er.

Sie drückte erneut sein Knie. »Ich danke dir, daß du mich gewarnt hast. Viel Glück. Steig jetzt aus; ich bin schrecklich nervös – ich will fort, solange ich noch kann.«

Er glitt aus dem Wagen und schloß die Tür. Ann ließ den Motor an; der Wagen stieg rasch in die Höhe und fädelte sich in den Nachmittagsverkehr ein. Er stand da und sah ihm nach, bis er verschwunden war.

Aus dem Lift traten zwei bewaffnete Jünger der Macht. »Was ist passiert?« fragte einer von ihnen. »Warum sind Sie nicht mit ihr nach unten gekommen?«

Ich weiß es nicht, wollte er sagen. Aber dann erklärte er statt dessen: »Ich habe sie gewarnt.«

Einer der Jünger hob seine Pistole und zielte auf Sebastian. »Später«, sagte der andere rasch. »Vielleicht erwischen wir sie noch; los.« Er lief zu ihrem geparkten Schwebewagen, und der andere ließ von Sebastian ab und folgte seinem Gefährten. Einen Moment später waren auch sie in der Luft; er sah zu, wie sie davonrasten, und ging dann zu seinem eigenen Wagen. Eine Weile saß er tatenlos da, dachte an nichts; sein Kopf war wie leergefegt.

Schließlich nahm er den Hörer des Autovidfons ab und wählte seine eigene Nummer.

»Auf Wiedersehen«, meldete sich Lotta atemlos; ihre Augen weiteten sich, als sie ihn erkannte. »Ist alles vorbei?« fragte sie.

»Ich habe sie gewarnt«, sagte er.

»Warum?«

»Ich liebe sie«, gestand Sebastian. »Es ist offenkundig. Was ich getan habe, bestätigt es nur.«

»Sind . . . die Jünger wütend?«

»Ja«, sagte er knapp.

»Du liebst sie wirklich? So sehr?«

»Der Anarch hat mich dazu aufgefordert«, erklärte Sebastian. »Er erschien mir in einer Vision.«

»Das ist lächerlich.« Wie gewöhnlich fing sie an zu weinen; Tränen rannen ungehindert über ihre Wangen. »Ich glaube dir nicht; niemand hat mehr Visionen.«

»Weinst du, weil ich Ann Fisher liebe?« fragte er. »Oder weil die Uditen wieder hinter uns her sein werden?«

»Ich . . . weiß es nicht.« Sie weinte weiter. Hilflos.

»Ich komme nach Hause«, sagte Sebastian. »Es bedeutet nicht, daß ich dich nicht mehr liebe; ich liebe dich auf eine andere Art. Ich bin ihr einfach verfallen; es ist falsch, aber es ist nun einmal so. Mit der Zeit werde ich von ihr loskommen. Es ist wie eine Neurose; wie eine Besessenheit. Es ist eine Krankheit.«

»Du Schweinehund«, schluchzte Lotta verzweifelt.

»Okay«, sagte er matt. »Du hast recht. Jedenfalls hat es mir der Anarch gesagt, er hat mir gesagt, wie ich wirklich zu ihr stehe. »*Darf* ich nach Hause kommen? Oder soll ich . . .«

»Komm nach Hause«, sagte Lotta und wischte sich mit den Fingerknöcheln die Tränen aus den Augen. »Wir überlegen uns dann, was wir tun. Hallo.« Erschöpft legte sie auf.

Er ließ den Motor seines Wagens an und stieg hinauf in den Himmel.

Als er sein Haus erreichte, erwartete ihn Lotta auf dem Dach. »Ich habe nachgedacht«, erklärte sie, als er aus dem Wagen stieg, »und mir ist klar geworden, daß ich kein Recht habe, dir Vorwürfe zu machen; schließlich habe ich mich auch mit Joe Tinbane eingelassen.« Zögernd streckte sie ihre Arme nach ihm aus. Er drückte sie fest an sich. »Ich glaube, du hast recht, wenn du sagst, daß es wie eine Krankheit ist«, murmelte sie, den Kopf an seine Schulter gepreßt. »Wir beide müssen es auf diese Weise sehen. Und du wirst darüber hinwegkommen. Genau wie ich über Joe hinwegkommen muß.«

Zusammen gingen sie zum Aufzug.

»Nach unserem Gespräch«, fuhr Lotta fort, »habe ich mit den UNO-Vertretern hier in L.A. telefoniert und ihnen gesagt, daß wir zum Mars auswandern wollen. Sie haben mir versprochen, die Unterlagen und Instruktionen noch heute zu schicken.«

»Gut«, nickte er.

»Es wird eine aufregende Reise«, schwärmte Lotta, »wenn wir uns wirklich dazu entschließen. Glaubst du, daß wir es tun werden?«

»Ich wüßte nicht, was wir sonst tun könnten«, sagte er ehrlich.

In der Wohnung angekommen, standen sie einander im Wohnzimmer gegenüber und sahen sich an.

»Ich bin müde«, sagte Sebastian; er rieb sich die schmerzenden Augen.

»Zumindest brauchen wir uns jetzt wegen der Bibliotheksagenten keine Sorgen mehr zu machen«, stellte seine Frau fest. »Meinst du nicht auch? Sie sind dir bestimmt dankbar dafür, daß du sie gerettet hast; glaubst du nicht?«

»Von der Bibliothek haben wir nichts mehr zu befürchten«, stimmte er zu.

»Findest du mich langweilig?« fragte Lotta.

»Nein«, sagte er. »Nicht im geringsten.«

»Diese Fisher – sie ist so dynamisch. So aggressiv lebendig.«

»Wir müssen uns verstecken, bis unsere Papiere in Ordnung sind und wir an Bord des Marsschiffes gehen können«, erklärte Sebastian. »Hast du irgendeinen Vorschlag?« Ihm fiel im Moment nichts ein. Er fragte sich, wieviel Zeit ihnen noch blieb. Wahrscheinlich nur noch Minuten. Die Jünger konnten jeden Augenblick zurückkehren.

»Im Vitarium?« schlug Lotta hoffnungsvoll vor.

»Ausgeschlossen. Hier werden sie zuerst suchen, dann dort.«

»Ein Hotelzimmer. Irgendeines.«

»Vielleicht«, sagte er und ließ es sich durch den Kopf gehen.

»Ist dir der Anarch wirklich in einer Vision erschienen?«

»Es sah so aus. Vielleicht – er hat es selbst gesagt – habe ich zuviel von dem LSD eingeatmet. Und was er mir gesagt hat, waren nur meine eigenen Gedanken.« Er würde es wahrscheinlich nie erfahren. Vermutlich spielte es auch keine Rolle.

»Mir würde es gefallen«, sagte Lotta. »Eine religiöse Vision zu haben. Aber ich dachte, man hat nur Visionen von toten Menschen. Nicht von Lebenden.«

»Vielleicht haben sie ihn bereits getötet«, vermutete Sebastian. Wahrscheinlich ist er schon tot, dachte er. Nun, so ist es eben. *Sum tu*, dachte er, Ray Roberts zitierend. Ich bin du, und wenn du stirbst, sterbe auch ich. Und wenn ich lebe, lebst auch du. In mir. In uns allen.

21. Kapitel

> *Du riefst und schriest und durchbrachst meine Taubheit. Du blitztest, strahltest und erhelltest meine Blindheit . . . Du hast mich berührt, und ich verzehrte mich nach Deinem Frieden.*
>
> *– Augustinus*

An diesem Abend sahen er und Lotta von düsteren Vorahnungen erfüllt die Fernsehnachrichten.

»Den ganzen Tag über«, meldete der Nachrichtensprecher, »versammelte sich in der Umgebung der Stadtbibliothek eine ständig wachsende Menge von Uditen, Anhänger von Seiner Heiligkeit Ray Roberts; eine aufgebrachte Menge, deren Verhalten Unruhen befürchten ließ. Die Polizei von Los Angeles, die die Menge beobachtete, ohne jedoch einzuschreiten, teilte kurz vor siebzehn Uhr mit, daß sie einen Angriff auf die Bibliothek befürchtet. Wir sprachen mit einer Reihe von Demonstrationsteilnehmern und fragten sie, warum sie sich hier versammelt haben und was ihre weiteren Absichten sind.«

Der Bildschirm zeigte zusammenhanglose Szenen von rennenden Menschen. Lärmenden Menschen, hauptsächlich Männer, schreiend die Arme schwenkend.

»Wir sprachen mit Mr. Leopold Haskins und fragten ihn, warum *er* vor der Bibliothek demonstriert, und hier ist seine Antwort.«

Ein kräftiger Schwarzer, ungefähr Ende Dreißig, erschien auf dem Bildschirm und blickte finster in die Kamera. »Nun, ich bin hier«, sagte er schroff, »weil sie den Anarchen in der Bibliothek gefangenhalten.«

Der Fernsehreporter hielt ihm das Mikrofon entgegen. »Der Anarch Thomas Peak befindet sich in der Bibliothek, Sir?«

»Ja, sie halten ihn fest«, nickte Leopold Haskins. »Gegen zehn Uhr heute morgen haben wir erfahren, daß sie nicht nur den Anarchen entführt haben, sondern ihn auch erledigen wollen.«

»Ihn umbringen, Sir?« fragte der Fernsehreporter.

»Genau; das haben wir gehört.«

»Und was wollen Sie dagegen tun, vorausgesetzt, es stimmt?«

»Nun, wir haben vor, ’reinzugehen. Genau das haben wir vor.« Leopold Haskins sah sich selbstbewußt um. »Man hat uns gesagt, daß wir ihn unter allen Umständen herausholen müssen, deshalb sind wir hier; ich bin hier, um die Bibliothek an ihrem schrecklichen Vorhaben zu hindern.«

»Glauben Sie nicht auch, daß die Polizei eingreifen wird?«

»Oh, nein«, sagte Leopold Haskins und holte tief Luft. »Die Polizei von Los Angeles haßt die Bibliothek genauso sehr wie wir.«

»Und warum, Sir?«

»Die Polizei von Los Angeles weiß«, erklärte Haskins, »daß die Bibliothek gestern diesen Polizisten ermordet hat, diesen Tinbane.«

»Man hat uns erzählt . . .«

»Ich weiß, was man Ihnen erzählt hat«, unterbrach Haskins mit vor Erregung schriller Stimme, »aber es waren keine ›religiösen Fanatiker‹, wie behauptet wird. Die Polizei weiß, wer es getan hat, und wir wissen, wer es getan hat.«

Die Kamera schwenkte dann auf einen unbehaglich dreinschauenden, sehr dünnen Schwarzen, der ein weißes T-Shirt und eine dunkle Hose trug. »Sir«, wandte sich der Fernsehreporter mit dem Mikro in der Hand an den Schwarzen, »können Sie uns bitte Ihren Namen verraten?«

»Jonah L. Sawyer«, sagte der dünne Schwarze mit krächzender Stimme.

»Und warum sind Sie heute hier, Sir?«

»Ich bin hier«, erklärte Sawyer, »weil die Bibliothek vernünftigen Argumenten nicht zugänglich ist und den Anarchen nicht freilassen wird.«

»Und Sie sind hier, um ihn herauszuholen?«

»Das stimmt, Sir; wir sind hier, um ihn herauszuholen«, nickte Sawyer ernsthaft.

Der Fernsehreporter fragte: »Und wie genau wollen Sie das erreichen, Sir? Haben die Uditen einen bestimmten Plan?«

»Nun, wir haben unsere Elitetruppe, die Jünger der Macht, geholt, und sie halten sich bereit; sie waren es, die uns aufgefordert haben, heute hierher zu kommen. Ich kenne natürlich nicht ihre genauen Pläne, aber . . .«

»Aber Sie glauben, daß sie es schaffen.«

»Ja, ich glaube, sie schaffen es«, nickte Sawyer.

»Vielen Dank, Mr. Sawyer«, sagte der Fernsehreporter. Dann verwandelte er sich in sein späteres Ich und saß – live – an seinem Tisch, vor einem Stoß Nachrichtenbulletins. »Kurz vor achtzehn Uhr«, fuhr er fort, »wurde die Menge, die die Stadtbibliothek umstellt hatte und in der Zwischenzeit auf mehrere tausend Köpfe angewachsen war, allmählich unruhig, wie aus einer Ahnung heraus, daß etwas geschehen würde. Und es geschah auch etwas. Aus dem Nichts, so schien es, tauchte eine Kanone auf und begann in sporadischen Abständen die Bibliothek mit schlecht gezielten Schüssen einzudecken. Sie feuerte Granate auf Granate gegen das große graue Steingebäude, in dem die Stadtbibliothek untergebracht ist. Daraufhin geriet die Menge in Raserei.« Der Bildschirm zeigte jetzt die tobende Menge, Tumulte und Gebrüll, ekstatische Gesichter. »Vor diesem Zwischenfall sprach ich mit dem Polizeichef von Los Angeles, Michael Harrington, und fragte ihn, ob die Bibliothek polizeiliche Unterstützung angefordert hätte. Hören Sie jetzt Polizeichef Harringtons Antwort.«

Auf dem Bildschirm erschien nun ein stiernackiger Weißer mit Doppelkinn und Kabeljauaugen, der eine Uniform trug und sich verschlagen umschaute, während er seine Lippen befeuchtete. »Die Stadtbibliothek«, intonierte er mit lauter, bestimmter Stimme, »hat keine derartige Bitte an uns gerichtet. Wir haben mehrfach versucht, mit ihr Verbindung aufzunehmen, aber nach unseren Erkenntnissen haben gegen sechzehn Uhr dreißig alle Bibliotheksangestellten das Gebäude verlassen; es steht jetzt leer, und sein weiteres Schicksal hängt davon ab, welche Absichten diese gewalttätige, illegale Versammlung gegen die Bibliothek verfolgt.« Er schwieg einen Moment und überlegte. »Wir haben außerdem erfahren – aber meines Wissens handelt es sich dabei um eine unbestätigte Meldung –, daß eine militante Fraktion unter den Uditen plant, eine atomar munitionierte Kanone gegen das Bibliotheksgebäude einzusetzen, um der Menge einen Weg ins Innere zu bahnen und ihren einstigen Führer, den Anarchen Thomas Peak zu befreien, der ihrer Meinung nach, dort festgehalten wird.

Wird der Anarch Peak dort festgehalten, Polizeichef Harrington?« fragte der Fernsehreporter.

»Soweit wir wissen«, antwortete der Polizeichef von Los Angeles, »ist es durchaus möglich, daß sich der Anarch Peak in der Bibliothek befindet. Wir wissen es nicht mit Sicherheit.« Seine Stimme wurde leiser, als wäre er mit den Gedanken woanders; dabei sah er die ganze Zeit aus den Augenwinkeln auf etwas oder jemand außerhalb des Bildbereichs. »Nein, wir wissen nicht, ob er sich im Gebäude befindet oder nicht.«

»Wenn sich der Anarch dort befindet«, sagte der Reporter, »wie die

Uditen zu glauben scheinen, wären sie dann Ihrer Meinung nach berechtigt, sich mit Gewalt Zutritt zu verschaffen? Was sie offenbar beabsichtigen? Oder betrachten Sie das ...«

»Wir sehen in dieser Menge«, unterbrach Harrington, »eine unerlaubte Demonstration, und wir haben bereits eine Anzahl von Verhaftungen vorgenommen. Zum gegenwärtigen Zeitpunkt versuchen wir, sie aufzulösen.«

Erneut tauchte der Reporter an seinem Tisch auf, korrekt gekleidet und sorgfältig frisiert. »Die Demonstration«, erklärte er, »löste sich nicht auf, wie Polizeichef Harrington gehofft hatte. Nach neueren Meldungen aus dem Krisengebiet ist die von Harrington erwähnte Atomkanone tatsächlich in Stellung gebracht worden und richtet gegenwärtig am Bibliotheksgebäude beträchtliche Zerstörung an. Wir werden im Lauf des Abends unser reguläres Programm unterbrechen, um Sie über die weitere Entwicklung dieser buchstäblichen Entscheidungsschlacht zwischen den Anhängern des Udi-Kults, vertreten durch diese lärmende, erregte und bis zum Äußersten gereizte Menge, und der ...«

Sebastian schaltete den Fernseher ab.

»Es ist eine gute Sache«, sagte Lotta nachdenklich, »daß die Bibliothek verschwindet. Ich werde froh sein, wenn es sie nicht mehr gibt.«

»Sie wird nicht verschwinden. Man wird sie wieder aufbauen. Das ganze Personal und alle Löschungsräte sind entkommen; du hast doch gehört, was der Sprecher gesagt hat. Mach dir keine Hoffnungen.« Er erhob sich von der Couch, auf der er gesessen hatte, und ging auf und ab.

»Für eine kleine Weile sind wir wahrscheinlich sicher«, bemerkte Lotta. »Die Jünger sind damit beschäftigt, in die Bibliothek einzudringen; wahrscheinlich haben sie uns ganz vergessen.«

»Aber sie werden sich wieder an uns erinnern« sagte er. »Wenn sie mit der Bibliothek fertig sind.« Er fragte sich, ob es ihnen wie durch ein Wunder gelingen würde, den Anarchen zu erreichen, bevor die Bibliothekare ihn töten konnten. Mein Gott, dachte er; ich frage mich ... zumindest ist es theoretisch möglich.

Aber tief im Herzen wußte er, daß es nicht dazu kommen würde. Sie würden den Anarchen nicht mehr lebend wiedersehen; er wußte es, der Anarch hatte es gewußt und die Uditen wußten es, vor allem Ray Roberts und die Uditen.

»Schalte die Nachrichten wieder ein«, bat Lotta unruhig.
Er gehorchte.
Und sah auf dem Bildschirm das Gesicht von Mavis McGuire.

»Mrs. McGuire«, sagte der Fernsehreporter, »dieser Angriff auf Ihre Bibliothek – haben Sie der Menge erklärt, daß sie *nicht* ihren ehemaligen religiösen Führer gefangenhalten? Oder glauben Sie nicht, daß eine solche offene Erklärung die erhoffte Wirkung haben und sie beruhigen könnte?«

Mrs. McGuire sagte mit ihrer harten, eisigen Stimme: »Wir haben heute die Vertreter der Medien zu uns gebeten und eine vorbereitete Erklärung verlesen. Wenn Sie wünschen, werde ich sie noch einmal wiederholen; könnte jemand – danke.« Sie nahm ein Blatt Papier entgegen, überflog es und las dann den Text mit ihrer trockenen, ausdruckslosen Bibliothekarinnenstimme vor. »Durch die Anwesenheit von Mr. Ray Roberts in Los Angeles zu diesem Zeitpunkt ist es zu bewußt geschürten, gewalttätigen, religiös motivierten Unruhen gekommen. Daß die Stadtbibliothek das Hauptziel der Gewalttaten ist, überrascht uns nicht, da die Bibliothek für die Erhaltung der physischen und geistigen Institution der modernen Gesellschaft eintritt – Institutionen, deren Zerstörung sich die sogenannten Uditen zum Ziel gesetzt haben. Was den polizeilichen Schutz angeht, so ist uns jede Unterstützung willkommen, die uns Polizeichef Harrington geben kann, aber Vorfälle dieser Art datieren bis zu den Watts-Unruhen in den sechziger Jahren zurück, und ihre ständige Wiederkehr ...«

»Oh, Gott«, sagte Lotta, hielt sich die Ohren zu und sah ihn furchterfüllt an. »Diese Stimme; diese schreckliche Stimme, mit der sie auf mich eingeredet hat ...« Sie schauderte.

»Wir haben außerdem mit Miss Ann Fisher gesprochen«, fuhr der Fernsehreporter fort, »der Tochter der Chefbibliothekarin Mavis McGuire. Und sie gab folgende Erklärung ab.« Der Bildschirm zeigte jetzt Ann im Wohnzimmer ihres Apartments; sie sah selbstsicher, hübsch und ruhig aus, unberührt von den Geschehnissen.

»... scheint von langer Hand vorbereitet zu sein«, sagte Ann. »Ich glaube, die Zerstörung der Bibliothek wurde schon vor Monaten beschlossen, und das erklärt Ray Roberts' Erscheinen an der Westküste.«

»Sie glauben demnach«, meinte der Fernsehreporter, »daß der Angriff auf die Bibliothek ...«

»... in diesem Jahr das Hauptziel der Uditen war und ist«, fuhr Ann fort. »Wir stehen auf ihrer Schwarzen Liste; so einfach ist das.«

»Also ergab sich der Angriff nicht spontan.«

»Oh, nein. Mit Sicherheit nicht; alles deutet darauf hin, daß er sorgfältig und lange im voraus geplant wurde. Der Beweis dafür ist der Einsatz ihrer Kanone.«

»Hat die Bibliothek versucht, sich direkt mit Seiner Heiligkeit Ray Roberts in Verbindung zu setzen? Um ihm zu versichern, daß sich der Anarch keinesfalls in ihrer Hand befindet?«

»Ray Roberts«, antwortete Ann ruhig, »ist zur Zeit für niemanden zu sprechen.«

»Ihre Bemühungen waren also . . .«

»Wir hatten keinen Erfolg. Und wir werden auch keinen haben.«

»Sie glauben demnach, daß es den Uditen gelingen wird, die Bibliothek zu zerstören?«

Ann zuckte die Schultern. »Die Polizei unternimmt keinen Versuch, sie daran zu hindern. Und *wir* sind nicht bewaffnet.«

»Warum, glauben Sie, unternimmt die Polizei keinen Versuch, die Uditen aufzuhalten?«

»Die Polizei hat Angst. Die Polizei hat seit 1965 Angst, seit dem Ausbruch der Unruhen in Watts. Seit Jahrzehnten wird Los Angeles – wie der Großteil der W.U.S. – vom Pöbel beherrscht. Ich bin überrascht, daß es nicht schon früher zu einem Angriff auf uns gekommen ist.«

»Aber Sie werden die Bibliothek wieder aufbauen? Hinterher?«

»Wir werden«, erklärte Ann Fisher, »auf dem Gelände der alten Bibliothek ein größeres und moderneres Gebäude errichten. Die Pläne liegen schon bereit; ein äußerst tüchtiges Architektenteam ist für uns tätig. Die Arbeiten werden nächste Woche beginnen.«

»Nächste Woche?« fragte der Reporter. »Es klingt, als hätte die Bibliothek mit diesen Vorfällen gerechnet.«

»Wie ich schon sagte, bin ich überrascht, daß es nicht schon früher zu einem Angriff auf uns gekommen ist.«

»Miss Fisher, haben Sie persönlich Angst vor den Udi-Zeloten, den sogenannten Jüngern der Macht?«

»Nicht im geringsten. Nun, vielleicht ein wenig.« Sie lächelte und entblößte schöne, ebenmäßige Zähne.

»Vielen Dank, Miss Fisher.« Erneut war der Reporter wieder an seinem Schreibtisch zu sehen und blickte mit sorgenvollem Gesicht in die Kamera. »Gewalttätige Unruhen in Los Angeles: ein Fluch, der, wie Miss Fisher gesagt hat, seit dem Aufstand von Watts im Jahr 1965 auf der Stadt lastet. Ein schutzloses Gebäude, ein Wahrzeichen, wird in diesem Moment dem Erdboden gleichgemacht . . . und das Rätsel um den Verbleib des Anarchen Peak – vorausgesetzt, es stimmt, daß er wiederauferstanden ist – bleibt nach wie vor ungelöst.« Der Reporter blätterte in seinen Unterlagen und sah dann erneut in die Kamera. »Befindet sich der Anarch in der Stadtbibliothek?« fragte er rhetorisch. »Und falls er . . .«

»Ich kann es nicht mehr hören«, sagte Lotta; sie stand auf und schaltete den Fernseher ab.

»Man hätte dich interviewen sollen«, meinte Sebastian. »Du hättest den Fernsehzuschauern einiges über die Methoden der schutzlosen Bibliothek erzählen können.«

»Ich würde mich nie vor eine Fernsehkamera trauen«, sagte Lotta erschrocken. »Ich bekäme kein Wort heraus.«

»Es war nur ein Scherz«, sagte er beruhigend.

»Warum rufst *du* nicht die Zeitungen und die Fernsehsender an?« fragte Lotta. »Du hast den Anarchen in der Bibliothek *gesehen*; du könntest das Vorgehen der Uditen rechtfertigen.«

Eine Weile dachte er über den Vorschlag nach. »Vielleicht mache ich das«, sagte er. »Morgen oder übermorgen. Das Thema wird noch eine Zeitlang die Nachrichten beherrschen.« Ich werde es tun, dachte er, wenn ich dann noch am Leben bin. »Ich könnte ihnen einiges über die Jünger der Macht erzählen, wenn ich schon dabei bin«, fügte er hinzu. »Ich fürchte, das würde sich dann gegenseitig aufheben.« Es würde beide Parteien ins Unrecht setzen, erkannte er. Also sollte ich besser die Finger davon lassen.

»Laß uns fortgehen«, bat Lotta ernst. »Laß uns nicht länger hier in der Wohnung bleiben. Ich . . . kann es nicht mehr *ertragen*, nur herumzusitzen und zu warten.«

»Willst du in ein Hotel?« fragte er schroff. »Das ist schon Joe Tinbane nicht bekommen.«

»Vielleicht sind die Jünger der Macht nicht so schlau wie die Agenten der Bibliothek.«

»Sie sind beide gleich tüchtig«, erwiderte er.

»Liebst du mich?« fragte Lotta scheu. »Immer noch?«

»Ja«, nickte er.

»Ich dachte, Liebe würde alles überwinden«, sagte Lotta. »Ich glaube, das stimmt nicht.« Sie ging im Zimmer herum und machte sich dann auf den Weg in die Küche.

Und schrie auf.

Einen Moment später war er bei ihr; er griff nach dem Schürhaken – zum Glück befand er sich in Reichweite des Kamins – und stieß sie zurück, den Schürhaken erhoben.

Klein, runzlig und alt stand der Anarch Peak an der gegenüberliegenden Küchenwand und hielt sein schmuddeliges Baumwollgewand zusammen. Trauer schien ihn einzuhüllen; die Trauer hatte ihn kleiner gemacht, aber nicht besiegt; mühsam hob er grüßend die rechte Hand.

Sie haben ihn umgebracht, dachte Sebastian von Kummer überwältigt. Ich weiß es; deshalb sagt er auch nichts.

»Siehst du ihn auch?« flüsterte Lotta.

»Ja«, nickte Sebastian und senkte den Schürhaken. Dann hatte es nicht am LSD gelegen; seine Vision, auf dem Dach von Ann Fishers Haus, war echt gewesen. »Können Sie sprechen?« fragte er den Anarchen. »Ich wünschte, Sie würden etwas sagen.«

Endlich sagte der Anarch mit einer Stimme, die so trocken wie ein abgestorbenes Blatt klang: »Ray Roberts hat einen Jünger der Macht losgeschickt, und er ist auf dem Weg hierher. Dieser Mann gilt als der beste Killer der Uditen.«

Stille trat ein, und dann fing Lotta – wie immer – an zu weinen.

»Was können wir tun, Eure Heiligkeit?« fragte Sebastian hilflos.

»Die drei Jünger, die vorhin bei Ihnen waren«, erwiderte der Anarch, »haben Sie mit einem Sender präpariert, Mr. Hermes, der sie ständig über Ihren Aufenthaltsort informiert. Ganz gleich, wo Sie sich befinden, der Sender wird es ihnen verraten.«

Sebastian betastete seine Jacke, seine Ärmel, suchte den Sender.

»Bei dem Sender«, erklärte der Anarch, »handelt es sich um einen elektronisch aktiven, nicht abwaschbaren Farbstoff. Sie können ihn nicht entfernen, weil er auf Ihrer Haut aufgetragen ist.«

»Wir wollten zum Mars gehen«, stieß Lotta hervor.

»Das werden Sie auch«, versicherte der Anarch. »Ich bleibe hier, bis der Jünger der Macht eintrifft. Ich hoffe, ich schaffe es.« Der Anarch wandte sich an Sebastian. »Ich bin schon sehr schwach. Es ist schwer . . . Ich weiß es nicht.« Sein Gesicht verriet plötzliche, schreckliche Qual.

»Sie haben Sie umgebracht«, sagte Sebastian.

»Man hat mir ein giftiges Mittel injiziert, das in meinem geschwächten Zustand zum Tode führen wird. Aber mir bleiben noch ein paar Minuten . . . Es wirkt sehr langsam.«

Diese Bastarde, dachte Sebastian.

»Ich liege auf einem Bett«, sagte der Anarch. »In einem dunklen kleinen Raum. In einem Flügel der Bibliothek; ich weiß nicht, in welchem. Niemand ist mehr bei mir. Sie haben mir das Gift injiziert und sind gegangen.«

»Sie wollten es nicht miterleben«, sagte Sebastian.

»Ich bin so müde«, flüsterte der Anarch. »In meinem ganzen Leben habe ich mich noch nicht so müde gefühlt. Als ich in meinem Sarg erwacht bin und mich nicht bewegen konnte, hatte ich Angst, aber das ist schlimmer. Aber in ein paar Minuten wird es vorbei sein.«

»In Anbetracht Ihres Zustands«, sagte Sebastian, »ist es sehr gütig von Ihnen, uns helfen zu wollen.«

»Sie haben mich wiederbelebt«, sage der Anarch kaum hörbar. »Ich werde Ihnen das nie vergessen. Und wir haben miteinander gesprochen; Sie und ich, Ihre Leute und ich. Ich erinnere mich daran; es hat mir sehr gefallen. Selbst Ihr Verkäufer; auch an ihn erinnere ich mich.«

»Können wir irgend etwas für Sie tun?« fragte Sebastian.

»Sprechen Sie mit mir«, bat der Anarch. »Ich will nicht einschlafen. ›Es ist das Leben, das Leben, das Leben, das stirbt.‹« Für einen Moment sagte er nichts; er schien nachzudenken. Und dann sagte er: »Geweb' für Geweb' er zu Seele heranwächst / wie Blatt für Blatt die Ros' zur Rose wächst / Geweb' für Geweb' zerfällt, und er geht dahin / einer Seifenblase gleich, die im Nu verging.«

»Glauben Sie das immer noch?« fragte Sebastian.

Er erhielt keine Antwort. Der Anarch, bereits verblassend, zitterte und zog sein Gewand enger um sich.

»Er ist tot«, sagte Lotta mit bebender Stimme.

Noch nicht, dachte Sebastian. Nur noch zwei Minuten. *Eine* Minute.

Die verschwommenen Reste des Anarchen lösten sich auf. Und verschwanden.

»Ja, sie haben ihn umgebracht«, sagte Sebastian. Er ist tot, dachte er. Und diesmal wird er nicht mehr zurückkehren; es ist aus. Vorbei.

Lotta blickte zu ihm auf und flüsterte: »Jetzt kann uns niemand mehr helfen.«

»Vielleicht spielt es keine Rolle«, sagte Sebastian. Die Lebenden sterben, dachte er. Sie müssen es, einschließlich wir. Ich. Selbst der Killer, der auf dem Weg zu uns ist; irgendwann wird auch er sterben –

langsam, über Jahre hinweg, oder von einem Moment zum anderen. Plötzlich.

Ein Klopfen an der Wohnungstür.

Mit dem Schürhaken in der Hand ging Sebastian zur Tür und öffnete sie.

Der in schwarze Seide gekleidete Mann mit den kalten Augen schleuderte etwas Kleines ins Wohnzimmer; Sebastian ließ den Schürhaken fallen, packte den Killer am Hals und zerrte ihn aus dem Flur ins Zimmer.

Das Zimmer explodierte.

Den Körper des Jüngers über sich, wurde Sebastian von der Druckwelle hochgehoben; er prallte gegen die gegenüberliegende Wand, während der Killer sich in seinen Armen aufbäumte. Rauch erfüllte das Zimmer. Er – und der Killer – lagen vor einer geborstenen Tür; lange Holzsplitter ragten aus dem Rücken des Killers. Der Killer war tot.

»Lotta«, sagte Sebastian und kroch unter dem schweren, leblosen Körper hervor; Flammen züngelten an den Wänden hoch, verzehrten die Vorhänge, die Möbel. Auch der Boden brannte. »Lotta«, sagte er und tastete nach ihr.

Er fand sie in der Küche. Ohne sie zu berühren, konnte er sehen, daß sie tot war. Bombensplitter waren ihr ins Gehirn und in den Körper gedrungen. Hatten sie mehr oder weniger auf der Stelle getötet.

Das Feuer knisterte; die rauchgeschwängerte Luft wurde unerträglich. Er hob seine Frau hoch, trug sie aus der Wohnung und hinaus in den Korridor. Die Nachbarn strömten bereits auf den Flur. Ihre Stimmen gellten durcheinander, und er spürte, wie ihre Hände nach ihm griffen – er stieß sie weg, ohne Lotta loszulassen. Blut rann über sein Gesicht. Wie Tränen. Er wischte es nicht fort; unbeirrt ging er weiter zum Aufzug. Irgend jemand hatte für ihn den Lift heraufgeholt; er fand sich in der Kabine wieder.

»Wir müssen sie ins Krankenhaus bringen«, sagten Stimmen – fremde Stimmen – zu ihm, Stimmen, die zu den aufdringlichen Händen gehörten. »Und Sie sind auch verletzt; schauen Sie sich Ihre Schulter an.«

Mit der linken Hand – seine rechte schien gelähmt zu sein – tastete er nach der Knopfleiste des Aufzugs; er drückte den obersten Knopf.

Als nächstes nahm er wahr, daß er über das Dach des Gebäudes ging und nach seinem Wagen suchte. Als er ihn gefunden hatte, legte er Lotta auf den Rücksitz, schloß die Türen, stand eine Weile da, öffnete dann wieder eine Tür und setzte sich ans Steuer.

Dann stieg er hinauf in den Himmel; der Wagen flog durch die Abenddämmerung. Wohin? fragte er sich. Er wußte es nicht; er flog einfach weiter. Er flog weiter und weiter, während es Nacht wurde, er spürte, wie sich die Nacht über ihn und die gesamte Erde senkte. Eine Nacht, die ewig währen würde.

Mit der Taschenlampe in der Hand suchte er zwischen den Bäumen; er sah Grabsteine und verwelkte Blumen, und er wußte, daß er sich auf einem Friedhof befand – auf welchem, wußte er nicht. Auf einem alten, einem kleinen. Warum? fragte er sich. Um Lotta zu begraben? Er sah sich um, aber der Wagen und Lotta waren verschwunden; er hatte sich zu weit von ihnen entfernt. Es spielte keine Rolle. Er ging weiter.

Der dünne, gelbe Lichtstrahl führte ihn schließlich zu einem hohen Eisenzaun; er konnte nicht weiter. Also machte er kehrt und ging zurück, folgte weiter dem Lichtstrahl, als wäre er lebendig.

Ein offenes Grab. Er blieb stehen. Mrs. Tilly M. Benton, dachte er; hier hat sie einmal gelegen. Und nicht weit davon entfernt der prunkvolle Gedenkstein, unter dem einst der Anarch Peak geruht hatte. Das ist der Friedhof von Forest Knolls, erkannte er. Er fragte sich, warum er hierhergekommen war; er setzte sich ins feuchte Gras, spürte die Kälte der Nacht, spürte die eisige Kälte in seinem Innern, viel kälter als die Nacht. Kalt, dachte er, wie das Grab.

Er richtete den matten Lichtstrahl seiner Taschenlampe auf den Gedenkstein des Anarchen und las die Inschrift. Sic igitur magni quoque circum moenia mundi expugnata dabunt labem putresque ruinas, las er, ohne zu verstehen. Er fragte sich, was die Inschrift bedeutete. Er konnte sich nicht erinnern. Hatte sie irgendeine Bedeutung? Wahrscheinlich nicht. Er senkte die Taschenlampe, und der Gedenkstein versank in der Dunkelheit.

Eine Weile, eine lange Weile, saß er horchend da. Er dachte an nichts; es gab nichts, an das er denken konnte. Er tat nichts, weil es für ihn nichts zu tun gab. Schließlich brannten die Batterien seiner Taschenlampe aus; der Lichtkegel schrumpfte zu einem Punkt zusammen, wurde matter und erlosch. Er legte den Zylinder aus Metall und Glas auf den Boden, berührte seine verlezte Schulter, fühlte den Schmerz und wunderte sich darüber. Wie die lateinische Inschrift schien auch der Schmerz keine Bedeutung zu haben.

Stille.

Und dann, während er dort saß, hörte er Stimmen. Er hörte sie aus vielen Gräbern; er spürte, wie das Leben in die Toten unter ihm zurückkehrte – einige waren der Auferstehung ganz nah, andere noch fern, wieder andere sehr, sehr fern. Aber alle bewegten sich in diese Richtung. Er hörte, wie sie näherkamen; die Stimmen wurden lauter.

Unter mir, dachte er. Eine ist ganz nah. Er konnte – fast – die Worte verstehen.

»Ich heiße Earl B. Quinn«, krächzte die Stimme. »Und ich bin hier unten eingesperrt, und ich will heraus.«

Er rührte sich nicht.

»Kann mich irgend jemand da oben hören?« rief Earl B. Quinn verängstigt. »Bitte, warum hört mich denn keiner? Ich will hier heraus – ich ersticke!«

»Ich kann Sie nicht herausholen«, sagte er. Endlich.

Erregt stotterte die Stimme: »K-können Sie mich ausgraben? Ich weiß, daß ich dicht unter der Oberfläche bin; ich kann Sie ganz deutlich hören. Bitte, graben Sie, oder holen Sie Hilfe; ich habe Verwandte, sie werden mich ausgraben. Bitte!«

Er floh vor dem Grab, vor der hartnäckigen Stimme. In das Gewisper vieler anderer Stimmen.

Viel später strahlten die Scheinwerfer eines Schwebewagens auf ihn herab. Der Motor des Wagens heulte auf, als er auf dem Parkplatz des Friedhofs zur Landung ansetzte. Dann Schritte und der Lichtkegel einer starken Lampe, eines großen Halogenscheinwerfers. Der Scheinwerferkegel schwang hin und her; wie ein leuchtendes Pendel, dachte er; wie ein Uhrwerk. Er wartete, rührte sich nicht, aber schließlich erfaßte ihn der Scheinwerferstrahl doch.

»Ich dachte mir, daß ich Sie hier finden werde«, sagte Bob Lindy.

»Lotta ist . . .«, begann er.

»Ich habe Ihren Wagen gefunden. Ich weiß Bescheid.« Bob Lindy kauerte nieder und leuchtete ihn an. »Und Sie sind schwer verletzt; Sie sind blutüberströmt. Kommen Sie – ich bringe Sie ins Krankenhaus.«

»Nein«, wehrte Sebastian ab. »Nein; ich will nicht.«

»Warum nicht? Auch wenn sie tot ist, so müssen Sie immer noch . . .«

»Sie wollen heraus«, sagte Sebastian. »Alle.«

»Die Toten?« Lindy legte ihm den Arm um die Hüfte und zog ihn hoch. »Später«, sagte er. »Können Sie überhaupt gehen? Sie müssen gehen können; Ihre Schuhe sind mit Lehm bedeckt. Und Ihre Kleidung ist zerrissen, aber vielleicht war das die Explosion.«

»Holen Sie Earl Quinn heraus«, sagte Sebastian. »Er ist der Nächste; er bekommt keine Luft mehr.« Er deutete auf den Grabstein. »Dort unten.«

»Sie werden sterben«, warnte Lindy. »Sie selbst. Wenn ich Sie nicht ins Krankenhaus bringe. Verdammt, versuchen Sie zu gehen; ich werde Sie stützen. Mein Wagen steht gleich dort drüben.«

»Rufen Sie die Polizei«, sagte Sebastian, »und sorgen Sie dafür, daß der Streifenpolizist dieses Bezirks einen Luftschacht anlegt. Bis wir zurückkommen und ihn ausgraben können.«

»Okay, Sebastian. Ich sorge dafür.« Sie erreichten den Wagen; Bob Lindy riß die Tür auf und half ihm schnaufend und schwitzend hinein.

»Sie brauchen Hilfe«, sagte Sebastian, als der Wagen aufstieg und Bob Lindy die Scheinwerfer einschaltete. »Ich habe diesmal nicht nur einen gehört; ich habe sie alle gehört.« Er hatte noch nie etwas derartiges erlebt. Niemals. So viele auf einmal – und alle zusammen.

»Alles der Reihe nach«, sagte Bob Lindy. »Wir holen zuerst Quinn heraus; ich rufe jetzt das Polizeipräsidium an.« Er griff nach dem Hörer des Autovidfons.

Der Wagen flog lautlos weiter, in Richtung Notkrankenhaus.